中公文庫

食　道　楽

村井弦斎
村井米子 編訳

序

また私は怠慢から、父弦斎の小説『食道楽』について細々ときける大切な人を、空しくあの世に送ってしまった。当時報知社に居られ、出版を扱っていられた篠田鉱造翁である。もう九十五歳の高齢になられていたのだから、一日も早く疑問をただすべきだったと後悔も愚かや……とまれ、幸いに、先年書いて下さった「食道楽刊行の由来」がある。

「報知新聞連載の食道楽が好評を博し、春の巻私費出版の心算《つもり》……」の父が報文社主広瀬永太郎氏と篠田氏とを、一日料亭に招きいて相談した。父は「我輩の読者は三千あるから、初版三千願います」と……。その頃三千は飛びきりの数なので案じたが、「出版されるや忽《たちま》ち、再版、再々版。はては受取に来る書籍店の小僧が、先を争って取っ組合いをはじめる騒ぎ、私は喧嘩仲裁役でもありました」と。

和とじで、四季それぞれの花の日本画のカバーをかけ、春夏秋冬、続篇春夏秋冬の八冊を揃えてみると、明治は近くなりにけりの心地がする。

明治三十六年春から、新聞連載が終ると直ぐ、次々に出ている。口絵には水野年方画伯の彩色画が、大隈伯〔爵〕の台所、岩崎男〔爵〕の台所、天長節夜会、大隈伯温室食卓など豪華に、挿絵の人物風俗も明治色があふれてなつかしい。

小説の中に、やさしくわかり易く、料理が織りこまれるばかりでなく、社会批判、文明批判も入っている。附録として、米料理、パン料理、病人料理その他数多くの料理法、また西洋食器類の価格表や図、西洋食品価格表や牛一頭の各部の図、さては食品分析表など、当時のさまざまが連想される。

続篇の口絵は写真となって、平塚のわが家の野菜園果樹園山羊舎などに、幼時の私たちも配され、父の当時の面影や母の料理服姿もある。これは手術着から新考案したもので、のち割烹着として一般化されたが、このごろ、外人も重宝がって買うときくのは面白い。

正価金八十銭、郵税市内五銭地方十銭で、最初に父の書いた広告文は──此本一冊は鶏一羽を買うよりも安し──とか。当時鶏は一羽一円だったそうだ。三年ならずして四十三版をかさねたからと、合本が二円で出た。その後、幾度も体裁を更えて出版したのを、みんな揃えて持たれる篤志家がある。昭和三十三年、平塚市図書館週間に行われた弦斎回顧展に出品され、亡母も私も驚いた。父生前の最後の版は大正九年で、「十八年間の食物研究を増補」してある。

「食道楽家族合せ、一名ごちそうあそび」という昔なつかしいものが、私の手許に残っているが、当時の歌舞伎座で、食道楽の芝居も演じた。六代目の梅幸がお登和嬢になって、
ばいこう
とわ

舞台でシュークリームをつくり、お客にくばったと亡母が語っていた。よほど『食道楽』は世人に歓迎されたらしい。今読み返してみてもなかなか面白い小説で、且つ和漢洋の料理が並べられ、まことに料理と食生活の小辞典の感がある。しかも料理法も食物の原理も、今に通じるもので、決して古いと言えないのだから、わが父ながらよく調べたものとおもう。

もともと百道楽を書くといって、『釣道楽』『女道楽』『酒道楽』と著した後に『食道楽』にとりかかった。さすがの父も、序文の中に「……然れども小説中に料理法を点綴《てんてい》するは、その一致せざること懐石料理に牛豚の肉を盛るが如し、厨人の労苦尋常に超え……」と述べてある。相当に書きにくかったらしいが、父の主義の、誰にでもわかるようにやさしく書くことが、全篇を貫いている。筋の変化はあまり無いが、料理の数は六百種、凱旋料理、旅順揚げ、樺太ケーキなど、世間のさまざまの事柄がとりあげられ、ひろい視野と、教養と、理想とが、盛りこまれ、読者をひきつけた。

筋を略述すると、大原満《おおはらみつる》君という田舎出文学士が主人公で、親友の小山夫妻と中川君、中川の妹お登和嬢が料理上手の佳人でヒロインである。小山文学士も中川文学士も、カンカンガクガクの新進気鋭のサムライ。互いに会えば、夫人や妹に美味しい料理をつくらせ、大食漢大原君に御馳走し、談論風発。

お登和嬢の料理の腕と、やさしさに感銘した大原が、やっと小山君に頼んで、中川兄妹の心を動かし、結婚の約をとりつけ、有頂天になったとたん、郷里の両親が本家の叔父叔母とお代《だい》嬢を引きつれて上京する。お代さんは、かねて親同士の決めていた相手で、大原の学資も、半分は本家で出してきた恩義もあるのだ。

いとこ同士の血族結婚の害を、盲唖学校の資料まで持ちだして、防戦するが、旗色が悪い。

一方、お登和嬢に料理を仕込んでほしいと、広海《ひろうみ》子爵は娘の玉江嬢を通わせ、覚えた料理三十六品の宴で三人の文学士を招く。中川は風流亡国論、小山は感情亡国論、大原は心の礼をかかげ、新雑誌発刊の話がまとまり、玉江嬢と中川は婚約する。続篇になるとやがて大原はお代さんを小山に預け海外留学、子爵令息新太郎君は、永い留学から帰朝し、お登和嬢に心を寄せるが、なかなか諾を得られない。子爵は食道楽趣味から田園趣味に進んでゆく、それは筆者自身の姿でもあった。やがて中川と玉江嬢の新婚旅行につき、お登和嬢も料理修業に洋行する――。

村井米子

食道楽　もくじ

春の巻

夏の巻

秋の巻

冬の巻

小児には
徳育よりも
智育よりも
体育よりも
食育が先

弦斎

図1・大隈重信邸の台所（山本松谷）

岩崎男爵邸二階建臺所階上之真景

図2・岩崎弥太郎邸の二階建ての台所（水野年方）

本文中の＊印は米子による底本の注、〔　〕は編集部注

食道楽

春の巻

昨夜の夢

思いつつ寝ればや人の見えつらん、夢と知りせば覚《さ》めざらまじを……
大原は昨夜の夢がうつつにも残り、ひとりうれしそうに朝早く起きて洗面場に行った。帰りに隣室の前を通ると、下宿の大学生二、三人がしきりに大原の顔を見て、クスクスと笑っている。
大原は足をとめて「ヤアお早う、君たちはなぜ僕の顔を見て笑います。顔に何かついていますか」
書生の一人「アハハ、ついていますよ、絶世の美人がついています。しかもその名をお登和《とわ》さんという美人が……」
大原は眼をまるくして「ナニお登和さん、どうしてそれを知っているだろう」
書生「知っているから不思議ではありませんか。コレお登和、リンゴの何とかをこしらえてくれ、豚のお刺身が食べたい、なんぞはお安くありませんね」

大原は驚いて「それは全体どうしたのです」

書生「どうしたにもこうしたにも、昨夜の寝言というものはありませんでしたね。コレお登和こうしてくれ、ソレお登和ああしてくれと、お登和さんという名が百ぺんも出ましたろう。君は食気《くいけ》一点ばりで、女なんぞは振りむきもしないと思っていたら油断がなりませんね。そのお登和さんというのは何です、お嫁さんの候補者ですか」

といわれて大原は急に間《ま》が悪く「イヤどうも、とんだところを聞かれましたな、そんな寝言をいったか知らん」

……文学士大原満《みつる》は、きのう同窓の親友中川を訪ねたが、その郷里長崎から妹が上京していた。お登和嬢は美人のうえに料理が上手で、豚の角煮《かくに》や刺身やソボロなど、数々の豚料理のご馳走に飽食、食後のコーヒーやリンゴの淡雪《あわゆき》の、すぐれた味にも敬服した。

奥州の田舎出の大原は、大学を卒業して、文学士の肩書のついたのは、村中の名誉だ、卒業祝をするから帰れと、国元《くにもと》からいわれているが、それには学資の半分を助けてもらった本家の娘、美しくない従妹《いとこ》を押しつけられそうな気配がある。そこで何とか東京で嫁を見つけて、先手を打ちたいと思っていたところへ、お登和嬢に出会った。その夜の夢を書生たちに知られたわけで……。

腹中の新年

昨日は正月の元日とて、天地乾坤《けんこん》なんとなく長閑《のどか》なうちに、大原の腹の中にて、新年を祝う胃吉と腸蔵。

腸蔵「オイ胃吉さん、お目出度《めでと》う」

胃吉「ヤアこれは腸蔵さん、去年中はいろいろお世話さまでしたね、今日は正月の元日といって、一年に一度の日だから、お互いに少し楽をしたいね」

私たちぐらい一年中忙しくって、惨めなものは無い、娑婆《しゃば》の人間は、日曜日だの暑中休暇だのと、一年中にはたくさんな休みがある。いくら忙しい奉公人でも、盆と正月に藪入《やぶい》りがあるけれども、私たちばかりは一年中休み無しだ。私は、一日に三度ずつ働いていれば、自分の役目が済むのに、ここでは間食が好きで、三度のほかに、やれ菓子が飛びこむ、団子がとびこむ、酒もおりおり流れこむから、ほんとにたまらない。それだから、しぜんと仕事も粗末になって、荒ごなしのものをおまえさんの方へおくってあげて、毎度剣突《けんつく》をくうが、これからはお互いに仲を好《よ》くしよう、とうったえる。

腸蔵「それは、私も大賛成さ、おまえさんは消化《こな》すのが役、私は絞《しぼ》るのが役だから、おまえさんの方で、よく食物をこなしてくれれば、私だってしぼる仕事もらくだけれども、お毎日のように、こなれないものをよこすので、時によっては、突きもどしたり、時によっては下の方へおし流したりすることもある。荒ごなしどころか、丸のままで送ってよこすこともあるから、つい喧嘩もはじめるようなものさ。けさの雑煮餅だって、ずいぶん荒ごなしだったぜ」

胃吉「あれは勘忍してくれ、今朝の雑煮餅は飛びこんだも飛びこんだも十八枚飛びこんできた。元日でらくをするどころではない。それも玄関番の歯太郎さんが、よく嚙みくだいてよこしてくれればいいけれども、歯太郎さんが遊んでいて、丸で鵜呑みだからね」*

その代りおかしいこともあった。金歯が餅へひっついて釣り上げられ、も少しで喉《のど》の孔《あな》へ落ちるところを、カッと吐き出してやっと助かった。

「まあ今日は、お互いに遊びたいものだ」

たまには休息もしなければ、根気がつきてしまう。大きな蒸汽機械も、時には休ませて大掃除をしなければ、塵《ごみ》がたまったり、油が切れたりして、直《じ》きにこわれてしまう。機械はこわれても取換えることが出来るけれども

「私たちばかりは、掛がえがない。**ずいぶん心細いものさ」

夢中になって話している。

＊雑煮をつくる時、薄く切った大根を入れるのは、餅の消化を助けるよい方法。先祖の知恵と言おうか。

＊＊飢えを待って食べる、という長寿の人の習慣は、しぜんこの理にかなっている。父弦斎は、『食道楽』の後の研究から、断食もたびたび試み、はては、三十五日間の長期断食も行った。

酒の洪水

人は気楽なもの、腹の中でこのような恐慌を起すとも知らず、ふだん胃や腸をむやみに使うことに馴《な》れているゆえか、遠慮も、会釈もなく、ドンドン食物を詰めこんでくる。胃吉と腸蔵は驚くまいことか。
「ソラ来たぞ、何だか堅いものが、これは照ゴマメだ。石のようにコチコチしている。魚の形がそっくりしている。オットどっこい、今度は数の子だ、乾《ほ》し固まって塩の辛い奴を、ろくに塩出しもしないでこしらえるから、消化《こな》そうとおもってもこなれない。腸蔵さん、ほんとに泣きたくなるね」
腸蔵「元日から災難だ。オイ胃吉さん、危ないぜ、上の方から黒い石が降ってきた」
胃吉「これは黒豆だよ、よく煮てないから堅くって、石のようだ。択《よ》りによって、なぜこんな悪いものばかりよこすだろう。オヤオヤまた来た。今度は柔かい。玉子焼だ。何だか、少し臭いね。プーンといやな匂いがしたぜ。腐っているのではないか」

腸蔵「腐りもするよ。正月のおセチにするって、十日も前からこしらえてお重へ詰めておいたのだもの、せめて玉子でも新しければ少しは持つけれども……」腐ったものは、堅いものよりなお悪い、きっと例の虫がいるよ、よく検《あらた》めてごらん、とすすめる。

胃吉「腸蔵さん、こんな様子ではとても今日楽をすることは出来ないぜ、中途半端にいまごろドンドン食物がくるようでは、どんな目に逢《あ》うかしれない」

腸蔵「食物だけですめばいいけれども、今に私たちの大嫌いな、お酒なども飛びこんできたら百年目だ」

胃吉「お酒がきたら、もう仕事なんぞするものか」

噂の言葉の終らないうちに、腹中の天地が忽ち震動して、上の方から押し出してくる酒の洪水。

「ソラ来た、逃げろ、逃げろ」「津波だ、津波だ」胃吉も腸蔵も、一目散に逃げてゆく。

酔い醒め

「モシモシ大原さん、大層うなされておいでですね、怖《こわ》い夢をごらんになりましたか、もう、お目覚めになさいまし」

年若い奥さんは、年賀の客の三十二、三歳の男が、酒に酔い臥《ふ》したのを呼びおこす。

ウームと両手をのばして、ようやく我にかえった客は、面目無げに起きなおって

「どうも、これは飛んだご厄介をかけました。ご酒《しゅ》をいただいて、あんまり好い心持になって、ついついうとうとと睡《ね》てしまったとみえます。僕は、酒を飲むと、どこでも構わず寝るのが癖で、大きに失礼いたしました」

衣紋をつくろい、袴《はかま》の皺《しわ》を伸ばし、ハンケチを袂《たもと》から出して、二度三度口を拭う。

奥さんは、女中に指図して茶を出させ

「おやすみになるのは一向構いませんが、大層おうなされでしたから、お苦しかろうと思ってお起し申したのです。夢でもごらんになりましたか」

客「ハイ妙な夢を見ました。腹の中で、胃と腸が対談をして、しきりに不平をこぼしているところを見ました」

自分は、在学中から校中第一の健啖家といわれ、自分も大食を自慢にした位ゆえ、胃腸はずいぶん骨が折れましょう。胃は極度まで拡張し、腸は蠕動《ぜんどう》力を失っている位と、医者に言われました。学生時代は、年中脳病で苦しんで、思うように勉強が出来なかったのも、まったく大食の結果で、消化器を害《そこな》うと必ず脳へ来るという。野蛮な暴飲暴食から、脳を悪くした。そのために、こちらの小山君と同時に大学へ入りながら、三度も試験に落第して、同級生には残らず追越されてしまい、去年の夏辛うじて卒業できた。それも今から考えてみると、教師のお情けでしょう。試験の得点は落第点とほとんど紙一重で、卒業生中

最後の成績だった。

「しかし持ったが病で、まだ大食はやめられません、今朝なんぞは、雑煮餅を十八片《きれ》食べました」

奥さん「オホホ、あなたが物を召上るのは、ほんとにお見事です。何をこしらえても、あなたに食べていただくと、張合いがあります。いま珍しいご馳走をこしらえておりますから、どうぞ沢山召上って下さい」

客「イヤ、もう控えましょう。胃吉や腸蔵がどんなに怒るかしれません。だがしかし、大層好い匂いがしますな、非常に香ばしくって、さも美味《おい》しそうな匂いが」

と、しきりに鼻をうごめかす。

奥さんは笑いながら
「あなたが今まで召上ったことの無いというご馳走です。好い匂いでしょう。あれは南京豆です。南京豆のお汁粉というものを差上げます」

客「へえ、南京豆のお汁粉とは珍しい、どうしてこしらえるのです」

「なかなか手数はかかりますけれども、手数をかけただけのご馳走になります。失礼ですが、台所へきてごらんなさい。あなたも今に奥さんをお持ちになると、こんなことを覚えてお置きになるほうがお得です」

客「いかにも、後学のためだ、一つ拝見いたしましょう」

「拝見ばかりではいけません、少し手つだって下さい」

仲のよい友達の家とみえて、互いに遠慮もなく台所へ立ってゆく。

南京豆

台所というと、くすぶってむさ苦しい様にきこえるが、この家の台所は、奥さんが自慢顔に客を連れこむほどあって、平生《へいぜい》の綺麗好きをおもわせる。拭き掃除も行届き、竈《かまど》も板の間も光り輝くばかり、その代り目のまわるほど忙しいのは女中の役、一人はしきりに南京豆を炮烙《ほうろく》で炒《い》り、一人は擂鉢《すりばち》で搗《つ》き砕いている。奥さんは客に向って
「大原さん、私どもでは毎日、南京豆をいろいろ料理に使います。今まで胡桃《くるみ》を使う代りに南京豆、胡麻《ごま》を使う代りに南京豆と、いう風にします。もっとも、南京豆の中でも、粒のごく大きいものや、円い形のは脂肪が多くって、油をとるにはようございますが、料理には、少し細長い中位な粒ので、大層美味しい種類があります。それをまず厚皮をむいて、中の実ばかりこの通り炮烙で炒ります」*
客「成るほど、この匂いがいま私の鼻をついたのですね、街で売っている南京豆は、厚皮のまま炒ってあるではありませんか」
奥さん「あれは細かい砂をまぜて炒るので、時間がかかって、料理用の間に合いません

から、剝《む》いたものを炒りますけれども、強い火で炒ると、外面《うわ》焦《こ》げがして中へ火が通りません。弱い火で、気長に炒るのです。

よく炒れた豆を冷まして、手で揉《も》むと渋皮がらくに剝けますが、炒れないと剝けません。剝いた豆はごらんの様に摺鉢へ入れて、まず摺木《すりこぎ》でよく砕いてから摺りつぶすのですが、なかなか骨が折れます。炒り様が悪いほど粘りついて、摺れません、一つ摺ってごらんになりませんか」

客「イヤハヤ、僕は味噌を摺ることとさえ下手ですから、とても駄目です」

「男の方は誰でも台所のことを軽蔑して、飯の炊きようも知らんとか、味噌を摺ることも出来ないとか、おっしゃいますが、戦争へ行って籠城したら、どうなさいます。高尚な学理は知っていても、自分で自分の食べものを作れなかったら不自由ですね**」

客「そう言われては一言もない。しかしそれはだんだん覚えるとして、それから南京豆をどうするのです」

「摺鉢でよく摺れたら、塩と砂糖で味をつけて、お湯を加えてドロドロにしますが、もう一層美味しくするのは、牛乳を半分ほど入れます。見てらっしゃい、いま上手にこしらえますから」と、一々その手順を示し、また客を以前の客間に誘って

「さあ大原さん、出来ました。きっと沢山召上るだろうと思って、大きなお丼へ入れてきましたから、ご遠慮なく何杯でもお代りなさって下さい」

客は、夢に見た胃吉と腸蔵に気がねして
「それでは少々いただきましょう。餅はもう沢山ですから、汁だけでも」

一口二口試みたが舌をうち鳴らし
「これは美味しい、実にうまい。炒ってあるせいか、割合に淡泊ですね」

奥さん「中のお餅も一つ召上って下さい」

客「この餅も軽くって、何とも言えぬ味がある。これは何という餅です」

「それは葛入《くずいり》餅といって、葛の粉少々と餅米といっしょに蒸して、よく搗きぬいたのです。どうぞお代りなさいまし」

客「あんまり美味しいから、もう一杯」と遂に三杯まで賞味する。胃吉と腸蔵がどんなに驚いたことであろう。

＊『食道楽』は小田原在住のとき書きはじめた。近くの秦野や伊勢原は、南京豆の産地で、現在も美味しいものを出す。
＊＊日露戦争のとき水雷艇で『食道楽』を参考に米料理をつくったと聞く。君子は台所に出ないのがそれまでの常識だった。この頃はキャンプや登山で、若い人は野外炊事を楽しんでいる。

友人の妹

小山の家で満腹になった大原は、同じ大学以来の親友、中川文学士のところへ、郷里の長崎から妹がきている、しかも料理の上手な二十一、二歳の美人ときいて、かねて嫁さがしの念もあり、その足ですぐ訪ねた。

中川というのは、二年ほど前に大学を出て、今はある文学雑誌の編集に従事している人物、下宿屋住いも不自由と、去年新しく家を借りた。はじめ女中を雇って、世帯をまかせたが、これも不便が多いので、国元から妹を呼び寄せて家事をまかせ、好い口があったら東京に嫁入らせようとの下心である。

妹お登和に、今日の豚料理の出来ぐあいをききながら、留守中に大原満が年始に来なかったか、ご馳走しても張合いのある大食家だ、と中川。

「その大原というのは、校中第一の健啖家で、賄《まかない》征伐をやるときは、一人で七、八人前を平らげるという剛の者だ。鰻《うなぎ》の丼なら、三つ以上五つ位食べなければ、承知せんくらいの大食家だ。あの男におまえのこしらえた豚料理をご馳走したら、さぞよろこぶだろう。ご馳走はたくさんあるかね」

などと、噂をしているところへ、門の外にバターリバターリと、重そうな足音がきこえる。

「ああ、あれは大原に違いない。腹が大きくって、速く歩けないから、急ぐときでも豚の歩くようだ」

牛歩豚行の大原は、心に未来の夢を描いて、嬉しそうに中川家の格子戸を開けた。主人中川は襖《ふすま》をひらいて、

「大原君、待っていたぜ、今日は君がきっと来るだろうと思って、待っていた。もしや来なかったら、呼びに行ってあげたいと思ったくらいだ。マア、上り給え」

その様子に大原はひとしお嬉しく、あがって座敷に通る。

「中川君、まずお目出度う。時に今日はどういうわけで、そんなに僕を待っていた」

主人「それはね、今度僕の妹が、国からでてきた。これが妹だよ」

話なかばに、まず妹を紹介する。紹介されぬ先から、その人の顔を孔のあくほど眺めていた大原は、平生の書生風に引きかえて、俄《にわか》に容《かたち》を正し、いんぎん丁重に両手をついて、初対面のあいさつをして、

「ありがたいわけだね、君のご令妹がご上京について、僕を待っていたとは、実にありがたい。即ち天意ここに在《あ》りかな」

主人「なに？」

大原「イイエさ、僕も早く来ようと思ったけれども、小山君のところへ寄って遅くなった」

主人「そうだろうと思ったよ、僕の妹は料理自慢だ。長崎辺の風で、女の子に料理法を十分に仕込むが、妹は国で習ったほかに、神戸や大阪で、和洋の料理も少しずつ研究した。今日は幸いに、長崎の豚料理をこしらえたから、誰かにご馳走したい。せっかくご馳走するなら張合いのある人に、というわけで君を待っていた」

大原「オヤオヤ少し当てがちがった。少し都合が悪いよ、僕は小山君のところで、南京豆のお汁粉というものを、腹いっぱい食べてきた」

主人「あれをやったかね、少し食べると非常に美味しいけれども、なにしろ脂肪だから、食べすぎると胸にもつね。あの奥さんが君の食べるのを面白がって、むやみにすすめたろう」

大きな丼で、三杯も食べたときいて、

主人「ヤレヤレ、それは生憎《あいにく》だったね。折角、君にご馳走しようと思って楽しんでいたのに、妹もさぞ不本意に思うだろう」

大原「ところが、他の人のご馳走では、もう一口も食べられないが、ご令妹のお手料理ときいては、腹が裂けるまでもこのままに引下がれない」

主人「では食べるかね。相変らず豪《えら》い勢いだ。僕も飯前だから、いっしょにやろう」

お登和嬢にお膳を出させる。

運ばれてきた大きな食卓の上には、見馴れない料理の皿が、盛り上げられている。大原

はまず鼻をうごめかして
「どうも好い匂いだ。何とも言えぬうまそうな匂いだ。僕は今まで豚を食べて、あんまりうまいと思ったことが無い。豚はまずいものとおもっていたが、料理法次第でそんなにうまくなるかね」

主人「うまくなるとも、牛肉の上等よりなおうまい」

大原「まさか」

主人「イヤ、実際だよ」

熱心に説きはじめようとするとき、妹のお登和が小声に
「兄さんご酒をつけますか」

兄「そうさ、少しつけておくれ」

ご馳走には、必ず酒の伴う悪い癖。

豚料理

主人の中川は熱心に豚の弁護をはじめ
「大原君、僕は日本人の肉食を盛んにするため、豚の利用法を天下に広めたいと思う。豚の肉は牛肉よりも価が安くて、料理法次第で牛肉よりもうまくなる」

東京辺で豚の上等の生肉が、二十二、三銭、腿《もも》の肉はずっと安い。買い場所によると十銭以下、その腿肉がハムになると、和製で一斤〔約〇・六キログラム〕三十銭から三十五銭、アメリカハムは一斤五十銭ぐらいだが、欧州製の上等ハムになると一斤一円二十銭する。「西洋料理でも上等ハムの料理は、牛肉より貴《とうと》いとしてある。同じ豚でもそんなに違うではないか。君は以前、どんな料理を食べたのかね」

大原「牛肉の煮込みのように、鍋の中へ豚の生肉をぶちこんで煮たのさ」

主人「アハハ、それでは言語道断、乱暴狼藉というものだ。長崎辺では、むかしから豚の生肉に毒がある、といっている。西洋料理でも、たいがい一度茹でてから使う。豚の生肉には、例の寄生虫がいる。それに脂肪が強いから、生肉をたくさん食べると、身体に腫物ができる。おまけに消化も悪い。その代りハムにでもすると消化がよくって、腸チフスの後に第一の肉食は、上等のハムを与えるというくらいだ。豚の肉や猪《いのしし》の肉は、何の料理にするのでも、まず大片を、二時間＊くらい茹でて、杉箸がその肉へらくにとおる時を適度として引上げ、それから煮るとも焼くともするのだ。又はソボロ料理のような小さく切ったものは、塩湯で茹で、油で炒りつけて、それから二時間も煮ぬくのだ」

大原「そうかね、そんなに茹でたり煮たりしたら、味がぬけてしまいはしないか。白いところなんか、溶けて無くなるだろう」

主人「白い脂が溶けて消えるようなのは、下等の豚だ。上等の肉の脂は、煮るほど軽くなって溶けない。豚の肉の上等は、三枚肉とも七段肉ともいって、赤と白と段々になったところだ」

東京辺の豚は乱暴だ、二十貫〔一貫は三・七五キログラム〕もある親豚を食用に売るから、硬くって味も悪い。長崎辺では、食用にするのは小豚ばかりだ。小豚の肉は柔かくって良いが、もう一層うまいのは去勢した豚だ。近頃は西洋から、ヨークシェヤだのバークシェヤだの、色々な種類がくるけれども、みんなシナ豚を種にして、ヨーロッパ在来の種類を改良したものだ。どうしても、豚の元祖はシナで、料理法もシナ風のが美味、と豚のために気焔《きえん》をはく。

妹「もし兄さん、お汁が冷めるといけませんから、早く召上って下さい」

＊茹でる時間がかなり長いが、炭火を使った時代のこと、ガスのような強い火では、もっと短時間でよい。

豚の刺身

客の大原は、もうお腹の中に食物をいれる余地はないが、心に望むことがあるので、むりに箸をとって

「なるほど、この汁はうまい、色々野菜もまじっているが、この豚は口へ入って、溶ける

ようだね」

主人「それは琉球《りゅうきゅう》の塩豚だもの。* 琉球の塩豚は有名なもので、牛肉なんぞより数倍のご馳走だぜ、豚だくらいに軽蔑されては困る」

大原「イヤ、どうして軽蔑ができるものか、琉球豚は上等かね」

主人「種がシナから来ているし、飼い方も進んでいる。もちろん古来から食用にしていて、良い種類をふえさせた結果もあろうが、一つには地勢によるそうだ」

豚の元祖は猪だが、それもシナのが美味。ヨーロッパは土地が平坦でないから、猪がつねに筋肉を労して、肉が硬くなる。シナは地勢上、猪もノソリノソリと育つから、肉がうまい。豚は猪を家畜にしたものだ、と説明。

大原「なるほど、豚にもいろいろ区別があるね。この刺身のようになってるのも大層うまいが、どうしてつくるね」

主人「それは豚の刺身というが、君のような下宿生活でも、一度こしらえておくと五日も六日ももつから、試してみたまえ、わけはないよ」

豚の三枚肉の大片を、鍋へ入れて一時間から二時間よく茹で、杉箸がスーッととらくにとおるのを適度とする。別の大きな丼へ上等の醤油を注いで、茹でた豚肉をすぐ漬けておく。それが一日もたつと、肉に醤油味がしみて、いい味になる。食べるとき小口から薄く切って、溶きカラシをそえる。

主人「一番手軽な豚料理だ。しかし、僕の家のは少し贅沢に、それをまた一時間ほどテンピへ入れて、蒸焼きにしたのさ」

大原「テンピとは何だ**」

主人「俗にいう軽便暖炉だ、しかし君らが使うには、カステラ鍋でたくさんだ」

また別皿の豚ソボロが、サッパリしていいと訊くので、それも教える。

豚の肉を細かく糸切りにして、グラグラ沸騰している塩湯へ、少しずつ落してサッと茹で、網杓子《あみじゃくし》で笊《ざる》へすくい上げ、水気を切る。別鍋へ油を少し入れ、これを炒りつけ、水一升（一八〇〇cc）酒一升の割合で二時間ほど煮る。牛蒡《ごぼう》と糸こんにゃくと木くらげか、他の野菜でもやっぱり細長く切って、それへ加えて、砂糖と醤油で味をつける。葱を細かく切って薬味に添えるといい。女のお客にご馳走するには一番だとことばをそえる。

大原「僕は、豚ではないと思った。まったくご令妹のお手料理だから、なおさらおいしいのだね」

今に君が奥さんをもらったら、妹に教えさせよう、と中川に言われ、お登和にもうなずかれ

大原「僕のようなところへ、嫁にきてくれる人がありません」

ひそかに、先方の気をひいてみるが、娘は何とも答えず、中川が冗談めいて

「アハハ、来てくれる人があっても、君の大食を見たら、胆をつぶして逃げるだろう」

大原は打ちしおれて黙っている、到底わが心人に通ぜず……というような元日を過したのちの、夢の話である。

＊琉球の塩豚は、いつも取りよせていた。片脚ずつ包んだ袋が台所にぶら下がっていた。その味は忘れられない。

＊＊テンピなど西洋料理の器具は明治三十年代には、ごく珍しかった。附録に表をつけた版もある。

イモ料理

翌日、小山文学士の家では奥さんと訪れたお登和嬢とが、ひたすら料理談。家庭料理の目ざす点は、安い材料をおいしくこしらえて食べるのと、捨てるようなものを利用して料理すること、との説に感心して、有合せのサツマイモの料理をお登和さんにたのむ。

「手軽にはサツマイモの梅干和《あ》えが結構ですし、牛乳を入れたマッシ、寒天の寄せもの、小麦粉と玉子を入れた蒸物《むしもの》、フライ、それに食後のお菓子で茶巾絞《ちゃきんしぼ》りなんぞがよろしゅうございましょう」

と台所へ立って、女中さんともどもイモを切りはじめる。

「まあお登和さん、たいそう長いセンが出来ましたね、二尺〔一尺は約三〇・三cm〕も三尺もどこまでも切れないのが不思議ですね」

お登和は手をとめず、イイエ私は下手でと言いながら、塩湯を煮立たせ、この繊切《せんぎ》りをさっと茹でる。洗塩でよくしまったイモの繊切りは切れずに、色も美しい。つぎにほんの少し水を入れ、塩と砂糖で味をつけ、長く煮すぎると切れるからと加減しながら、手早く煮物をこしらえて見せる。

「まあきれい、誰が見てもおイモと思えませんね」奥さんと女中さんの切ったイモも、一度茹でこぼしてアクをぬき、梅干和えにかかる。

お登和「そのおイモを少しばかり裏ごしにして摺鉢へ入れて下さい。それから梅干の種をとって、やっぱり裏ごしにしていっしょに入れて、お砂糖をまぜてよくすれば出来ます*」

夫人「お塩は」

お登和「梅干の塩気でたくさんです。別におイモをサイの目に切って、塩と砂糖で煮て、それをこの梅干あえにまぜるとまた上等になります。百合《ゆり》もよろしゅうございます」

サツマイモのマッシもフライも、茶巾絞りも寄せ物も順々に出来て、ふだんは安物とされるサツマイモが、お登和嬢のおかげで今日は上等料理に出世した。

料理しながらそれとなく、かねて大原にお嫁さんを頼まれていた小山夫人は、お登和嬢の気をひいてみるが、嬢はちと大原を軽んじている様だ。そこへ「今日は」と大原が入ってきた。

＊ミキサーやジュウサーも利用できるが、回転熱が出るので、味のよさは擂鉢でしたのに及ばない。

大得意

いたずら好きの書生達は、お登和嬢の心をひき寄せるために贈りものをせよ、と大原にすすめ、代りに半エリを買いに行って、老婆のかけそうな半エリを選び、大奉書《ほうしょ》に包み水引《みずひき》と大ノシをつけて、大原に渡す。

世事にうとい大原は、後生《ごしょう》大事にそれを持って中川の家へゆくが、あいにく、お登和嬢は、小山文学士の処へ出かけた、ときいて、そこへまわった。

訪れる声をきいて出迎えた小山夫人に、大原は「奥さん、お登和さんはこちらに来ていらっしゃいますか」

とあいさつよりもさきに問いかける。その様子に笑いながら「はいおいでです。……お登和さん！」と呼ぶので、しぶしぶ座敷へ入ったお登和は、よそよそしく黙礼するばかり、遠く離れて座を占めた。

大原はきのうのごちそうで、ずっと親しくなったような気持で

「お登和さん、きのうは誠にごちそうさま、僕はきのうのお礼にお登和さんに差上げたいと思って、半エリをもって来ました」

と大切そうにわきへ置いていたフロシキ包みを、うやうやしく取りあげ、包み紙の折れないように、そっと開き、大奉書、大水引の品を出し

「お登和さん、失礼ですけれども……」

と、もったいらしく差出した。お登和は「いいえ、そんなものを戴きましては」と辞退して受けようともしない。小山夫人は、大原の様子がおかしくてならぬが、笑うにも笑われず「せっかくのおみやげですから」と大原のために言葉を添える。

大原は、お登和嬢が謙遜《けんそん》して受けぬものと思い

「中川さんにも、今そう申して来ました。お受け下さらないと、僕の志が無になります。これはわざわざ、あなたに差上げるつもりで、近頃新製の、珍しい半エリを選んだのです。どうぞお受け下さい」

と押しやるが、お登和はしり込みして身をすさる。小山夫人が仲に入って、しきりにすすめるので、せんかたなく「それでは戴きましょう。ありがとうございます」不承不承に受けてわきへ置いたままだ。大原は、はりあいなさそうに、お登和の顔を眺めている。

小山夫人はとうとう、おかしさにたえかねて

「大原さんが半エリをお買いになったのは、生まれてからはじめてでしょう。どんな品を

お見立てなさったか。お登和さん、ほかのお方でないから、ここでお見せなさいな」
お登和は別段見たくもない様子で、ただ「はい」と包んだまま渡す。夫人はまず、その大奉書と大水引に驚きながら、笑いをしのび、お登和に代ってそっと水引をぬき、中の品物を取出して「オヤ」と一声。お登和もちょいとのぞいてみて驚いた様子、早くお登和さんのよろこぶ顔を見たいと、心も躍るばかりだった大原は、心中《しんちゅう》で「なるほど非常に珍《ちん》物《ぶつ》らしい、こんなに驚くほどだから……」と内心愉快になった。
いかにも驚いた夫人は、しばらく大原の顔を見つめて、おかしさより不審気《ふしんげ》に
「この半エリは、自分で小間物屋へ行ってお買いになったのですか」
ときくと、大原は大得意で
「イヤ人に頼んで買ってもらったのですが、珍しいでしょう」
というのに、夫人は
「珍しいにも何にも、若い娘さんにこんな半エリを持って来て下さるとは、古今無類の珍談です」
その半エリは、六十位のおばあさんのかける品だと説明したので、大原は青くなった。あわてて引っ込めて、買い直そうというのをとどめて
「いいえこれでたくさんです。あなたのお志をいただくのですから」
というお登和の心は、より上等の物をもらっては、なお迷惑と思ってなのだが、大原はそ

の一言が何よりありがたいと、ようやく元気をとり戻した。

ついに耐えかねて、吹き出しながら小山夫人は、お登和嬢の指導でつくった、おイモのお菓子を出してもてなし、また料理研究に入る。今夜旅行から帰る主人のための、用意である。

イモタコ　シチュー

やがて、僕にも手伝わせて下さいと台所へ出てきた大原には、大根でタコをたたく役があてがわれた。「大根でたたくとどうなります」との大原の問いに、お登和は再び説明役。

「大根でよくたたいて、その大根をそいでいっしょに茹でると、タコがごく柔かくなって、お箸でちぎれるようになります。おイモかタコかわからないように、柔かく煮るのがイモタコです。タコやアワビを塩でもむ人がありますが、塩では身がしまって、どうしても柔かくなりません」

タコにアズキをまぜて煮る人もあるが、それは、溶けるので、イボなど消えるがシンに堅いものが残る。京都では大豆をまぜて煮る。大阪ではコンニャクと煮る。またお茶をまぜたり白水《しろみず》〔米の磨ぎ汁〕で茹でる人もあるが、大根でたたくのが一番よい、とお登和の経験はふかい。

サトイモも、長くよく蒸して、茹でたタコといっしょにしたら、ザッと、まず砂糖で煮ぬいて、火からおろす前に醬油を加えて味をつける、と注意する。
　夫人の好みの「餡かけ豆腐」の秘伝についてきくと、お登和は
「別に秘伝もありませんが、お豆腐を茹でるときに、お湯の中へ上等の葛を少し入れますと、長く煮ても鬆《す》がたちません。普通のお豆腐でも絹ごしのようになります*」
　餡は最初に昆布とカツオ節で煮汁《だし》をこしらえ、それにお砂糖と醬油で味をつけ、葛をひく。薬味《やくみ》には山葵《わさび》とカラシとよくまぜて出す。それは京都風です、と話しているとき、勝手口から、牛肉屋のご用ききが顔を出した。
　小山夫人は主人の好物のシチューもつくりたいと、ロースを一斤注文すると、お登和はそれをバラに変えさせて
「シチューには、バラといって肋《あばら》のところの肉がよいのです。ロースでは硬く筋ばってよくありません。高い値の肉をわざわざまずくするのです。でもおいしいシチューは、今日の間に合いません」
　そんなに長く煮るか、と驚かれて
「いいえ、長く煮過ぎても肉が硬くなって、味がぬけますし、煮方が足りないでも、柔かになりません。ザッと三時間位煮て、ちょうどよい時に火からおろすのが、シチューの一番むつかしいところです。けれども、おいしい味を出させるには、今日煮たものを一晩冷《さま》

して置いて、あした召上る前に温めて出しますと、肉の味と汁とがよく調和して、ごくおいしいところが食べられます。やっぱり鯉《こい》の濃漿《こくしょう》のように」

「あら鯉こくもそうですか」

「鯉こくもその日に食べてはつまりません。今夜よく煮て、その鍋を地の上におろして、一晩冷して置いて、明日になってもう一度煮なければ、極《ご》くよい味が出ません」

　書生気質の大原は、つぶやいた。

「ごちそうをこしらえるのは、随分面倒ですな」
　＊今は、上等の葛粉が少ないが、カタクリ粉でも、間にあわせられる。

名　物

　台所で料理の手伝いをした大原は、お昼のごちそうを例のごとく飽食したが、お登和の帰った後に小山の奥さんに向って
「どうでしょう奥さん、お登和さんは、僕の処へお嫁に来てくれましょうか」
と不安そうだ。そして夫人から
「あなたのようにそう気短かなことをいっても、出来ません。それに、あんな半エリなんぞをお持ちなすって、かえって人をばかにしたようなもの。柄《がら》にないことをなさるから、

ご自分で事をこわすようなものです」

とたしなめられ、お登和のあまり気の進まぬ様子を告げられて、気をもみながら、小山の帰宅を待った。

夕暮になって、当家の主人は旅先から帰ってきた。待ち兼ねていたのは、奥さんよりも客の大原、早く自分の頼みごとを言い出そうと思うが、小山は携えてきた大荷物を開いて
「大原君、僕は今度到る処の名物を買いこんできた。最初まず三島から豆相鉄道で修善寺温泉へ行ったが、修善寺名物の椎茸をたくさん買ってきた。ところが椎茸の産地へ行って初めて驚いたことがある。今まで僕等が上等の椎茸と思っていた笠《かさ》の大きな、色の薄赤いのは、最下等の種類だね。最上等のは、ここへもってきた寒子《かんこ》の蝶《ちょう》花形といって、肉の厚い笠の小さいのだ。この上等品は秋から冬にかけて発生するのだが、全部シナへ輸出してしまう。春子《はるご》というのはたくさん発生して値もやすい。それが東京回《まわ》しといって下等品だ。見給《たま》え、これが寒子の生《なま》椎茸だ。肉が厚くて表の蝶花形が現れているだろう。これはうまいぜ。

それから天城山《あまぎ》の山葵も買ってきた。山葵は天城山が一等だね。天城の山葵は、卸《おろ》したものを醤油へ入れても、粘着力が強くてなかなか散らない。箱根の山葵はすぐに散る。

修善寺から熱海へ出て、名物のポンズを買って、小田原では、名物の梅干も三樽《たる》買った。小田原の紫蘇《しそ》巻梅干は、梅の実も、肉が厚くって種離れがよくって皮が薄くって格別だが、

それを巻いた紫蘇が小田原の特産だそうだ。ほかの土地へその種をまいても、あんな上等の色の紫蘇は、出来ないというね。

この柚餅《ゆずもち》も、藩《はん》公大久保家伝来の名物だ。その外に箱根の自然薯煎餅《じねんじょせんべい》、小田原蒲鉾《かまぼこ》、塩辛、牛蒡の砂糖漬も買ってきた。

大磯へも寄ったから、虎子饅頭《とらこまんじゅう》と、近ごろ新製の小饅頭《まんじゅう》を買った。この曲物《まげもの》は塩見の甘酒、竹の皮へ包んだのが踏切のけわい団子といって、家は汚いが大磯第一の名物だ。もう少し時間があれば片瀬へ寄って、竜《たつ》の口《くち》饅頭を買って、鎌倉で力餅《ちからもち》を買って、浦賀へ回って日本一の水飴《みずあめ》を買って、金沢で藻《も》ヅクを買って来ようと思ったが、そうは回り切れなかった」

という。この人は諸国の名物を買うのが道楽。大原は驚いて

「こんなに色々の物を買いこんで、どうするつもりだ」

「これには少しわけがある。中川君の妹のお登和さんという人は、長崎じこみの料理自慢だから、持ってって食べさせたい」

「うん、そのお登和さん、僕はお登和さんのことで、君の帰りを待っていた」

と、この機に乗じて、心中を訴える。

万年スープ

大原君の大食で愛想《あいそ》がつきたお登和に、話を取持つのは難事ながら、親友の情誼《じょうぎ》にあつい小山は、翌朝土産物の数々を携えて、中川の家を訪ねた。妹にかぶれてか、食物道楽に傾いている中川は、小山の土産を喜んで、食物の話がはずみ、妹のお登和の料理自慢になった。

小山はおもむろに、大原が、そのお登和を懇望する由を告げると、中川はクスリと笑って

「大原君か、道理で昨日も妙な様子だと思った。妹に、不思議な半エリを買ってきてくれたそうだ」

大原君だって別に悪い点はないが、何しろあの大食には恐れ入る、とのことば。小山は

「大食だけがあの男のキズだ。その大食は自分でも知っているから、お登和さんが側にいて直してゆけば必ず直る。大食がなおれば、脳の働きもよくなる。僕は後世畏《おそ》るべき人物だと思う。あの通り正直で律義で、自分から脳の鈍いのをいって、他人より二倍も三倍も勉強する。それに第一誠実で、親切で、無邪気で、物堅いから、良人《おっと》にもてば女は幸福だね」

と大いに親友のために力説していると、お登和が大きな食卓を持ち出した。中川は「今日は妙な折衷料理だが、このスープをひとつ試みたまえ。僕が万年スープと名づけた、新工夫のスープだよ」

朝鮮半島の牛頭スープから思いついたが、一年中、大きな鉄鍋に煮こんでいる、味のよくて滋養分も多いもの、それを工夫して、中川は牛の脛《すね》でつくる。

「牛のスネの骨付きという、一番やすいところを五、六本大きな鍋に入れて、火鉢にかけて置く。鶏の骨でも、野菜でも何でも入れる。葱を切っても、大根や人参でも、頭や尾の捨てる様なところは、ごみ溜めへ捨てずにスープへ入れて、火のあいてる時にかけ通しておく。四、五日目位からスープがうまくなって、これを食べると普通のスープは食べられんね」*ただし野菜の分量が、骨や肉の分量より多くなり過ぎると、味が悪い。十日間位同じ材料でするという。次の牡蠣《かき》フライの後にも、珍しい皿が出た。中川は

「これも牡蠣料理でオイスタークリームという。バター一杯を鍋へ入れて沸かして、それからメリケン粉一杯をよく炒《いた》め、水一杯と牛乳一杯とクリーム一杯と、塩胡椒とを加えて、よく練りながら煮てかけ汁を作る。別の鍋へ牡蠣を並べてテンピで十分間焼いて、牡蠣から出た液を前のかけ汁とまぜて、焼いた牡蠣へかけるのだ」

一々講釈つきのごちそう。兄達の話を小耳にはさんだお登和は、なかなか台所から出て来ない。

＊インスタントスープ類の数々ある現代だが、やはり真の美味はこのように煮こんだスープにある。冬から春は火に親しむ試みやすい季節。

料理の原則

家庭の経済は、原料の安い品物をあつめて、味のよい料理を作るにある。客の小山は主人中川の説に一々感心しながら、牡蠣料理につづいてビフテキ、また長崎名物の角煮を出され「色々ごちそうができるね」と驚く。

中川は

「品数は多いが、分量は少ないよ。西洋人の家でごちそうになってみたまえ、品数が多くて分量の少ないこと、お雛様のお膳のごとしだ。それにビフテキでもシチュウでも、肉が少なくて野菜が多い。西洋料理の原則は、生理学上から割り出してある。働く人と働かぬ人と、夏と冬と少しずつ違うけれども、大体その標準は体量一三貫余〔約五〇キロ〕の人は一日に二〇〇〇カロリー、一九貫〔七〇キロ余〕の人は三〇〇〇カロリーの食物を摂らねばならぬという。＊食物の成分からみると、一九貫の人で一日に蛋白質《たんぱくしつ》一一八グラム、脂肪が五六グラム、含水炭素〔炭水化物〕五〇〇グラム、その余は水分、とこう決めてある。蛋白質と脂肪は主に肉類や乳にあって、含水炭素は野菜や穀物にあるから、肉と野菜の分量もその割合にしなければならない。僕の家のはそれで何でも少しずつだから、さあ、角煮も食べてくれたまえ」

と説明。略式の角煮の作り方は——最上等の豚の三枚肉を大きいままで杉箸の通る位によく茹でて、一寸四角（三センチ角）に切って水一升（一八〇〇cc）酒一合（一八〇cc）ミリン一合位の割で五時間ほどよく煮る。火から下ろす前に、醤油をたっぷり入れ、好みの味として煮つめる。

「白い脂が溶けず、赤い肉が箸で自由にちぎれなければ、角煮の値うちはない。溶《とき》辛子をつけて、食べてくれたまえ」

と、中川は講釈をつける。小山は「うーん、うまいね。本式の角煮はどうするのだ」ときく。

＊明治二十年代、弦斎がアメリカ留学中に栄養学がおこったが、その頃の標準である。現今は大体成人男子で二五〇〇カロリー、重労働の時は四〇〇〇カロリーとされ、女子は三〜四〇〇カロリー少ない。成分についても進歩、細分されている。日本栄養学の祖、佐伯《さえき》矩《ただす》博士は、この『食道楽』にヒントを得て、この道に進まれたと、かつて私に直話《じきわ》があった。

東坡肉

中川は
「本式はめんどうだよ。この角煮は、あの文名高い宋の蘇東坡《そとうば》が工夫した料理だといって、中国人は東坡肉というものだ。最初は前と同じように、軟《やわら》かく茹でて冷ましておく。* 別鍋へ、胡麻の油と砂糖と、半分ずつ入れて火の上で混ぜるが、混ざりにくいから酒をほんの少し加える。多く入れると、油がパチパチはね出して大変だ。そこがむずかしいので、上手に酒を加えると、油と砂糖が互いに溶けあって、ベッコウ色に透き通ったものが出来る。それを故郷の長崎では、色付け油というね。
　で、焦げ過ぎぬ様に気をつけて、色付け油を作り、その中へ豚の皮ばかり小さく切って炒りつけ、火から下して冷まし、皮を出してしまう。今度はその色付け油を深い鍋へ移して、水一升と酒一合の割で加え、その中へ前に茹でた豚肉を、一寸角（三センチ）に切って入れて煮こむ。それからの煮方は、略式と同じだが、出来上った鍋をおろして、地の上に置いて冷まし、イザ食べるという時にあたためる。今日こしらえたら一晩地の上へ置いて、明日食べると味がいいのだ」
と、中川の話はくわしい。小山が、「そんな面倒なことはとてもできない。まず略式から

試してみよう」と角煮を食べ終ったところへ、お登和が、二つの小皿を持って出てきた。小山は
「お登和さん、どうもごちそうさま。今日のはどれも珍しいものばかりでしたが、殊に角煮はホオが落ちそうでしたよ」
お登和も張りあいがあって、心うれしく
「このお皿のは、昨日奥さんにお話した西京のお多福豆、こちらのは百合の梅干和えで」
とすすめる。

＊茹でる前に蒸しておくと、早く軟かくなる。

五　味

食物を喫することを知って、食物を味わうことを知らなければ、共に料理を談ずるに足らぬ。食物を味わうことを知って料理の法を知らなければ、共に生理のことを談ずるに足らぬ。人がこの世に生存するのは、毎日の食物を摂するためである。食物は生存の大本であるが、世人が深く注意しないのは怪しむべきことだ――中川はなおも長広舌をふるって
「小山君、もう一つ聞いてくれたまえ。シナ料理の原則に、五味の調和ということがあって、誰にでも応用ができて、自然と化学的作用にも合っている。すなわち必ず、甘《あま》いと

鹹《しおから》いとの外《ほか》に、辛《から》いと酸《す》いと苦《にが》いとの、五の味が備わらなければならない。いま差上げた料理の中には、甘いと鹹いとはもちろん、胡椒やカラシの辛いのがあり、梅干やミカンの酸いのがあり、百合、ミカンの皮の苦いのがある。どうも日本人の食物は、単調で、二味か三味になりやすいが、五味が具《そな》わると、互いの化学的作用で消化もいいし、心持もいい。これを世人にすすめたいと思うが、どうだね」

小山は

「なるほど、それもよかろう。時に御馳走の話はもう沢山だが、さっきの大原君の話はどうだろうね」

と再び本論に入り、しきりに親友大原のために、説いて帰った。

中川が後で黙考していると、物思わしげに側へ寄ったお登和が「ねえ兄さん」と語りかける。

疑問

せまい家なので、小山の話がすっかり聞えているお登和の一言に、兄の中川は妹の心をはかりかねて「うん、なに?」と重苦しい返事。

お登和の言い出すことは、少し案外だった。

「兄さん、小山さんのお話を伺うと、世の中には誠実な人がめったにないようですが、まさかそんなでもありますまい。大原さんばかりが誠実で、外《ほか》の人はみんな不誠実、というようなことはないでしょう」と、誠実の問題に疑問があるのだ。兄は純真な妹の心中を、さもあろうとうなずいて

「なるほど、まだ世の中のことを知らないから、そう思うのも無理はない。しかし、だんだん経験するとわかるが、今の世の人に一番欠けているのは、誠心実意だ。外のことはともかく、女の身としてみても、結婚前に、さも親切らしく熱心らしく、愛情をそそぐような顔をして、ひとたび結婚すると、酒道楽や女道楽、勝手次第の男子も多い」と政治家、教育者、文学者、実業家等の道義が地に落ち、誠実が欠乏していることを、慨《がい》歎《たん》する。お登和はこまごま説かれて、つぶやくように

「そうしてみると、あの大原さんは、貴いお方でしょうか……」

心の礼

形に礼ある人は、今の世になお求むべし。心に礼ある人を尋ねなば、滔々《とうとう》天下幾何《いくばく》かある——形の礼も軽んずることはできぬが、心の礼はなお一層重い。女子が良人とたのむべき人は、誠実の心をもつ男子に限る、と兄に説かれて、お登和の大原を軽んずる心がうす

れた。

兄の中川は、妹が大原に嫁げば幸福であろうと、大原の主張する「心の礼」を挙げて「社会の文明をすすめるには、心の礼を世間の人に教えねばならない。心で人を貴び、人を敬い、人を憐《あわれ》むのが、人の道だ。しかるに今の世間では、口で人を貴んで、心で人を賤《いや》しむという、悪い風がある。例えば学生にしても、教室で教師の前に出ると、先生、先生と尊重しているが、あとでは教師のことを、アイツよばわりする者がある。これこそ、心の礼のない態度で、人間の悪徳だと大原は攻撃しているよ。大原ばかりは、いつでも先生、先生と尊敬しているし、友達のことも決して呼びすてにしない。私だって、つい大原がこうだ、と人に話すくせがあるが、大原は私のことをいつも、中川君がこうした、という風に他人に話している。あの男の影響で、仲間の学生の風儀がかなりよくなったから、先生もそれを喜んで、多少成績は悪かったが、お情けで卒業させたのだろう」

と語ると、お登和は「お情けの卒業はちと困りますね」

笑いながら、大原に好意を寄せるようになって、兄と妹の相談は、ほぼまとまった。

四、五日過ぎて、このことを大原に通じさせようと、中川は親友小山の家をたずねた。小山夫妻にその話をすると、夫妻も世話がいがあったと悦《よろこ》んだが、不思議なことに、大原がその後、いっこうに顔を見せないという。

ちょうどお昼ちかく、小山は夫人に、昼飯の支度を命じた。

半熟卵

「ハイ、ですが中川さんにうっかりしたものを差上げると、お笑いぐさの種になって……」

「ナニかまうものか、いつもお登和さんに教わっているのだから」

「それに、あいにく、今日はまだ魚屋も来ませんし、家にあるのは玉子くらいですから……、中川さん失礼ですが、玉子はどうしたのが一番いいでしょうね」

「そうですね、妹はいろいろな玉子料理をこしらえますが、僕はよく知りません。けれど玉子はほんとの半熟が、一番消化もいいし、味もいいようですね」

「半熟に、ほんとうそがあるかね」

「あるさ、ほんとの半熟はむずかしいもので、白身も黄身も、両方とも半熟にならなければいけない。とかく、白身ばかり半分固まって、黄身は少しも煮えてないのを出す。あれでは白身の半熟だ。昔から、温泉で茹でると、ほんとうの半熟が出来るというので、修善寺や熱海の宿で客に出して、温泉の効能だと誇っていたが、研究の結果によると、全く温度の加減にあるのだね」

「その加減と申しますと……」

「弱い火へ湯をかけて玉子を入れますが、その湯に指先をちょいと入れられる位の温度で、三、四十分茹でるのです。摂氏の六十八度より低からず、七十度より高からずという温度です*」

「まあ、むずかしそうですね」

「こうして出来た半熟の味のいいことといったら、玉子のきらいな人でも食べられます。それにいつまでも腐らないで、暑中でも三日は保ちますよ」

　小山夫人は、そこで玉子の箱を持ちだす。

「おついでに、どうぞ玉子の良し悪《あ》しを教えて下さいませんか」

中川は小皿の上へ割ってみて

「よくご覧なさい。玉子を割ってみて、黄身がこのとおり中高《なかだか》に盛り上って、白身も二段か三段に高くなっているのは、新しい証拠、こういうのは、外の皮もテテラ光沢の出てない、うすく胡粉《ごふん》を塗ったようなのに限ります。……それ、黄身の上に鳥の眼くらいなまるい小さい線《すじ》がある。俗に黄身の眼というが、これが玉子の胎盤です」

　この眼が黄身の真中にあって、眼の近所に何もない。こういうのは受精しない玉子で、受精しない玉子は味もいいし、永く保《も》つ。寒いときの玉子は雄の交尾力が落ちるから、受精しないのが多い。寒玉子を珍重するのは、受精していない玉子は効能があるからと、中川は説明し、つづいて

「ではもう一つ二つ割ってみましょう。ああこれは受精した玉子だ。眼のところへ透明なドロドロしたものがついて、それが黄身の白い紐《ひも》とつづいてますね。白い紐はカラザといって、黄身を両方の皮から吊っている紐で、それで黄身がまん中にあるのです。その紐にドロドロしたものがついているのは、受精したしるしです」

「なるほど、両方ならべてみるとよく解るね。それでは、玉子の雌雄はどうして見わけるかね。俗に細長いのが雄で、まるいのが雌だというが……」

「それは全く俗説だよ。長いのとまるいのは、卵道の構造によるのだ。鶏卵の雌雄が分ればアメリカから十余万ドルの賞金がもらえるぜ**」

「では、毎日その鑑別法を研究するか」

「それではこの割った玉子で、田毎豆腐《たごとどうふ》でもこしらえて、南京豆のうま煮がありますから、それでお昼を召上っていただきましょう」

＊半熟玉子を手軽くするには、熱湯の中に玉子を入れ、一分間ですぐ火を止め、鍋の温度を保つようにして、十分間置く。このとき玉子を鍋のふちから、滑りこませるように入れないと割る。沢山の玉子は、ザルに入れてすること。
＊＊明治三十年ごろのこと。最近雛の雌雄鑑別には日本人が大いに活躍している。

風流亡国論

客の中川は嘆息しながら

「小山君、君も知っているとおり、僕は平生、風流亡国論を唱えている。日本人の似非《えせ》風流は、亡国の基と主張しているが、玉子の話についてもいよいよそのことを想い起すね。実用になる科学知識の研究をなおざりにして、やれ歌とか俳句とか、無用の閑文字《かんもんじ》に脳漿《のうしょう》をしぼる。そんなことは専門家にまかして、玉子の雌雄鑑別法でも研究し、全世界の養鶏家へ利益を与えたらどうだろう。日本人に発明の出来ないのは、能《あた》わざるにあらず、なさざるなり。遠い昔の芭蕉や其角《きかく》の句は諳誦《あんしょう》していても、毎日食べる玉子の新しいか古いか解らないような心掛けでは、どうしてこの文明世界へ進むことが出来よう。僕は世人が気楽なのに驚くね*」

小山も同感とみえ

「いかにもそうだ。書画や骨董の鑑定に長じている、などといばるが、玉子の古いのもわからぬ世の中だ。世の中のことの多くは本来軽重を誤っている。女にしても、珊瑚《さんご》の玉と明石玉《あかしだま》との、鑑別は上手でも、房州鯛《ぼうしゅうだい》か三浦鯛か、新しいか古いか、よくごぞんじない」

と、奥さんにまでとばっちりの議論の間に、ようやく昼食の仕度もととのった。

主人の小山は、まず椀のフタをとって、お毒味しながら

「うん、これはうまく出来た。中川君、この田毎豆腐をやって見たまえ」

＊現代ならさしずめ、スピード亡国論といいたいところ。俳句熱のふうびしている様も、明治三十年代と似ているかもしれない。

田毎豆腐

「田毎豆腐とははじめて聞いたが、豆腐の中に玉子が入れてあるね。田毎の月というわけか、味も大層いいね」

「うん、餡《あん》かけ豆腐の変体さ。四角に切った豆腐を茹でて、真中をサジでくりぬいて、その中へ玉子の黄身を落とす。別に葛餡をこしらえてかけるのだが、きょうのは豆腐も柔かに煮えているし、餡の味もいい、別製だね」

「ハイ別製です。お登和さん直伝です」

奥さんは、先日お登和さんに餡かけ豆腐を教わった。豆腐を茹でる湯に葛粉を入れたので柔かい。

「道理でうまいと思った。中川君、その南京豆の煮たのはどうだ。それは僕の家独特の料理だよ」

と、小山はじまん顔。

「いま感心しているところだ。よくこんなに柔かく煮えるね。味も結構だ。奥さん、これはどうしますか」

「ハイ、それは最初南京豆の厚皮をとって、渋皮のままザッと茹でて、擂鉢の中でこの豆を、米を磨《と》ぐように磨ぎますと、渋皮がむけます。それから湯に入れて三十分間ほど、煮てはこぼし、また煮てはこぼし、一時間半ほどの間に三度茹でなおすと、アクがとれます。つぎに、また一時間ほど茹でて、砂糖を入れて、また二時間煮て、今度は塩で味をつけて三十分ほど煮ると、火からおろします。これはやっぱり昨日煮たものを、今日あたためて食べるのが、よいようでございます」

つぎつぎに、南京豆の和えもの、人参の酢煎《すいり》……蕗《ふき》のとうの蕗味噌も、小山家では味噌の代りに南京豆である。大根のふろふきの味噌も南京豆……鶏肉のカツレツの後、ミカンの葛かけが出た。

「おやミカンの葛かけ、これは妙ですな。山葵《わさび》の匂いと辛味があって、いわゆる五味の調和ですな」

「五味だか何だかぞんじませんが、塩とお砂糖の味で濃い葛湯をこしらえて、そこへすった山葵とミカンの実ばかりを入れ、かきまぜました。略式でございますが……」

中川は、自分の主唱する、五味の調和のとれたごちそうを喜んで

「小山君、中国人の五味調和説も、研究してみると西洋の生理学に通じるね。生理学上で食物を消化するのは、五つの液だ。第一が唾液、第二が胃液、第三が膵《すい》液、第四が胆汁、第五が腸液さ。その中で唾液と膵液と腸液の三種が、米や麦のような澱粉《でんぷん》質を消化する。胃液と膵液と腸液との三種が、肉類のような蛋白質を消化するし、膵液と胆汁との二種が、バターのような脂肪を消化する。唾液は口からでてアルカリ性だから、シオカラい味だし、胃液は酸いし、肝臓から出る胆汁は苦い。膵液と腸液はどんな味だか知らないが、とにかく五種の液が消化するところへ、五種の味を摂るのは、しぜんと理に合うね。肉類は主に胃で消化され、穀物は主に腸で消化されるから、日本人のような穀食人種は腸の長さが平均三十尺（九メートル）ある。西洋人より、よっぽど長く、かつ太いそうだ」

「日本人の中でも大食漢の大原君の腸なんぞは、特別に長くて、太いだろう。時にその大原君はどうしているか、そろそろ出かけてみようか……」

流動食

大食漢の大原満も、時には失敗することがある。下宿屋の楼上に病臥《びょうが》して、平生の元気も失せ、呻吟《しんぎん》していたところへ、親友の小山、中川の二人が尋ねてきたので大悦びだ。枕に臂《ひじ》をかけてようやく首をもたげ

「これはご両君、よくおいで下さった。僕はとうから君たちの家へ上らねばならないのだが、何を隠そう、食べすぎて大失敗をやらかした。一時は死ぬかと思ったよ」

小山の家でごちそうになった帰りに、友人の家へ寄ったら、鰻丼の食いっこをやっていた。またすすめられて、僕も鰻飯は大好物だから、苦しいのをがまんして大丼を一つ半食べ、その後でモモの缶詰をほとんど一人で平らげた。その夜半から腹痛をおこして大苦しみ。食合せも悪かった。*

「中川君、僕はもうこりごりしたから、毎日牛乳とソップばかり飲んでいるが、なかなか癒らんね」

「いつまでも流動食ばかりではいかんね」

「なぜ悪いね」

「なぜといって流動食ばかりでは、胃のために悪いよ。水分は胃で吸収されない。俗にいう茶腹が張ったようになって、胃拡張や胃アトニー症などおこす。大原君は平生暴食の結果、胃袋の皮がたるんでいるに違いない。そういう胃には流動食ばかりではいけない。お登和に、タピオカの料理でも、こしらえさせて上げよう」

「ウンお登和さん、ぜひ願いたい」

そばから小山が
「大原君、喜びたまえ、お登和さんのことは承知されたよ、君の本望は達したよ」

「ありがたい。もう病気全快だ」

と大原は躍り上った。

＊食合せの禁忌はあるべきこと。かつ鰻は一種の毒性をもち、その血清をマムシに咬《か》まれたときの治療に用いる処もあるという。鰻は脂が強いので、果物の酸と合うと、中毒しやすい。

杉の割箸

千金の薬も愉快という感じに優るものはない——今までは起きも出来なかった病人の大原が、本望成就と聞いて床の上に端座した。

「小山君、僕は君の恩に感謝する。中川君はお登和さんを僕のところへくれると、承諾されたのだね。実にありがたい。ひとたび承諾された以上は、後に再び変更することはあるまいね」

中川は「大丈夫だ」と笑いながらいう。大原は、夢ではないかと疑いながら

「しかし、中川君ばかり承諾されても、本人のお登和さんが何といわれたろう。最初の風向きでは少々心細かったが、ご本人も承諾されたろうか」

「うん、妹も別段異存はない様子だ」

「別段に異存はない様子だなんとは、少々不確かだね。ご本人が進んで、僕のところへ来たい、という位でなくっては不安心だ」

「アハハハ、なかなかご念の入るわけだ。しかし、僕や本人が承知しても、一応国の両親へ通知して、その上で事を極《き》めなければならん。国から返事がきた後に、万事を相談しよう。君もまだ病中だ。気をつけて、ゆっくり養生したまえ」

「いやもう全快だ。今の話をきいて、病気がどこかへ飛んでいった」

現金な話。

それから数日後に、大原満に小山夫婦は、中川の招きでその家に集った。大原の愉快かぎりなし――先の日はお登和さんのごちそうを飽食したが、心中に懸念があって、まだ彼女の温情にふれず、今日は彼女の手料理に飽《あ》くよりも、むしろその温情に飽かん――未来のわが妻、他に得がたき良夫人と、心はあたかも、春風に包まれたごとくである。

春風は庭にもきて、桜花の香りが室内に流れてくる。やがて食卓が運びこまれた。四角に見えた食卓だが、横に板をひき出して、支えの腕木をはめると、たちまち長方形の大きな食卓となった。*

大原にはこれも珍しく――「ハハア、平生は四角に小さくなっていて、大勢のときはこう長くひき出すのだな、実に便利だ。いまにお登和嬢と結婚したら、早速これも造らせよう」と、何事も未来の夢に結ばれる。

食卓には白布をかけ、ガラスのバター器、塩壺、ソース、カラシ入れなど体裁よく置かれ、西洋風のナイフ、フォーク、スプーンが五人前並べられた。ほかに杉の割箸《わりばし》が一つずつ、ナイフの側に置かれたのが不思議と、大原はそっと小山にそのわけをきくが、小山も知らないで、主人の中川に質問した。

「中川君、今日は正式のごちそうと承ったが、食卓の様子では西洋料理らしい。ところが、この割箸はどういうわけかね」

「アハハ、それは不審に思われるだろうが、僕の一家の正式だ。割箸をそえたことについては、議論がある。日本人は西洋人と違って、子供のときから箸の使い方になれている。西洋人にはまねのできない一種の技術をもっている。宴会はともかく、家庭で西洋料理を出すときに、なぜ箸を出さんのか、僕の家では、西洋料理に箸を出すのを正式としているのだ」

と。ずいぶん風変りな正式。**

＊当時（明治三十年代）はじめてこのような食卓が、新式家具として現れたことを語る。

＊＊このごろ、立食の宴に、割箸の出ているのを連想させ、興味ぶかい。

鯛スープ

今日はお登和も出て食卓についた。大原はなるべく、お登和さんと並んですわりたい。さりながら、彼女と中川は向う側で、客の三人はこちらに並んですわった。結局、この方が彼女の顔を見られてよいと、大原はあまりくやまない。

パンを食卓にだしたのち、女中は、スープ皿を客の前に置いた。

主人の中川は

「大原君、冷めないうちに早くやりたまえ。これは外形が西洋風で、内容が長崎料理の、鯛《たい》の頭のスープだよ。長崎で鯛の頭といえば、非常なご馳走だ。ことに眼の肉とクチバシの肉は、第一番の上客にさしあげるとしてある位で、鯛の身の中で第一等の美味だね。これは鯛の頭を水から煮て、一日煮通すのだ。頭のほかに骨があったら入れると、なおいいが、少しでも身を入れてはいけない。身を入れると、まるで味が悪くなる。塩で味をつけるから、鯛の潮汁に似ているが、味は十倍もよい。そのつもりで、よく味わってくれ給え。眼の肉もクチバシの肉も、少々ずつ入れてあるよ」

と説明されて、客もその味を感じた。*

大原は舌打ち鳴らし「ああうまい」と、チューチュー音をさせスープをすする。

＊鯛類の頭からはどれもよい味が出る。甘鯛の塩焼きの頭をワンに入れ、熱湯をつぐだけで美味しい汁となる。味はめいめいで、醤油一、二滴たらす。

イチゴ酒

大原の無作法を見かねてか、主人の中川は
「大原君、チューチュー音をさせるのと、舌打ちするのはよしてくれ給え。西洋風にしても日本風にしても、食事法の一番無作法なものだ。それに、テーブルの上へ臂《ひじ》をかけるのは、西洋食事の禁物だ。君の平生主張する心の礼は、もっとも必要だが、形の礼も、少しは注意してもらいたいね。また、スプーンを皿へあてて、カチンカチン音をさせるのも、非常にきらうよ」
「そうかね、僕は一向知らないで、ついまちがったことをする。これからは気をつけよう」
とスープを飲みおわったところへ、ごく小さなコップと美しい小ビンが出された。主人の中川は、自分で小コップを客の前に置いて、小ビンの酒をつぎ
「諸君、この酒を一つ試みたまえ」
と自分のコップにも少しつぐ。小山が先《ま》ず一口味わって

「なるほどこれは妙な酒だ。まるで仙人の飲みそうなものだ、仙家の菊水とでもいうようだね」

「いかにも仙家の酒に違いない。すなわち伊豆の三宅島の、木イチゴからつくった酒だ。酒というよりも、純粋な木イチゴの液だ。三宅島では山へ行くと、全山が野生の木イチゴばかりだそうだ。何ともいわれん上品な味だろう。一口ずつ、シロップのつもりで味わってくれたまえ」

諸国の名物をあつめる趣味の、中川は得意顔。

梅干の効

イチゴ酒で仙家の味わいを賞《め》でているうちに、フライが出された。大原はたちまち

「このフライは何だ。やっぱり珍物かね」

「それは川魚の第一といわれる、ヤマメのフライだ。すなわち一名鯇魚《あめのうお》といって、アユよりうまいよ」

「ヤマメは夏の谷川の魚とおもってた、今ごろも漁《と》れるかね」

「イヤ夏は川上《かみ》にいるが、春は川下でとれる。冬の末からアユの子が少しずつ川へ上りはじめる。ヤマメはそれを食うために、寒中からそろそろ川下へ下りはじめて、今頃はボツ

ボッ川下で釣れる。しかし非常に尊い。先日から地方の知人に頼んでおいて、やっと取寄せたのだ、うまいだろう」
「そう聞いてみると、格別にうまく感じるね。先日よそでムツのフライを食べたが、ムツもフライにすると結構だね」
「うん、小田原のムツの新しいのなら、非常にうまいよ。ムツは元来下等な味で、煮ても味噌漬にしても下品なほうだが、フライにすると味が軽くなって上品になる。それも産地によって味が違う。三浦のムツより、小田原のムツのほうが、値段も三、四割高いが、味は二、三倍も違うね。鯛は三浦のほうが、小田原より上等だが、ムツは小田原へんに限るね」
　小山が傍から
「魚でも牛肉でも、産地で味が違うから妙だ。牛肉も、西では神戸、東北では米沢というが、日本の牛は概して味が好いそうだね」*
　中川は
「そうさ、日本の牛はだいたい食牛に適した種類だからね。牛を大別すると、耕作牛と乳牛と食用牛と三つになるが、日本の牛は食用牛の種類になる。しかし神戸の牛は、たいがい糖尿病にかかっているそうだね。今まで但馬あたりの山中で働いていたものが、急に神戸へ連れて来られて、美味《うま》いものを食べさせられ、運動をせんから、人間と同じように、糖尿病にかかるそうだ。もっとも、その牛肉が有害かどうかはまだ解らんが……よく検査をすると、魚類にも病気のものがたくさんある。ジストマにかかった鮒《ふな》を食べると、人の肝臓にもジストマが発生する。だから食物は、五味を調和して、殺虫剤を食べなければならん。このフライのつけ合せは、梅干の煮たのだが、一つやってみたまえ、和洋混合のつけ合せだが」

「うん、なかなかオツな味だ、どういう煮かたかね」

「梅干はいろいろの効がある。ある場合には殺虫剤になり、時には鉛毒を消す効もある。煮かたはお登和から説明してくれ」

兄に言われて、お登和はおもむろに

「梅干を煮ますのは、最初三度ほどよく茹でこぼして、それからミリンと砂糖とカツオ節をたくさん入れて、三時間位よく煮つめます。塩のからい梅干ですと、四、五度もよく茹でこぼします。精進料理には、カツオ節を入れませんが、入れたほうが味も良くなります」

＊当時（明治三十年代）はまだ松阪牛が知られてなかったのか。世代の変遷の激しい部門であろう。

去勢した鶏肉

　つづいて出された西洋皿には、鶏の肉に白い汁がかけてある。主人の中川はじまん顔に
「このボイルドチキンこそ、天下の珍味だ。フランス人が最上等の料理と珍重する、ドウキングのケーポンだよ*」
　大原が「何のことだね」ときくと、中川は
「ドウキングというのは、肉用鶏の中で第一等の種類さ。ケーポンというのはその去勢したのだ。去勢した鶏の味は三倍もいい。未来は知らず、今のところでは無類の珍味だ」
　中川はここで去勢術の知識を披露し、その効に、感じた小山は、郷里に実施させたいと熱心になった。しかし大原は思案気味。
「そうさねえ、うまいというより、柔かくって綿のごとしだね。僕は、むしろ軍鶏《しゃも》の肉が硬くって美味いと思う」
「いやはや、そういう人にあっては、ケーポンも泣くね。そういう人のところへお登和をあげても、せっかく苦心して、柔かく煮た料理が、かえって君の気に入らんようでは困るね。まあ止《よ》した方がいいかもしれんな」と笑いながらからかう。当人の大原は真《ま》に受けて、おおあわて。

「いや、僕だって、今に柔かいほうが好きになるよ、お登和さんのお料理なら、どんなに出来ても、大悦びで食べるよ」

小山の奥さんも、わざとからかい顔に
「お登和さん、私は大原さんと反対で、あなたのおこしらえになる柔かいお料理が大好きです。このボイルドチキンも教えてください」

と笑いながら大原を見る。

お登和もまた、大原に戯れる心で
「大原さんのお口には合いますまいが、鶏の肉を柔かく煮るには、もし硬《こわ》い肉なら大切《きれ》のまま、ざっと三時間も茹でます。上等にすれば、きれいな布巾へ小麦粉をふりまいて、肉をよく包んで湯の中へ入れます。小さく切ったのは早く茹だりますが、味が落ちます。このドウキングなどは、一時間半茹でればたくさんです。肉が茹だったらとり出して、別の鍋へ、バター大サジ一杯を溶かし、小麦粉大サジ一杯をよく炒めて、今の茹で汁を入れ、塩と胡椒で味をつけて、火からおろす前に玉子を落して、ツブツブのできないようによくかきまわします。それを肉の上にかけたのですが、今度大原さんに差上げる時は、生煮えの硬いのにいたしましょう」

と笑う。大原はうらめしげ……

「お登和さん、どうぞもう、そのことはおっしゃらないでください。ああ、とんでもないことを言ってしまった」

と、愁然とうなだれた。

主人の中川は気の毒になり

「大原君、冗談だよ気にかけたもうな、さあ今度の料理も珍物だから、試してくれたまえ」

＊鶏の去勢術のごく初め、十羽試みて五、六羽しか生きぬころである。このごろは、ブロイラーという、柔かく、味のないのばかりになった。

玄米の粥

ビーフステーキのごちそうのあと、変った魚の料理が出た。皿と盛り方は西洋風だが、味は一種特別の趣きがある。小山夫人がお登和さんにきくと

「それは鰤《ぶり》の梅餡です。鰤の身を上等にすれば蒸しますが、茹でても構いません。それへ梅干の酸味をよく煮出して、その汁へ少しお酒を加え、葛をときこんでドロドロにしました。この梅餡は、何にかけても美味しゅうございます」

という。この一皿が、たちまち客に平らげられると、今度は見なれぬごちそうが、深い皿に盛って出た。

主人の中川は、またしても自慢顔。

「諸君、今度こそ誰もまだ試みたことのない珍料理で、僕の新発明だ。玄米《げんまい》のマッシ、すなわち玄米のお粥《かゆ》というようなものだ」

小山がまず一サジ試み
「なるほど、玄米は非常に滋養分が多いそうで、僕も試みたいと思ってたが、料理の方法がわからない。これはどうしたのだね」

「それは粉屋《こなや》へ頼んで玄米を細かく碾《ひ》かせて、それから料理する前に焙烙《ほうろく》でよく炒って、湯の中へ適当に入れ、塩と砂糖を加え三十分ばかりかきまわしながら煮る。粉がふくれてドロドロになる。そこへ牛乳を入れてまぜるのだ。僕は夏になると脚気《かっけ》が起っていかん、脚気は白米の中毒というから、去年の夏は玄米とパンばかり食べたら、脚気がおこらなかった。脚気がなくても、米の滋養分は糠《ぬか》にある。玄米食は栄養になる」

「玄米は前から食べたいと思っていた。こうして食べると、香ばしくて味もいいね、さっそくやってみよう」*

食後には、ミカンのフライとコーヒー。ミカンの皮をむいて厚い輪切りにしたのへ、衣をつけて揚げたフライと、モカの末成《うらなり》——枝の一番先へ成った実——のコーヒーという特別品である。大原は
「どうも今日は、いろいろお心尽しのごちそうでした。何を食べたか、みなはおぼえきれ

ないほどで、えーと最初は鯛のスープ、次がヤマメのフライ、何とかのケーポン……うまいものを食べるのは、金の力ばかりではありませんな。僕も、その力を教えていただかなければならん」

小山が笑いながら

「だれに教えていただくのか、え、だれに」

＊脚気と米の関係に世人の関心が高まったのは、当時——明治三十年代殊に日露戦争に際してのこと。父弦斎も鶏を用いて試験したのを、私も子供心にくわしく見おぼえている。この玄米の粥は、つまりオートミールに似たもの。大いに食べて育った。

勝手道具と書画骨董

黙っているが、大原の心中は、今ほどたのしい時はあるまい。未来の妻は前にあり、天下の美味は飽食せり……この上は早く婚礼の話が持上らぬかと、自分の口からいいだしかねて、心待ちしている。果して主人中川の口から無造作に語り出された。

「時に大原君、例の一件はね。国元の方へそういってやったら、僕の両親もたいそうよろこんで、近々東京へ出てくるそうだ。そうしたら両親立会いの上で、婚礼の式を挙げることにしよう。君の方の都合はどうだね」

と。今では先方の話が、先へ進んでいる。大原はうれしさにたえず
「僕の方も両親へ通知して、国から呼びたいと思っているが、ちょいとそこに事情があって、まだくわしく知らせてない。いずれ二、三日のうちに手紙を出すよ」

「それがいい。人倫の大礼だから、なるべく厳格に式を行わねばならん。ついては、君も下宿屋で婚礼するわけでもあるまいから、どこかへ家を借りなければなるまいね」

「僕はこんなことに慣れんから、どうしていいかわからん」

「そうだろう。この近所にあるといい。僕たちも心がけて捜すよ」

「毎日捜しに歩こう」

「それからね、家をもつと第一に入用なのは、勝手道具だ。お登和が台所を預ると、いろいろ風変りな道具も要るから、その方はお登和の嫁入支度として、僕が買い調《ととの》えておこう」

「ありがたい、そう願いたい。勝手道具ぐらいはどっちになってもかまわんが、僕は様子を知らんからね」

　この一言が主人の耳に障ったか、中川はキッとなって「大原君、勝手道具ぐらいといって、軽蔑しては困るぜ。僕のいうのは文明流の家庭に用うる勝手道具で、野蛮《やばん》風の勝手道具ではない」

　他の人には意味がわからず、小山夫人は

「中川さん、お台所の道具にも、文明流と野蛮流がございますか」

「ありますとも。昔風の台所をごらんなさい。古びた青銅鍋《からかねなべ》だの銅《あかがね》の鍋だの使ってますが、西洋では国法で、あんな鍋を禁じているところがあります。なぜなら、銅は緑青《ろくしょう》を発生して、人身に害があるからです。鉛分をふくむ鍋も、鉛毒の危険があり、緑青中毒では、死にかけた人もありますよ」

「おおこわい。では家でも西洋風の鍋にしましょう、ねえあなた」

といわれたが、小山は
「文明流の台所もいいが、器物を買うのに金がかかって困るよ」

　中川は黙然と、しばらく小山の顔を眺め
「君までがそんなことをいうのか。妙なことをきくが、君の家の客間に応挙《おうきょ》の鶏の軸がかかっていたね。あれは大層高価なものだろう」

「あれは僕の父が、二百円である人から買ったが、今売れば三百円以上になる。そのほか僕の家には周文だの雪舟だの、ほとんど千円近い名画が五、六幅もあるよ」

「さあそこだ。床の間へ名画を掛けておくのは何のためだ。いわばぜいたく品で、君や奥さんの身体に何の関係あるまいが、台所で使う道具が有害な毒分を含んでいたら、毎日身体を侵されるだろう。台所の道具は人生の必要物だ。必要な物は一円二円の鍋さえ買わないで、ぜいたく品には、五百円も千円もする名画をかけておくのは、どういうわけかね。

ぜんたいわが国の家庭は、主人一人の慰みのために多額の金を費して、家族一同のためには、一銭二銭を惜しむ。わが国に公共事業の発達せんのも無理はないね」

と、中川はまたも長広舌。*

*七十年をへだてた今も、この根本の心はまだまだと感じる。そのうえ近ごろは流行という変なムードに動かされやすい。食関係も、農薬水銀の害、色づけ食品など公害が多く出てきた。

似非風流

小山も愧《は》じながら

「もう分ったよ、たくさんだ」

というが、中川はまだ言い足らぬ心地で

「小山君、もう一つの原因から研究してみると、わが国には、二百円か三百円の贅沢物すなわち書画骨董の類は、少なくも一つか二つは、大概の家にありながら、一円か二円の勝手道具の揃えてある家の少ないのは、一般の似非風流から来ていると思うね。

そこで僕が平生主張する風流亡国論が必要になってくる。主人は何か一つ高価なものを床の間に置かないと、風流らしくないという痩せ我慢から、台所では毎日緑青のわいた有毒食物を食べている。しかも、本人に眼力が無いから、名画名筆といわれて、珍蔵されているものが、専門家に鑑定させると百中の九十七、八までは、偽物というではないか。その偽物を床の間へかけて、風流だとか、高尚だとか、ひとりでよがって、台所では青銅鍋をつかっているような、似非風流が流行してはたまらんね」

床の間の画幅は、三百円のものを二百円にしても、生活上に影響はないから、残りの百円で、勝手道具を買ってみたまえ、鉄鍋はおろか、銀の鍋を買っても、知れたものだと熱心に説かれて、小山も、ついに心を動かしたのであろう。

「それでは僕も、銅や青銅鍋を廃して、西洋鍋に取りかえよう」

「ウム、そうしたまえ、日本人は風流問題に重きを置くけれども、食物問題に重きを置かんから、必ず実行したまえ、ずいぶん危険なことがあるよ、ナスを糠味噌へ漬けるのに、色をよくするために、青銭を入れる人があるが、あれは青銭から緑青が出て、それでナスの色がよくなるのだ。それに菓子屋の菓子にも、青い色には緑青毒のまじったのもある。たしか去年だったが、青昆布の色づけに緑青をまぜてはならぬ、緑青は人体に有害である、との禁止令を、ある地方庁が出したね。そうすると、製造人一同から歎願書が出た。青昆布の色を青銭でつけることは、百年以来の習慣で、もしこれを禁ぜられると、製造者が立ちゆかない、というのだ。ずいぶん得手勝手な願いではないか。* 少数の製造者を保護するために、世人に有害な緑青毒の食物を売らせてくれろ、というわけだ。今の人に公共心のないのは、これを見てもわかる。人の身体に毒だと知ったらば、製造法を改良したらいいではないか。改良する心は無くって、毒なものを長く売りたいという、実に浅ましい心ではないか、食物を扱う商人に徳義心の無いのは、一番危険だね」

説き伏せられて、小山の心が動いたのは、奥さんにとって、何よりの悦びである。

「新しい西洋鍋が買えたら、早速、今日のようなお料理をこしらえて、家でも月に一度ずつは、美味しいご馳走を食べることに致しましょう」

＊食品の色づけの害は、昭和五十一年の現時点の大問題だが、すでに七十年前にもかかる例がある、と知ると、怖しくなる。

才覚

一番先に出た、鯛の頭のスープを試みたいが、その頭は大きいほど良い、とお登和に教えられた小山は

「ですがお登和さん、僕の家は小勢だから大きな鯛を一枚買っても、身の始末にこまります。それに値も高いし、めったには出来ないお料理ですね」

お登和「いちいち鯛をお買いなすっては、お高いものになりますけれども、そこには才覚というものがありまして、私が大阪に居りましたときは、いつでも鮨屋へ鯛の頭を買い

に行きました。鮨屋では、鯛の身だけ使って、頭と骨はいりませんから、安く売ってくれます。* ですから東京でも、鮨屋へ頼んで、鯛の頭を安く売ってもらいました。何でもそういう風に、才覚を致しますと、美味しいご馳走も安上りにできます」

小山の奥さんが感心して「なるほど、何でも才覚がだいじですね。鯛の頭のスープは、朝早く火にかけ、晩まで煮るというと、かなり火が要りますね、炭代が高いものになりましょう」

中川が笑いながら「僕の家の料理は長く煮るから、日本風の七輪や火鉢でこしらえたら、炭代が大変だ。そこにもやっぱり才覚があって、炭の要らない工夫にしてある。僕の家で鯛スープをつくるには、朝一度火をおこすばかりで、一日中その火がもっている。決して二度と火をつぐ必要はない。もし普通の焜炉《こんろ》や七輪で、それだけの火気を使ったら、五、六倍の炭が要ります。お登和や、ここへスープ鍋と新工夫の火鉢とを持って来てお見せ」

中川の新工夫で、間に合せにブリキ屋へ頼んで作った火鉢は、スープ鍋が半分ほどスッポリとはまる様になって、上の方に小さな孔がポツポツあいている。形は太鼓胴で、深さが深い。これは深く鍋がはまるので、火の利き方がいい。それに火気が外へ散らないで、鍋の底と腰をあたためてから、上の孔から少しずつ上昇する。それに藁灰《わらばい》の上等を入れて、堅炭のカンカンよく起ったのを、いけこんでおくと、十時間から十二時間もつ。

中川「ただ孔のあけ方がむつかしい。大きくあけると、火が消えないかわり、火気を失ってしまう。あまり小さいと、中の火が消えてしまう。この工合さえうまくいけば、五、六倍も経済的だよ。早く一般に普及したいものだね。一戸が年に十円の炭を使うとしても、全国で九百万戸とすると、一年に九千万円だ、仮りに三分の二だけ節約できると、六千万円は浮いてくる。三千万円の冗費が台所から省けたら、海軍拡張＊＊ぐらいは何でもあるまい」

また滔々と説きすすめ

「今の人が、倹約《けんやく》倹約と唱えるのは、金銭を惜むことばかりいうが、台所の経済法は金銭を惜むので無い、火気を倹約したり、廃物を利用したりするのだ。僕の家では玉子の殻も決して捨てず、ミカンの皮も、米を磨いだ白水も、茶殻も捨てず、大根や牛蒡の頭も尻尾も、万年スープに入れる。台所から捨てるものは、まったくの屑ばかりだよ」

小山も漸《ようや》く納得して

「僕の家でも、早速この新式の火鉢をつくらせよう」

大原満は、黙って友人たちの話を聞きながら、お登和嬢のような、美人で、才覚もある佳人を、妻にするわが身こそ幸福なれと、ひとりニコニコ顔で悦んでいる。

＊このような経済観念は、どうも大阪の方が、東京よりも進んでいる。今も家庭の廃棄物は大阪の方が少ない、と報じられていることが連想される。

＊＊日露戦争当時の、世情が察せられる。

嫁の宣言

　未婚の人が結婚後のことを想像するほど愉快なことはない。愉快の頂点に立つ大原満は、帰るを忘れたが小山夫婦が別れを告げるので、ひとり残るわけにもいかず、お登和に心の名残りを惜しみながら下宿に帰ると、「お郷里《くに》からお手紙が来ています」と一通の書状を渡された。見ると
「大至急」とある。
　大至急の手紙に何が書いてあったのか、その夜は寝もやらず懊悩《おうのう》して、大原は朝を迎えても起き上らず、昼過ぎまで床の中にいる。
　ところへ訪ねてきた小山は
「大原君、また病気か」
と驚くと
「いや、病気ではない、少し思案にあまることが出来て、寝て考えていた」
「アハハ大変な考え方だ」
と笑いながら、好い時には好いことがある。中川君の一軒置いた先の、門構えのきれいな家が、今朝引越した。すぐ交渉して手付金を五十銭渡してきたから、今すぐ行って極めよ

うという。

「ウムありがたい。君達の恩には感泣《かんきゅう》してる。ところが少し困ったことがあるんだ」

「それは知ってるよ、金のことだろう。新たに家をもつと金はかかる。けれど少し位は僕が立替えてもよし、中川君も勝手道具や何かを買ってやるつもりだ。もうお登和さんは、すぐ自分で掃除にゆきますといっている。君は幸福だよ」

「実にありがたい。何ともお礼のいいようがない。しかし小山君、困ったことができた。郷里から急に嫁のことを言ってきてね……」

「ナニ、嫁のことッ」

「小山君、君の奥さんにはちょっとお話したが、僕の郷里に年頃の従妹がある。すなわち本家の娘だ。その本家から今まで学資を半分助けてもらったが、ゆくゆくはその娘を僕にくれるつもりらしい。しかし僕に向っては、まだ公然の発表もないから、その相談を受けないうちに早く東京で嫁を決めたい、と思っていたのさ。昨夜は、もうこちらのことは決ったから、手紙を出そうと思いながら帰ってきたら、郷里から至急の手紙が来ていて、従妹の一件を宣言された」

大原は泣かんばかりである。が、小山はさほど失望せず

「しかし、こういうことは、本人同士の考えで決めるものだ。君が不承知だといったら、強《し》いるわけにはなるまい」

「ところがね、東京辺ならば、本人の心を聞いたうえ、ということもあるが、郷里の習慣では一切本人お構いなし、親達の心次第なのだ。この手紙だって相談ではない、宣告だ。異議の申立てができない宣告だ」

「それにしても、血族結婚は生理上に害がある。もう一層社会が進歩したら、従妹同士の婚礼は、法律上禁ずるかもしれん。社会を改良すべき文学者の責任として、習慣よりも道理に従わねばならない、といってやり給え」

十日に十色の朝食

苦境には立ったが、ともあれ大原は新しい家に移った。かりにも一家の主となれば、心もくつろぎ愉快だが、雇い婆さんは料理が下手。それを案じて台所口へ来たお登和をよびとめて
「お登和さん、僕も朝は日本食を廃して、パン食にしようと思いますが、中川君はどんな食事をなさいますか」

「兄ですか、兄は変えることが好きで、毎朝料理法が違って、十日目に後戻りします」

「そんなに変えられますか」

「季節によっていろいろとり変えますが、今はその月の一日には、必ずオートミールのマ

ッシにコーヒー、これはアメリカ風の朝食です」

「そのオートミールというものは、どこに売っています」

「西洋食品屋へゆけば、たいがい売っています。オートミールとは、西洋の燕麦《えんばく》の挽割《ひきわり》にしたもので、これを糊《のり》のように軟く煮てスープ皿へとり、牛乳と砂糖をかけて食べます」

二日目は、パンの餡かけ……バター大サジ一杯を溶かした鍋へ、メリケン粉大サジ一杯加え、杓子でよく炒め牛乳一合を注ぐ。砂糖と塩少しで味つけしたら火から下し、すぐ玉子を割りこんでよくかきまぜる。別にパンの両面を焼き、ちぎって皿へのせた上に、この餡をかける。飲み物はチョコレート・クリームと、リンゴなどの果物。

三日目は、玉子と牛乳の淡雪……まず卵白二つをよく固くアワ立て、牛乳一合の煮立った中へ入れてまぜる。牛乳が白身にまざって白いアワがフーッと盛上る。網杓子で西洋皿にすくいとっても、鍋の中にまだ牛乳が半分残る。そこへ二つの黄身へ塩と砂糖の味をつけて落し、かきまぜるとちょうどよいかげんに固まる。すくいとって、前日の白いアワにのせる。別にパンにバターをつけて少し食べ、セイロンの紅茶を飲む。*

四日目は、タピオカあるいはセーゴ……タピオカは西洋の葛《くず》で、セーゴは木の幹からとった澱粉質のもの。両方とも手軽にすると一時間ほど水に漬《つ》け、鍋へ牛乳を沸かしてタピオカを入れ、塩と砂糖で味をつけ三十分煮る。セーゴの方が小粒なので、少し早く出来る。飲み物はココア。ココアの粉を牛乳へまぜて煮て出す。

五日目は、ジャーマントースト……牛乳と玉子をよくまぜ、塩と砂糖の味をつけ、焼きたてのパンを浸すと十分間で大きくふくれる。フライ鍋へバターを敷き、そのパンを両面狐色になるまで焼き、少し牛乳をかけて食べる。飲み物はコーヒー。

七日目は、ロールオーツ……すなわち燕麦のつぶしたもの、オートミールより早く煮える。

八日目は、ポークエンドビーンス……青豆の茹でたのと塩豚とへ蜂蜜を加え、蒸焼きにしたもので、素人には少し面倒だ。

九日目は、コーンミール……玉蜀黍《とうもろこし》のマッシ。**

さて、十日目は日本風の朝食で、味噌汁にご飯とタクアンのお香物……。

「タクアンも召上りますか、不消化でしょう」

「はい、お米はとかく秘結させますが、タクアンが下剤になるので、ちょうどよく調和します」

「なるほど、いろいろありますな。僕も今にあなたがいらしたら……」

大原は嬉しそうに、お登和の顔を眺める。

＊卵白のアワ立てを気長にすることがコツ。アワが小さく固まって、器を逆さにしても落ちないようになるまで、アワ立てる。

＊＊今ならばコーンフレークのほうが軽くてよい。七十年前にはまだなかった。

村の誉れ

ここは奥州の山の中、都を離れた片田舎ながら村中で指折りの大原の実家、家も邸も手広くて人の出入りも多いところへ、当家の若旦那が去年大学校を卒業されて、文学士というエライ方になられたげなと、評判が隣村までひろがったので、とりわけ訪ねてくる人が多い。

「若旦那のお帰りには、花火をたくさん揚げべいと思って、狼烟《のろし》を十三本こしらえました。お帰りの日が分ったらどうぞお知らせなすって下さい」と言う八兵衛さん。

また、一関《いちのせき》辺りまでお迎えに出る、と言う若者もあれば、若い者を東京へ出すと道楽者になってしまうか、または少し出世でもすると、東京で女にひっかかる、まだ帰らないのは少し怪しいね、と余計なことを言う人物も来る。

もっとも、満の帰りを待っている本家の娘お代《だい》さんが、門の方から足音高く、ドシドシと入ってきた。曽《か》つて大原が、小山夫人に話した通り、どんぐり眼に団子ッ鼻、赤ら顔にちぢれっ毛、大兵肥満の大女だが、鬼も十八の娘盛りとて、白粉《おしろい》をコテコテ塗り、太い地声を細く殺して＊

「伯母さん今日は」と、妙に気どって歩いてきた。口の悪い老人はその顔を見て笑い出し

「イヨお代さん、大層おめかしだね、東京の満さんに嫌われめいと思って、このごろはめかしてばっかり居さっしゃる。だけども駄目だよ、満さんは東京で可愛い可愛い女が出来ているとよ」
　お代は驚いて
「アラ、ほんと」
　老人「アーニ、出来たらと思ってよ、マア折角めかさっせい、さようなら」といやにクスクス笑って帰って行く。お代は、いまの言葉が気になる様子で、
「伯父さん、満さんはまだ帰らねいのう」と聞く。満の父は幾分か眉をひそめて、そのはした無い様子を疎《うと》んずる色があるが、満の母は親身の姪《めい》とて、その心根をあわれみ
「今度こそモー直き帰るよ、今度はじめて、おまえのことをそういってやったから、きっと大悦びで帰ってくるよ。帰って来なければ、モー何とか返事が来そうなものだ。返事が来ないところを見ると、きっと自分が帰ってくるよ」
と言っているところへ、門の外から入って来たのは郵便脚夫、背戸の方へまわそうとするのを、お代がドタドタと庭口から走り出て、手紙を受取り、父親の前へ持ってきて
「伯父さん、満さんの手紙よ、何といってきたろう、読んでごらんな」
　礼儀も知らぬ山家《やまが》育ち、母親も側へ来て、左右からの催促、父親も養子の身とて、妻に逆らうことができぬのか、封をひらいて二、三行読み下したが、俄に口ごもって後は口の

内。母親はもどかしく
「帰るというの、帰らないというの」
お代は失礼にも、手紙の上に顔を突き出してのぞきこみ「マア、長い手紙ね」とひそかに本文を読もうとする。父親は、クルクルとその手紙を巻いてしまって
「アハハあんまり長いから、奥へ持っていってゆるゆる読まなくっては訳が分らん、お代ちゃん、胡桃餅でもこしらえておあがりな」
と奥へ入って我が子の手紙を読みはじめた。
細字にてしたためた長文の手紙。中には議論もあり、歎願もあり、一たび読みおわって、また繰返し読み、思案に沈んで
「こういわれてみると、悴《せがれ》の言うところも無理はない」と両眼を閉じ、腕をこまねいて黙然としている。横合いから顔を出した母親「満のところから何といってきたの」
＊お代さんは全篇のピエロ役か。料理を小説に書きこむというむつかしい方法ゆえに、読者の興味をつなぐ為に気の毒なほどはしたない。

父の同情

妻に問われて、その手紙を示し

「満からはこういってきた。従兄妹《いとこ》同士の婚礼は大層悪いといって、西洋の学者がいろいろな証拠をあげている。自分はいやしくも文学士となった以上は、世間の人に好い手本をみせて、悪い習慣をやめさせなければならん、お代さんのことは誠にありがたく思うけれども、そういうわけだから、何卒思いとどまって下さい」

それに今の学説では、遠方の人と婚礼するほど良い子ができる、といっている。丁度自分の同学の友人の妹が、去年長崎からきて、東京で嫁入り口を捜しているから、その人を貰いたいと思うが、一応御両親にもその人をお目にかけて、お許しを受けたいから、どうぞ父上様と母上様とでご出京を願いたい。自分もこのごろ下宿屋生活をやめて、家をもったから、ご上京になっても、お宿をするのに差支えない。と聞くうちに、母親は顔の色が変って

「ソラご覧なさい。さっき八兵衛さんの言った通りだ。いつの間にか東京でそんな女に引っかかって、それで何と言っても帰らない。私がヤイヤイ言っているのに、お代のことを早く言ってやって、満の心を極めさせておけばいいのに、黙っていたからこんなことになった。この村では昔から親類同士で縁組みしているから、大概従兄妹同士が夫婦になっている。イヤだと言っても親達が決めたことだ、今更何と言っても承知するものか」

到底理屈はこの人の耳に入らない。父親は幾分か、わが子に対して同情がある。

「それにね、お代ちゃんがモー少し女らしいと、無理にすすめても構わないが、大学校を

卒業した文学士の夫人としては、少しどうも不似合いなところがあるからね」

母親「何ですとえ、お代が不似合いですと、どこが不似合いです。あなたも承知して、お代のことを決めたのではありませんか」

満は本家から半分ずつ学資を出してもらって、それで卒業もできたのに、今になってそんなことが言えた義理ですか、とまで怒り出した。

父親はなだめて
「ナニも満が私たちに黙って、自分の好きな女を引入れたのではなし、東京へ来て本人を見てくれろ、というのだから、私とおまえと二人で東京へ出て、よく満とも相談しよう」というが、母親は相談も何もいるものか、東京へゆくなら、お代を一緒に連れて行って婚礼をさせよう、と二人がしきりに言い争う彼方にヒーッと泣声をあげ、お代はオイオイ泣きながら、わが家の方へ走った。

間もなく本家の父が、血相を変えて入ってきた。お代の言い告げ口を聞いて、よほど心が激昂したのだろう、足音あらく、ツカツカと奥へ踏みこんできて、手紙を見せろという。

本家の父はあわただしく手紙を読み下し
「こんな様子では、一日もうっかりして居られない。お代の荷物は後から出すことにして、明日の朝直ぐに、おまえ達と一緒にお代を連れて東京へ行こう。暗いうちに村を出て、一関まで俥《くるま》で飛ばせたら、一番汽車に間に合うだろう」

本家の主人は、分家に対し無上権がある。* イヤもオーもいわせないで、俄の旅立ちを決めてしまった。

＊七十年前の田舎の習慣は、今の若い人にはとても解らないだろうが、こういう事実もあった。

両親へ大ごちそう

「大原さん、電報」と配達されたのを手にして……ナニ今日夕方ソノ地へ着ク……どこから出したろう……一関の停車場だ……本家の伯父伯母を先頭に、郷里《くに》もとの嫁の候補者お代さんまで引きつれての、大変な一行とはつゆ知らぬ大原は、いそいそと「お登和さん、僕の両親は昨日、僕の手紙を見て、すぐに郷里《くに》を立ったとみえます。一番の汽車に乗ると晩の六時ごろ上野へ着く。そこであなたにお願いがあります。今夜両親が着きましたら、何よりのごちそうに、あなたのお料理を食べさせて、感心させたいと存じますが、どうぞ一つ腕をふるって、できるだけ、大ごちそうをこしらえて下さい」

老人ながらも自分の親で、田舎で一升飯を平らげる勢いだから、たくさんの品数が要る。願わくばどんな大食漢にも、食べきれないほどの大ごちそうをしたい、との望みである。*

「そうですね。品数のたくさん出るのはシナ料理で、上等のごちそうは三十六椀といって、三十六品のお料理が出ます。その上には六十四椀もございます」

「そんなにたくさんでは、いかな大食の僕も、少々閉口しますな。それをみな食べるのですか」

「そうです。もっとも六十四椀ともなると、一箸《はし》一匙《さじ》といって、一品を一箸か一匙より余計は食べない、と極めてあると聞きますが……さぞお腹がはりましょう」

「ぜんたい、どんなものが出ますか」

「シナ料理の本式は、何でも四品ずつ出るので、まず生の果物が四色、乾した果物が四色、それからスイカやカボチャの種子、松の実、杏仁《きょうにん》の四瓜子、つぎに四冷菜、魚肉鳥肉の四大椀と野菜と肉類の四中椀と出て、東坡肉やナマコなどの四大盤となります。それから四点心のあと、四大海といって汁物《つゆもの》が出て三十六椀です。別に四鹹菜《かんさい》といって香の物が四品つきますから四十品で、ご飯も乾飯《かんぱん》に稀飯《きはん》といって、固いご飯とお粥《かゆ》のようなものと二色出ますの」

「とても、僕にも食べきれそうもありませんね。しかし両親へのごちそうには、食べても食べなくても、三十六椀を並べてみたいものです。日本料理で出来ますまいか」

臍《へそ》の緒切っての大奮発。

＊食べきれないほどのごちそうが、お客を歓待する道との考え方は、今は栄養の知識がすすみ、ようやく地方でも薄れたが、まだ強過ぎる。ことに酒を浴びるほどすすめるのは、い

つ改まるだろうか。

三十六品

お登和は、本来なら、四、五日前から、用意するべき品々を、今夜までにという、急な、無理な注文にこまりながら「では小山の奥さんにも手伝っていただいて、まずお吸物が四色、お魚が四色、お酒のサカナが四色、豚料理を四色、牛肉と鶏肉で四色、野菜料理を四色、お米の料理を四色と、手製のお菓子四色、果物の煮たのが四色……これで四、九、三十六品になります。ほかにお香の物を四色そろえて、椎茸のご飯でも炊きましょう」

「どうぞそうして下さい。両親が悦びます」

「お酒のサカナにするものは、長崎のカラスミ、鹿児島のカツオの煮取り、越前のウニ、小田原の塩辛、これだけは宅にございます。それから、お昼のお菜にと思ってさっき持ってきた、牛の舌のシチューと枝豆の茹でたの……これも加えましょう」

「僕は早速、小山君の処へいって、奥さんと女中さんを頼んできます」と気もそぞろだ。

小山夫妻は、日曜日の朝から料理研究をはじめていたが、大原の顔を見て
「郷里の方はどうなったね。手紙は出したかね」

と親愛の情。

「うん、そのことで、奥さんにご加勢をお願いに来た」

と、両親が今夜上京の電報がきたから、三十六品の料理で大ごちそうをしたいと告げる。少し早すぎるねと懸念はもつが

「それは大奮発だ。ご両親が着かれるやいなや、お登和さんのお料理を差上げるのは、至極よかろう」

と賛成。幸いに、今日こしらえた料理が十品余りあると、この献立に加えてくれることとなった。

手製の菓子

「第一がこの手製の菓子だ。珍物だよ」

「ナニ、アンズの羊羹《ようかん》、きれいだな。うん美味しい、どうしてつくりますか」

小山夫人は

「乾《ほし》アンズを煮てこしらえました。舶来品か信州物の上等品で、色が柿色のような、透き通るようなきれいで軟かいのを選びますが……」

乾アンズを沢山の水で二時間ばかり、弱火で煮てから砂糖を加え、また一時間ほど煮ると溶けるように柔かくなる。そのアンズの液《つゆ》を裏ごしにして、ゼラチンで寄せたと説明す

る。

「ゼラチンとは西洋膠《にかわ》ですね」

「ハイ、そのゼラチンを夏は四枚、冬は三枚の割で濡らして、柔かくなったら、アンズの液一合（約一八〇cc）へ入れて少し煮ると直きに溶けます。火からおろして、四角な鉢へうつし、氷で冷やすとすぐ固まります。上品なお菓子でしょう」*

「なるほど上品で、味も結構。この羊羹をお菓子四色の中へ加えて、煮たアンズを果物四色に入れると、二色の役にたちますな」

大原自身も、三十六品の料理が気にかかる。

小山はなおも

「時に大原君、僕がいま妙な菓子をつくるから、見て居たまえ。この通り大きなスープ匙で、メリケン粉を軽く六杯すくうだろう、それにベーキングパウダーが小匙一杯さ、この二品をよく混ぜて、ふるいでふるっておく」

大原「ベーキングパウダーとは何だね」

小山「すなわち焼粉さ。西洋菓子のふくらんでいるのには、たいがいこの粉が入る。食品屋で売っているよ。焼粉がなければ炭酸曹達《ソーダ》と酒石酸をまぜて、代りにしてもいいが」

と、大井に玉子を六つ割りこみ、中匙六杯の砂糖を入れ、塩小匙一杯加え、根気よく丁寧に練るようにする。それへ牛乳大匙三杯加え、ドロドロにしたところへ、前のふるった粉を少しずつ入れ、ほんの軽くざっと混ぜる。

「これで僕がワッフルを焼いてあげる」

ワッフル型という鉄鍋を出して、中が四つに仕切ってあるのへ、ラードを塗って、一つずつ落しこみ、上からピタリと蓋をして、強い火で二、三分焼くと、中がジュウッと膨《ふく》らむ。今度は火箸で円い蓋の端を強く押すと、鍋全体がクルリと裏返しになって、両面が焼ける。

小山「モー出来た。この通り両面とも狐色になればいい、五分間かからんでワッフルが一度に四つできる。一つ食べて見たまえ、淡泊な味だろう」

それへチョコレートや胡麻やレモン、またバニラ、アーモンド、シンナモン、ナットメッグなど、色々な味をつけて楽しむ。

大きな子供のある家では、子供たちに自分でこしらえさせると悦ぶ。味も淡泊で膨らんだ品だから、餅菓子や駄菓子のように、腹にたまらないし、食べるということのほかに、自分で作るという楽しみがある。

「わが邦《くに》の子供は悪い習慣で、とかく買い食いが好きだが、この鍋を一つ与えると、買い食いなぞ止してしまうね」

大原「僕もいまにお登和さんと婚礼して、子供が出来たら、この鍋を買ってやろう」

小山「アハハ、大層気の長い話だ」

＊つまり乾アンズのゼリー。どの乾果物の煮た液も、手軽に美味しいゼリーが出来る。

幼児の食物

小山は笑いながら、幼児の発育は、主として食物の良否に関すると、幼児の食物論を述べはじめた。

大原が、乳を離したらもうワッフルを食べさせていいだろう、というのを制して、乳離れの子には早過ぎる、ちょうどよい菓子の、軽焼き餅が出来ている、と妻のお徳さんに、軽焼きを出させ、鉄網にたくさんのせて、客にすすめる。

自分は餅が好きだから、関東一という越ガ谷の糯米《もちごめ》で作らせた別製の軽焼き餅で、糯米は滋養分も多いし、いったん粉にしたものを蒸して搗いたから、消化もよし、膨らんで大きく見えても実際の分量は少ない。これこそ乳離れののちの幼児にもっともいい、と大原に食べてみさせる。

そのうち、小山夫人は新しく買ったアルミニュウムの西洋鍋に、牛肉の味噌吸物を入れて持ち出し、昼食の用意もととのった。

客迎え

　小山の家で昼食をご馳走になり、夫人と女中さんを頼んで連れ、自宅へ帰った大原は、まごまご仕度していたが、

「オヤ、もう四時過ぎた。お膳やお皿は、中川君から借りてきたが……オオそうだ、家にはまだ、お客の夜具蒲団《ぶとん》が一つもない。どうしましょう」

といわれて小山夫人は、

「私の宅まで取りにやれば、一人前はありますが、中川さんでお借りできると、お近くて都合がようございますね」

　お登和は
「ハイ、家にも一人前はございます。ほかにもう両組《ふたくみ》、新しいのがありますが」

と、少し考えて貸すといわない。

　小山夫人は、なるほどお嫁入り支度に今度出来たものと推測して「それをご両親の用に当てなさい。これほどまで事が運《はこ》んでいれば、もう何もいうことはない、早くご承知なさるでしょう」とお登和に納得させた。

　大原は、礼儀正しく、羽織袴《はかま》に形を整え、ご両親の出迎えに上野停車場へ行きながら、

未来のことを空想して、愉快を叫ぶ。人の妄想はつねに自分勝手。

着　京

自分勝手の妄想は、至る処に行われる。

上野に着こうとする汽車の二等室では、大原家の一行五人が支度しながら、大原の母は姪のお代に

「向うに見えるのが浅草の十二階というものだよ。私が先年上京した年に、ちょうどあれが出来たっけ。あの時分から見るとさぞ東京も変ったろう……おまえは東京がはじめてだから、婚礼をすませたら、まいにち、満《みつる》にほうぼうへ連れていってもらうがいい」*

「鎮守様のお祭より賑かなの」

「鎮守様どころか、あの十層倍も二十層倍も人が出てるよ。その中をおまえが丸髷《まるまげ》に結《ゆ》って、満と一緒に歩いたら、さぞ振返って見るだろうね。あれが大原文学士の奥様だって……文学士というと、国の郡長さんよりエライのだよ」

「郡長さんが村へいらっしゃると、大騒ぎだね、村中の人が出るね」

「その郡長さんより、エライ人の奥様だから、おまえも行儀をよくして、村にいるときのように、お芋の立食いなんぞしてはいけないよ」

男の子と一緒にまっ黒になって、あばれていたお代が、こんな好い娘になったのを見て、満もさぞ喜ぶだろう……と良人や兄をかえりみる。お代の母は心配性で、東京の家は狭かろうと、今夜の寝どころを案じるが、お代の父は意に介しない。満の父のみは、ひとり何事か考えて、少し浮かぬ顔色だった。

大原満は、到着の車へかけつけ「これはお父さんもお母さんもおそろいで、オヤ伯父さんも、オヤ伯母さんも」

と驚く横合いから「満さーん」とすがりつく娘。……大原は思わず飛び退いた。

＊現在の上野駅をこの人々に見せたら、どこか外国へ行ったと思うだろう。ラジオもテレビもない七十年前の話。

夏の巻

米料理

　上野ステーションにどんな一行が着いたとも知らず、大原の家ではごちそうの支度に余念ないお登和。口にこそいわぬが、心では、今日の料理こそ大事、未来の舅姑《しゅうと》に、はじめて参らする手料理ぞと、一生懸命である。

「小山の奥さん、そのお米のプデンの他に、お米のオムレツをしましょう」と、玉子の黄身と白身とを別々に溶き、白身はよく泡立てて容《い》れ物を逆さにしても落ちないほど固くたて、黄身は塩と胡椒と少しの牛乳をまぜてかきまわし、黄身と白身を一つの器に入れて再びよくまぜ、フライパンにバターを敷いた上へ落して、カシワモチの形に焼くとふっくり膨らむ。その中へは肉、ハム、玉ネギなども入れるが、お登和は、小山夫人に「今日はお米を入れて、お米のオムレツにしましょう。米国の南部で、今では毎日の食物になっているそうです」

「なるほどお米も、いろいろの料理法がありますね*」

「アメリカばかりでも、お米の料理が、二百何十種あるそうです。今日はそれに、お米のコロッケとお米のフライとで、四通りになります。それからお吸物ですが、ちょうどキスがありましたから、長崎流の徳用吸物にしましょう」

長崎では魚の吸物には、東京風にカツオ節《ぶし》のだしを使わず、魚の頭と骨へ塩をふっておいてよく煮出し、スープをとり、それへ味をつけて魚の身を入れる。決して魚の頭や骨をむだに捨てない……と告げる。小山夫人は

「ほんとうに徳用ですね。他のお吸物は」

「お豆腐ぐらいにして置きましょう。これも豆腐を柔かくするために、少しの葛をといて、汁へ入れます。お鍋からよそう前に、お椀の底へ、山葵の卸したのを置いて、その上から汁を注ぐと、味がよくなります。もう一つは搔《か》き玉子にすると、お客の顔を見てから出来ますし、あなたにいただいた牛肉の味噌吸物と……これでお吸物も四種」

「それで全部で、三十六品そろいましたね。エーと、お吸物が四種に、お米料理が四種、お魚がお刺身と梅干酢、サケのソースかけ、鯛の塩辛煮、鯖の卸し酢。豚が豚饅頭《まんじゅう》と竹の子豚と蛤《はまぐり》豚とハムエッグ。それからお酒の肴がカラスミと煎取《いり》りとウニと塩辛の四色、牛肉のロースとタンシチュウと鳥の緑煮とシャウ鶏。果物がミカンの丸煮、アンズ、焼きリンゴのフライ。お菓子は宅から差上げた玉子芋、アンズの羊羹、ワッフル、軽焼き餅の四色……三十六品になりますね」

「お香の物も、奈良の本場の奈良漬に、名古屋の守口漬、川崎の味噌漬と手製の友一漬の、四種にいたしました」

椎茸ご飯は、椎茸に味をつけて、ザッと煮ておき、その汁と一緒にご飯に炊きこむが、略式には椎茸をよく煮て、ご飯をお釜からうつす時にまぜても出来る。お茶も、セイロン茶とコーヒーとチョコレートと玉露と四色用意した。宅の女中によく言い含めてあるが、そのとき、小山の奥さんから指図してほしい……。

帰ろうとするお登和を引き留めて、小山夫人が将来の夢など語り合っていると、門前へ五、六台の車の音。

急いでお登和が裏口から出ようとすると、いま車から降りた田舎娘に、ウムとばかりにらみつけられた……。

＊今、配給米の味の悪さが問題になっているが、ご飯の炊きかた、米の料理全体として、戦前に比し関心が不足。味の点からも栄養の点からも、反省すべき時ではないか。戦前には胚芽米もあった。

大狼狽

大原の家では、意外の客で大あわて、主人の満は、茫然《ぼうぜん》と台所へ出てきて

「小山の奥さん、僕はどうしていいかわかりません。さしあたり座ぶとんも不足です。中川君のところで、借りて下さいませんか」

台所で相談している間に、座敷ではお代が父母へ、お登和のことを告げたのだろう。満の伯父が荒々しい声で

「これ満、ちょいと、ここへ来い」

と呼ぶ。あわてて出ると

「今、台所から逃げるように去った若い女は誰だ。長崎の女というのか、けしからん。かねておまえの父から、委《くわ》しいことはいってよこしたはずだが、今度おまえとお代を婚礼させることにきまって、出てきた。荷物も四、五日中に着くから、着いたら婚礼をすませ、わしたちは、大阪の博覧会を見物に行く」

との言渡し。

「ただいま、晩餐の支度をいたしますから……」

と、立とうとするが、伯父は逃がさず

「イヤ別段、ごちそうの心配には及ばん。近所の仕出屋からでも料理屋からでも、取寄せてもらいたい」

「いいえ支度は出来ております。皆さん御一緒とは存じませんが、両親が着かれたらごちそうをしたいと、シナ料理の三十六椀にならって、三十六品の料理をこしらえました」

「それは念の入ったことだ。しかしこの小さな座敷へ、そんな料理を並べることはできまい。ぜんたい、いやしくも文学士の家というのに、あまりに手狭だ。郷里の馬小屋より小さい。お代と婚礼をすませたら、もっと大きな家へ引越さなければならん。これで家賃はいくらだ、年に七、八円もとるか」

「いいえ、月に八円五十銭で」

「月に？　一と月のことか、何という高い家賃だ。郡役所のある町だって、年に六円も出せばこんな家は借りられる。これでは馬車へ乗ったお客が来ても、入れる処があるまい。早速好い家を捜さなければならん」

もうわが婿《むこ》とした量見。大原は、やっと台所へ逃げこんで

「小山の奥さん、どうしたらいいでしょう」

豚料理

とにもかくにも、小山の奥さんの才覚で、五人の膳が、客の前にならべられた。酒も出た。

三十六品の料理は折半して、男の客には酒の肴に向くもの、女の客にはご飯のお菜《さい》になるものと、台所の苦心は一通りではない。

田舎娘のお代は、長い汽車の旅でお腹がすいたのだろう、遠慮も会釈もなく膳をひき寄せ

「満さん、このごちそうは誰がこしらえたの、さっきの女は料理が上手だってね」

と当てこする。大原は閉口するばかり。そんなことまで知られたか、父母への手紙を、本家の人に見られたかと、心の苦しみにたえられない。

椀の蓋をとった伯父は

「なんだこの汁は、淡《うす》くって水のようだ。塩か醬油をさしてくれ」

という。都会人の料理の薄味は、田舎の人の口にはあわない。*

お代も

「伯母さん、このお豆腐は柔かくって、かじれないね」

と小言をいう。満の母はさすがに東京の様子を知っていて

「郷里のように、ナワでしばって提げて歩くような豆腐はない」

という。お代は皿の上へ箸をつけ

「満さん、この円いのは何？　豚の饅頭だって？　おおいや、東京の人は豚なんか食うのかね。**こっちのは牛の舌だって？　まあ気味が悪い」

豚の料理は他にも、豚の三枚肉を茹で、小さく切って醬油と酒で味をつけ、よく煮ておいて、別に蛤を油で炒《い》り、豚肉の中へまぜ、それへ豆腐と大根を加え煮込んだ、蛤豚も出

ている。

お登和の苦心した料理は、到底この人々の口に適《あ》わず、大原は何事も失敗ばかり……。差迫った問題は、客に出すべき夜被《よぎ》ぶとんの才覚と、再び台所へ来て小山夫人に相談。

「ふとんを損料屋から借りたとしても、お部屋もありませんね。それに中川さんから借りてきた二組の夜被ぶとんは、お登和さんの婚礼支度にできた、仕立ての新しいので、御両親へお着せするなら構いませんが、他の方へまわすことは、出来ませんよ」

と事が難儀である。大原も途方に暮れた。

「では両親だけを泊めて、本家の三人は宿屋へ行ってもらう。そうでもしなければ、きまりがつかない」

「そのきまりは付いても、あの娘さんのきまりはどうなります。さっきの言渡しは、聴いていましたよ。あなたはどうなさるおつもりですか」

小山夫人の言葉も鋭い。

「それがね、大弱りなので、いずれ小山君にお願いして仲へ立って戴かなくてはなりません。こんなことになろうとは、思いませんでした。実に困った」

両眼に涙を浮かべぬばかりの大原の哀《あわ》れさ……。

＊都市農村にかかわらず労働の激しいほど塩分が必要になる。味の好みもそこから来る。
＊＊明治三十年頃は、まだ一般に肉食を好まなかった。肉食のときは、神棚に白紙をはり、

縁側に出て食べたという家も知っている。最近は栄養的にはすすんだが、一方また肉類を過食すると、気が荒くなる。野菜果物を同時に多く摂り、中和させることが肝要。

血族結婚

「御老人、大原君の口からは充分に申述べることができませんでしょうから、私が代って申上げます。大原君も、決して感情の上から本家のお嬢さんを嫌うわけではありません。道理の上から、血族結婚ということは大害があるので、反対なのです」

と、小山は大原の父の前に、一枚の紙片を置いた。

「西洋の例や、古い証拠ではありません。すぐ眼の前の東京盲啞学校で、近頃調査した確実な報告書です。何はともあれ、まず読んでごらん下さい」

中川と相談の結果、自分の仕事まで休んで、訪ねて来た小山は、用意の資料を示しながら、細かく説明する。

「いかがです御老体、生まれつきの啞《おし》の殆んど二分の一強は、従兄妹、または再従兄妹の出産、とありましょう」

途中から病気で啞になるものも、やはり血族結婚の子に多い。また、眼科医の報告にも、色素網膜炎といって、今の医学上で治療のできない難病があるが、それも多くは血族結婚から来る、と挙げて話した。[*]
「われわれ文学士は、社会を文明に導くべき天職を持っています。外の人が従兄妹同士で結婚しようとする場合は、どこまでもその弊害を説いて、中止させなければならん身の上です。その大原君が、どうして自分自身、従姉妹と婚礼できましょうか」
ただ親友のためのみでなく、社会のためにも、道理を基として熱心に説く。大原の父は今更のように茫然として、幾度かその報告書を読み下して、いう。
「なるほど、こうしてみると気味の悪いものですね」

＊血族結婚の害は当時（明治三十年代）新しく注目された問題として、報知新聞編集長であった父の詳しく説くところであった。

大阪行

いかに親の権利をもってしても、かほどに弊害の明らかな従兄妹の結婚を、わが子に強いることはできぬと、肝に銘じた大原の父は、その書類を借りて、本家の人達を説きに出かけた。

旅舎の座敷で、婚礼事の相談最中だった本家の父は、激怒したが、さすがに本家の母は、幾分か心を動かして

「かんじんの満さんが不承知では、無理に婚礼させても、かえってお代のためになりますまい。満さんの気の進むのを、待ちましょう」

　昔は幼馴染《なじみ》で、よく遊んでいたのだから、まずお代の気心をよく満さんに知らせて、お代でなければならない、というようになったところで、婚礼させても遅くはない。その間に、私達は大阪の博覧会見物を先きにして、まだ婚礼する気にならなかったら、四国や九州の見物をして来ようと、郷里から下女を呼び寄せ、お代につけて大原の家に残し、数日の後、大原の父母と本家の父母とは、大阪へ出発した。

　久しぶりで、わが家を出てホッとした大原。「ああたまらん、たまらん。自分の家にいながら牢獄の中に在るごとしだ。これでは寿命が縮まってしまう」と、つぶやく。二、三歩進めば中川の門前。家の中では、なつかしいお登和さんの声も聞える。大原はもしやわが家から、お代か下女が覗いてはいぬかと、後へ心を配りながら、隠れるようにこそこそと、中川の門をくぐった。

「やあ大原君か、まあ入りたまえ」

　中川はすぐ妹をも呼んで歓迎。お代さんの出てきた騒ぎで、お登和さんの心は僕の方へ向かないだろう。もうお登和さんは僕に授からないだろうと沈みがちだった大原は悦びに満ち
「ああ、ありがたいな。君の家へくると、どうしてこう愉快だろう。縮まった寿命がまた

延びるようだ」

「あはは、お察し申す。しかし外から覗いたところでは、君の家も道具が殖《ふ》えて大層景気がいい。箪笥《たんす》が二つ並んで長持《ながもち》が玄関に置いてあるぐあいは、どう見てもお嫁さんの取りたてだ。火鉢の前にあのお代先生がチンと澄して、自分の下女を追い使ってる様子は、まるで大原家の御新造《ごしんぞ》さんだが、君のことを、満さんと呼ぶのもおかしいね。下女までが、大きな声で満さんなどとどなっている。あれは君の下女ではないのか」

「もうそんなにからかってくれるな。僕はまるで食客の有様で、何より辛いのは三度の食事だ。田舎風の塩辛っぽいおかずで……」

「では一つ、お登和に美味しいものをこしらえさせて、君にごちそうしようかね」

エビスープなど

急のこととて手軽な料理ながら、味のいいことはお登和さんの格別の苦心と、大原はまず大切そうにスープをすすり

「ああ美味い。実に美味い。今になってお登和さんの料理をいただくと、大牢の滋味にまさる。全体これは何のスープです」

「それはエビのスープです」

とお登和は、エビを丸のまま、水と牛乳と半分にまぜて、茹でる。牛乳のない時は水だけでもいい。それにほんの少しばかり塩を落し、およそ三、四十分茹でて一度水囊《すいのう》で漉《こ》す。それから茹でたエビの皮をむいて、摺鉢で摺って、前のスープへ入れて、今度は塩と胡椒と、酢を少し滴《たら》して味をつける。車エビ、手長エビなどどれでもいいが、上等になると伊勢エビですする……と説明、折よく来合せた小山に向って中川も「今度はこの山吹魚というのを試みたまえ。ヒラメの身をゲタ作りにして、玉子の黄身の茹でたのを漉して、振りかけたのだ」

ただしゲタ作りのときは、なるたけ竪《たて》に切らないと味が悪い。横に切ると、肉の味が切口から抜けるようだ、と食通談。ライスカレーも、新案の南京豆入りである。お登和にきくと

「手軽にしますと、まず牛肉でも鶏肉でも、賽《さい》の目に切って、玉ネギとリンゴの刻んだものと、最初はバターでよく炒りつけます。それから深い鍋へ移して、スープと牛乳を入れ、南京豆の摺ったのを加えて、三十分ばかり強い火で煮てから、カレー粉とメリケン粉とバターを加え、また三十分煮て、塩とレモンを少しまぜて、火からおろします」*

と判りやすい。

＊カレー料理には牛や鶏のほか魚類、エビ、牡蠣、玉子もよく、インドの菜食主義者風の、ナスや南瓜を主とするのも美味しい。

雑誌発行

かかるところへ小山もきて、親友三人が期せずして落ちあい、食事をしながら、「大原君、君に一つ話しておくことがある」と中川は真面目になって、小山君と文学雑誌を起そうと思っているが、君もぜひ加えて三人で、平生の主張を社会にひろめよう……。

「小山君は感情亡国論、僕は風流亡国論、君は心の礼を唱えて、あくまでもこの社会を改善しなければならん。今の社会は、実に読書家の飢饉《ききん》だからね。僕はこの際、まず文学界の天地を清浄無垢にして、それから追い追い、社会全体の改良に力を尽そうと思う。それにはまず雑誌を出すことだ。君も賛成せんかね*」

「大賛成だ。大いに力をつくすよ。しかし雑誌を出すには資本が要る。それはどうする」

小山は
「その資本の件で、きょう来たのだ。雑誌の計画を話すと、いくら儲かるという人ばかりだったが、ようやく一人、話になりそうな人を見つけた。維新時代にずいぶん働いて高官に昇り、今は隠居のように引込んでいる、広海《ひろうみ》子爵を知らんかね。僕等の計画を、話しかけてみた」

ちょうど子爵には、玉江嬢という十九歳になる娘がある。女学校を卒業して、嫁入り盛りというところだが、ちかごろ世間で、家庭料理の問題がやかましくなってきたので、子爵も娘に料理法を習わせたい、それも和漢洋を折衷した、実用向きの家庭料理を習わせたいという。誰が話したか知らぬが、お登和さんのことを聞込み、小山の友人の妹ということも知っていて、しきりに頼む……。

「月謝は何ほどでも出すから毎日教えに来てもらえないか、というから、僕は独断だがね、月謝をたくさん出して出稽古《でげいこ》に来てくれ、といっても承知する人達ではない。お嬢さんが中川君の処へ通ったらよかろう。中川も一個の文学士、天爵を論じたら、あなたの下におらんほどの人物だから、来てくれでは承知すまい、といった。子爵も大いに感心して、いやそういう人達ならなおさら頼もしい。それほど見識のある人ならば、毎日娘を通わせるから、ぜひ一つきいてくれと熱心な頼みさ。どうだね中川君、お登和さんに教えさせてくれんか」

「うん、教えてやらんこともない。しかし僕の家の料理法は、料理する仕事は、むつかしくはないけれども、料理する精神が、むつかしいから、その積りで来るように、そういってくれたまえ」

親友たちの会談の間にお登和の支度もでき、前述のエビスープ、南京豆のカレーなどが出た。

＊悪書追放の要は明治三十年代も今も変りないらしい。その後父は実業之日本社の増田義一

氏に協力「婦人世界」発行と共に、同誌に専念し、他への執筆は一切断った。

玉子の味噌漬　百合の天ぷら

「この玉子の味噌漬も試したまえ」と中川の勧めるのは、甘口の味噌へ少し味をつけて平らにならし、玉子の先で押すと円い穴が出来る。そこへ日本紙の四角に切ったのを入れて、玉子の黄身を落して置く。五日位たつと、その黄身が半ば固まりかけてくる。

「どうだ、不思議な味だろう」

「うんうまい、この白いのは何だね」

「百合の天ぷらだ」

玉子とメリケン粉と塩と砂糖と牛乳で衣をつくり、その中へ百合の一枚一枚に剝《は》がしたのを入れて、程よい大きさに掻きよせて揚げたもの……同じ方法でリンゴでしてもおいしい、とお登和も口を添える。* 照焼きも口取りもと、久しぶりでごちそうを飽食した大原は「今までずいぶんお登和さんのご馳走をいただいたが、今日ほど美味しく感じたことはない。この味ばかりは忘れんね」と三年も寿命ののびた心地。また中川の生理上の食物論を聞いていたが、やがてお代さんからの度々の迎えに、ぜひなく家に帰った。
二、三日過ぎて、自宅の田舎料理がつくづくいやになった大原は、鶏を買わせたが硬くて嚙むことも出来ない。やはりお登和さんに聞いてこようと、お代の止めるのを振りきって中川家へ行く。

＊リンゴを六つ割とし半センチ位の厚さに切り、しばらく砂糖水に浸してから、この衣で揚げると、甘味と酸味が混ってよい。子供のおやつにも、焼肉や焼魚の添えにも、喜ばれる。

おけいこ

中川家では、玄関の沓脱石《くつぬぎいし》の上に、女の駒下駄《こまげた》が三足並び、玄関口の二畳間に腰元《こしもと》らしい女が行儀正しく控えている。案内を乞うて座敷に入ると、小山夫人に連れられて広海子爵の令嬢が、料理のけいこに来ていた。紹介されて、まず大原の目につくのは、玉江嬢の品格の高いことである。

しかもいんぎんで愛嬌《あいきょう》があり、色は白いほうではないが、浅紅を帯びて強壮らしく見え、肺病的の美人と異る。眉と目が清くて涼しく、口元が締り、鼻が形よく高く、どことて申し分はないが、その割に際《きわ》立って引立たないのは、背中が少し円みを帯びて、首が前にかがんでる故であろう。わが国の婦人は、誰しもこの癖がある。あたら美しき姿を自ら損ずるのも、丈が高いと人にいわれるのをきらう故か。丈は高いほど立派なのに、と大原は心に思う。

小山の細君は、大原の持つ竹の皮包みを見て、何を持っておいでかと問う。安い鶏肉を買ったら、硬くって食べられぬ、と見せるとお登和は

「これは鶏肉屋《とりや》仲間でツメといって、とても食べられない、雄の老鶏です。これなら安く買えます。さきほどもお話し申したとおり、家庭料理は原料を選ぶことが第一で、シナの袁随園《えんずいえん》という人の料理法に、一席のごちそうは、料理人の力が六分で、買物人の力が四分だ、としてあります。ま、この鶏肉は、スープでもとるより外にしかたありませんね」

安物の鶏肉が、時にとっての研究の種になった。

松露豆腐

物は注意次第で研究の種となる。大原の持ってきた硬い鶏肉も時にとってのよい手本、鶏肉の安物を後学のためにと子爵令嬢に見せながら大原は

「ところで小山の奥さん、今日はどういうお料理でしたか」

「はい、いろいろ出来ましたが、玉江さん、今のお料理を大体お覚えになりましたか。これもおけいこですから、もう一度つくり方をいってごらんなさい。最初は松露豆腐《しょうろどうふ》のお吸物でしたね」

「はい、たいがい覚えましたつもりですが、間違ったら先生に直して頂きましょう」

松露豆腐は、まずお豆腐をよく固くしぼり、裏ごしにかけ、塩と砂糖を少しずつ入れて松露くらいの大きさにまるめ、布巾の上に並べて水を切る。フライパンへ油を引いて、転がしながら揚げる。その時、傍らに水を入れた丼を置き、揚がったお豆腐を、水で洗ってザルにとり

「青味や椎茸などと一緒に、お吸物の種にいたします」

「さようです。鰆《さわら》のフライは?」

「はい、鰆の切身へまず薄塩をザッとふっておいて、三十分ほどしたら布巾でよく水気をふきとり、メリケン粉をつけ、玉子の黄身へくるんで、今度はパン粉をつけて、フライパンのバターで揚げます。略式にもできますし、油も、豚の脂のラードでもよいが、上等には、サラダ油がよいのでございますね」

「そう、よくお覚えになりましたね」

「牛肉の酢味噌は、ロース肉かヒレ肉を薄く切って、鉄アミへのせて強い火で両面をサッと焼き、酢味噌をこしらえてつけるので、急ぐとき手軽にできて、調法でございましょう。宅へ帰りましたら、今日教えていただきましたものを、一々こしらえて、父に食べさせます。さぞ、父も喜んでくれましょう」

古くからいる女中頭の老婆が、一切台所のことを仕切ってやるが、いつも同じような料理で困る。客のある時はもちろん、客のない時も、父は毎日西洋料理屋から二、三品取り

寄せる。が、これからは毎日、自宅でしますと大奮発。

上流社会は、多くこのような風があり、ごちそうは料理屋の専有物、と思っていた。それが家庭料理の進歩しない所以《ゆえん》である。家庭料理の進歩しないのは、文明が進歩しないことだ。*

食物は最愛の家族と、大切な賓客の口に入れるもの、もし不衛生など危険があれば、人生百年の身を誤る。お登和は子爵令嬢に家庭料理のつくり方と共に、家庭料理の精神をも伝えるつもりで

「家庭料理の貴いのは、親切の心がこもっているからです。また消化はどうかなど、生理学や衛生学の知識も大切ですが、兄がおりますと、そのお話もできますから……」**

といいながら、ひき止めるうちに中川も帰ってきた。

＊客をもてなすのに料理屋に頼った風は、明治文化の東京に特にはなはだしく、長崎はじめ地方の旧家では自家で行った。東京の誤った文明開化流もやや改まり、近年のクリスマスイブが家庭本位になった例など喜ばしい。

＊＊明治三十年代の日本には、まだ栄養学はなかった。この『食道楽』が機縁となり、佐伯矩博士が日本栄養学を樹立されたことは、前にも述べたが、今はまた、味覚よりも、栄養が先の嫌いもある。

美人法

中川はもとより話好き。

「僕の話は小言まじりのお談義で、あまり面白いというわけにはまいりませんが、では一つ、美人になる法をお話ししましょうかね」

小山夫人は「それは何より結構ですね、先日は食物に気をつけて、内部から顔の光沢《つや》を出すというお話を、伺いましたが、今日は？」

「今日は、お嬢さんもいらっしゃるから、娘さんのためになることをお話しします。その代りホコサキがどこへ八《や》ツあたりしても、お気になさらないで下さい。これも私の理想の一つですが……」

わが国で美人というと、顔がきれいだという点を第一にする。だから肺病や猫背や、とかく病的の美人を喜ぶ風がある。私のいう美人は、健康で姿勢の正しいのがいい。背がすらりとして、顔の輪郭が正しく、首筋から肩のあたりが、優しくなぞえ形で、素直にまっ直ぐな体格を、もっとも健康とする。

「美人になる第一の手段は、姿勢を正しくすることです」

西洋の婦人は、子供のときから親達に姿勢をきびしく正される。学校へ通うとき、背中を曲げて歩くと、頭の上へ書物をのせて歩かせられる。

「歩くときは、胸をつき出す位にしてお歩きなさい。坐《すわ》る時は少し後ろへ反《そ》る位にして坐ると、しぜん背中もまっ直ぐになります」

どうやら、直接目の前の人の欠点を挙げたように聞えるが、玉江嬢は黙然と、深くその言葉に感じたらしい。

「姿勢が正しくなると、誰が見ても姿の美ということが現れましょう。しかし、まだまだ声音が爽やかで、言葉遣いも品よくなくては、美人の資格にかけます。その上に、ぜひ心の美が加わらないと、人を感動させる美人にはなりません」

興に乗じて談論風発。心の美を磨くために中川の考え出した新方法は、毎夜、誰でもご両親に、お休みなさいましとあいさつするとき、その日にしたことを申し述べる習慣をつける。正直に自分のしたことを繰返してみる。それが心の鏡になる。と相変らずの長談義も、初めて聞いた玉江嬢は、深く肝に銘じたか
「私なんぞ今までうかうかとその日を送りましたばかりで、一度も自分の心を鏡に照したことがございません。これは毎日顔を洗うと同じように、毎晩必ず、その日のことを振返るようにいたしましょう」

あつく礼を述べて帰って行った。

後でお登和は兄に向って

「あまり烈《はげ》しいことを仰《おっ》しゃるので、ヒヤヒヤしました。背中が曲っているなんぞは、あの方に当てつけたようで、あんまりではありませんか」

「しかしあの娘さんは、人の言葉を感情で聞く人物とも思えない。僕は今の娘さんを理想どおりに感化させ、それを通して、父君の広海子爵を動かし、雑誌発行の計画を実行して、社会の人を感化しよう、という見込みだ」

大原は

「そのついでに、も一つ君に願いたいことがある。どうか、僕の家のお代さんを感化して、道理に服させてもらいたい」

「アハハ、あれは到底済度の限りにあらず」

「僕にとってはその方が大問題だ」

擂立汁など

その後、広海子爵の令嬢は、毎日中川家へ通って、お登和さんから家庭料理の教授を受けた。なれないことで、はじめは一つの料理を覚えるのもむずかしく感じたが、元来おちついた性質で物に念を入れるので、一日ましに手なみが進み、ひと月もたたないうちに、手軽な料理は人手をまたぬほどになった。

今日も朝早くから来て、お登和の指図を受け、味噌をすっていると、主人の中川が台所をのぞき、もう親しくなった心やすさで
「玉江さん、何が出来ますか。お姫様が味噌をおすり遊ばすとは非常なご奮発、しかしもう摺鉢がころげ出しませんね。それだけご上達なさったので……」
笑いながら眺める。
玉江嬢ははずかしがり
「アラ、ごらんなすってはいけません。出来たらごちそういたします」
「それはありがたいしあわせ、どんなごちそうです」
「はい、擂立汁《すりたてじる》でございます。まず白味噌をすって、漉《こ》して水でのばします。それからヒラメの身を組板《まないた》でたたいて摺鉢でよくすって、前の味噌汁を少しずつ、スリ身の方へ溶《と》きまぜて煮ますが、火にかけたら、かきまわしていないとかたまります。実《み》には、お豆腐の大きく切ったのを入れて、溶きガラシを、お豆腐の上へちょいとのせて出します。ねえ先生、そうでございますね」
まだ稽古中の新料理。お登和は教えるのに念を入れ
「そうですけれども、お魚の身がよくすれないとまじりません。お味噌が薄すぎても、お魚だけ別になりますし、お味噌の加減とお魚の身の入れ加減が、むずかしゅうございます」

もうそのくらいすれたらば、あとは自分がすると、今度は鯛のお刺身を作らせてみる。

玉江は

「お刺身はまだどうもむつかしくて……。私が作りますと羊羹のようになりまして、少し手間どると身が崩れます。鯉や鯛の生作《いきづく》りは、よほど腕のさえたものでなければ出来ませんね」

中川は熱心に見ながら

「しかし玉江さん、お刺身は上手な人に薄く切られると、味がぬけてしまいます。羊羹作りに限りますね。それは何をつけて食べますか」

「これは胡麻醤油と申して、炒った黒胡麻をすりまして、お醤油をさし、煮切りミリンか、時には少しお砂糖を入れたもので戴きます」

「よくお覚えでしたね。そちらに、白和《しらあ》えも出来ていますね」

「はい、蕗とコンニャクの白和えですが、白胡麻のかわりに、南京豆でもようございますか」

お登和は

「ええ、小山さんのお家なら、何でも南京豆ですよ。あ、兄さん、昨日大原さんがいらして、田舎から蕨《わらび》をもらったが、家で煮たらアクがひどくて、食べられなかったとおっしゃいましたね。これから蕨を煮ますから、出来たら、少し持たせて差上げましょうか」

と、心は常に大原を忘れない。中川もおかしそうに
「アハハ、大原君の家では、アクを出さずに蕨を煮たのか。出来たら少し届けてやるとい
い」
お登和は玉江に教えながら、まず蕨のアクをとる。桶へ蕨を入れ、その上へ火鉢の灰を
ふりかけ、蕨が浮かないように小さいフタの圧《お》しを置き、上から熱湯を注ぎかけた。
「このまま一時間ばかり蒸《む》らして、お湯の冷《さ》めるまで置くと、アクがよくとれます。灰を
入れたお湯で、ゆでてはいけません。蕨がベトベトになってしまいます。蕨を煮るには、
ニシンを煮た汁がおいしゅうございますね」*
さて鯛の身の残りは、中華風のフライ料理ゴーレンと、葛炊《た》きに作られ、マカロニ入り
の、ハムシチューも教えられた。
＊蕨の採りたては、カラシ醤油が美味。アク出しをしてからサッとゆでて、適宜に切り、溶き
ガラシと醤油を合せてかける。甘酢、白和えも可。ただしあまり多食すると、栄養障害を
おこす。

二つの口

料理のおけいこが終ってから、玉江は座敷に来て、中川に

「ハムと牛肉と、どちらが人の身体に良いものでございましょう」
ときく。学ぶ者が熱心なのは、教える者のよろこび、中川も
「玉江さん、家庭料理を学ぶには、一とおり食物の成分を知っていないと、人の身体に適した料理を、つくることが出来ません」
　ハムと牛肉の成分を調べてみると、ハムは蛋白質が二四%、脂肪が三六%ほどあり、牛肉はモモの肉が蛋白質二六%、脂肪二%、脂肪肉が蛋白質一六%、脂肪二七%位ある。* 蛋白質と脂肪とを共に備えた点からいうとハムの方が滋養分に富む。しかしそれは水分の有無によっても違うし、働く人と働かぬ人、また夏と冬とでも、身体への効《き》き目が違うから、よくその場合を考えねばならぬ、とくわしく説く。
　玉江は
「食物の中で、一番滋養分の多いものは何でございましょう」
「蛋白質と脂肪の点からいうと、鯛のでんぶが一番でしょう。あれは蛋白質が七六%、脂肪が八%ほどあります。それからカツオ節で、蛋白質が七五%、脂肪が五%です」
　中川は
　高野豆腐、湯葉、大豆、豆腐なども滋養分は多いが消化があまりよくない、といちいち食品を説明し
「食物の分析表を写して、さし上げましょう」

「ありがとうございます。それでは滋養の多いものばかり食べましたら、さぞ身体によいでございましょう」

「ところが、いちがいにそうはまいりません。だいたい人間の身体には、食物を入れる口が二つあります。第一の口は顔にある口、第二の口はお腹にある口です。上の口でいかに食べても、消化が悪くて、お腹の口がその滋養分を食べなければ、ハイサヨナラと、素通りしてしまいます」

と、消化吸収の重要さを告げる。

「オヤマア」とあきれるばかりの玉江に、お腹の口は血管とリンパ管で、胃と腸とでよく消化されたものだけが体内に運ばれ、吸収される、と長広舌。そして――尿と便とで毎日の食物の働きがわかる、また、死ぬまで発達のとまらぬ毛と爪を検査すると、その時々の栄養の善悪もわかる、とついに顕微鏡を買ったらいかが、とまですすめた。玉江は、指輪を売って顕微鏡に換えましょうと、奇矯の言に張合いある返事をした。

＊栄養価の点、ハムは現在の分析表と大体同じ、牛肉は内地産のはより少ない。ビタミンはいずれもA、B少しずつある。

食物の性質

指輪を一つ売って顕微鏡に取換えましょう、との張合いある返事に、中川の熱心さは倍加する。

「玉江さん、文明の家庭には、文明の道具をそろえなくてはなりません。床の間に三百円五百円の名画を掛ける位なら、ぜひとも台所に、顕微鏡の一つくらい備うべきです。現に大隈伯爵の邸内には、顕微鏡室というものが、台所のそばに出来ております*」

話は遂に牛乳の質の検査に及び、フェーゼル氏の検乳器までもちだされ、実物についていねいな説明。

玉江嬢は感銘して、なぜもっと早く家庭料理のことを学ばなかったか、悔まれますと、中川家の教育を深く謝した。中川は、その殊勝なのを読んで

「イヤ全く、あなたのお心が私どものいうことを残らずおのみこみなさる。消化吸収のよいお弟子、教えがいがあります」

これからさきの家庭料理は、料理の手際よりも、むしろ材料の取合せが、生理上、衛生上に適《かな》うか否かが大切、たとえば心臓の悪い人にコーヒーをすすめたり、秘結性の人にギンナンなど食べさせたりしては、人の身体に害になる……。

「オヤ、コーヒーは心臓に悪うございますか」

「悪いというよりむしろ禁物で、英国ではコーヒー心臓、という病名があるくらいです」

秘結性は――ギンナンの他に柿や竜眼肉、また塩辛い食物は、収斂《しゅうれん》性があるので、便秘させる。反対にアンズだの大根だの青菜、ソバや酢の物などは、清涼性といって通じをつける。春の逆上《のぼ》せる季節には、酢の物を多く食べ、海岸に住んで塩分の刺激が強いときは、酢の物で中和させるとよい。スイカの類は通利性といって小水を通じさせるもの、牛蒡や豆などは醱酵《はっこう》性、ケシや胡椒、山葵の類は刺激性といって、眼病、脳病などに禁物、茶やコーヒーやスープは興奮性といって、神経を興奮させる……話は尽きない。

「まあ、スープは興奮性ですか」

「そうです。牛や鳥のスープを滋養物だといって飲む人がありますが、滋養というより興奮性なのです。西洋料理で一番さきにスープを出すのは、味覚を興奮させて、他の料理をおいしく食べさせるためです」

と病人食にまで及んできたところへ、表から大原の声。

「お登和さん、ただいまはおいしい蕨を、ありがとうございます」
　＊大隈重信は私の母の近親だったし、『食道楽』発表当時の報知新聞社長として大いに協力。政治家としても進取的だったが、生活態度も新風に富まれていたこと、私も子供心に実見している。

承諾

大原が来たので、長くいすぎたことに気がつき、玉江嬢は帰りのあいさつをしながら
「父が、中川さん、小山さん、大原さんのお三方をお招きして、一日ゆるゆるお話をいたしたいと申します。ご都合のよい日にお出で下さいますか」

と告げて快諾された。

「それにつきまして、ごちそうを残らず私にこしらえろといいつけられました」

「シナ料理の三十六椀から、三十六品のお料理の出来たうわさをしたら、私にも三十六品をつくるように申されました。先生に工夫していただいて、おけいこしたいと存じます」

広海子爵の心が、ようやくこの三人の学士に傾いてきたのは、中川にも大原にも悦ばしい。

大原は玉江嬢の後ろ姿を見送りながら、「中川君、あのお嬢さんは、だんだん美しく見えてくるね。君のいわゆる美人法を行っているのかな」

「アハハ、そうかもしれない。人は心の覚悟一つで、人相も変ってくる」

あのお嬢さんも、家庭料理をけいこしてから、よほど心が着実になり、ぼんやりしたお姫様風がなくなった。ある西洋の画家が、悪魔の像を描くために、監獄の罪人の中から選

んだモデルは、その十五、六年前に、福の神の像のモデルにした、福々しい少年の、変りはてた人相だったと、また美人法がはじまる。

「その筆法で、家のお代先生を美人にする工夫はないものかな」

大原はつぶやいていたが、少し改まった口上で、口ごもりながら

「今日、僕は中川君とお登和さんに、申上げたいことがある……僕もいろいろ今度の事を考えたが、とても急に伯父や伯母が僕のいうことを承知しそうもない。それに第一当人の、お代先生がテコでも動かんからね。両親たちが大阪から戻ってくると、再び結婚問題が起る。いくら僕が強情を張って断っても、なかなか急には片づきそうもない。いつまでもあいまい模糊《もこ》たる中に、お登和さんの女ざかりを過ごさせてはお気の毒。公平に考えると、お登和さんは僕に過ぎたお方だ。僕は天から授からなかったものと、あきらめる。僕の願いは……どうぞもう僕にかまわずに、今にも好い口があったら、お登和さんを遣《や》ってくれ給え」

と胸中の苦しみを忍びつつ、誠の心を告げる。

暗涙を浮べて首を垂れているお登和に

「僕は、実にあなたのご親切に感泣しています。お心の美しいのを知るにつけて、あなたのために幸福であれかしと、祈っています」

切なる言葉にたえかねて、お登和は次の間へ去り泣き伏した。黙然としていた中川は声

高く

「よろしい。承知した。ただし、これからは僕等の勝手だから、お登和をどこへ嫁に遣ろうと、また嫁にやらなくとも、君はよけいな心配はするな」

襖の間からそっと顔を出したお登和も、ニッコと笑った。

独り立ち

大原満の、真心こめた申出をきいて、真実のこもった心が、その言葉にあらわれていると感激しながら、お登和は、平生《へいぜい》、自分の心を主張するような人ではないが、すこし覚悟したことがある。

「兄さん、私が早くお嫁に参りませんと、お父様やお母様は、よほどご心配遊ばしましょうか」

と中川に問いながら、今は女でも、独立の道がないわけでもないから、私は家庭料理の学校でも開いて生徒を集めたら、ひとり立ちのできないこともありますまい、と相談する。

兄は、それはできようが、それでどこまでも通すということは、ご両親がご承知なさるまい……

「なにしろ大原君のほうが早く片づかんでは、なんとも決断することができん、大原君がいつまでもきまらずにいるのを、いまさら、ほかへ嫁入り口を捜すわけにもゆかん」何とかして大原君を助けるために、お代先生を説きつける方法はないものかと、ついに小山夫人が、お代の意中をさぐる使者の役にたたされた。

五目鮨

お代先生の意中をさぐる役目を引き受けた小山夫人は、大原家に赴いて、あいさつと共に大重箱を出し

「お代さんがお好きと伺いましたから、五目鮨《ごもくずし》を持って参りました」

あり合せの冷飯で海苔巻を作ってはみたが、まずさに閉口したお代は大喜びで手を出す。大原が製法を聞くと、炊き立ての熱いご飯へ、尾州の山吹酢か紀州の粉川酢など上等の酢と塩をまぜてふり、椎茸とキクラゲと竹の子と簾麸《すだれぶ》と、蓮根《れんこん》と玉子焼と、干瓢《かんぴょう》とエビのオボロと鯛と、紅ショウガと浅草海苔が、入れてある。蓮根も、お登和さんに伺って、最初少し酢をたらして水へ漬けておき、湯の中へもほんの少し酢を落し、フタをせずに茹で、水へとり布巾でしぼって、酢と塩と砂糖をまぜた中へ漬けたので、パリパリして味もいい。大原に注意されて、お代は「もういっぺんやってみたい」という。*

小山夫人は、お鮨の作り方から、やがて

「お代さん、お父様やお母様が久しくお帰りになりませんで、さぞおさみしいことでしょう」

と、そろそろ話を引出そうとするが、

「ちっともさみしくはありましねい」

愛想もないお代の返事。

「それでもね、知らない土地へいらして、まだお慣れになりませんから、さぞお郷里のことを、恋しいとお思いでしょう」

「ナニちっとも恋しくはありましねい」

郷里へ帰るのは死んでもイヤなことだ……

「ワシはもう二度とふたたび、実家《さと》へ足踏みしねいです」

もはや嫁にきた人の、口ぶりである。

盲唖学校の報告で、従兄妹同士の結婚からどういう子が出来るか、おききになったか？

「いつか新家《しんや》の叔父さんが、そんなことをいわしたっけ。子供なんぞ、あんだって構やしねい」

とうてい、急にこの災難から大原はのがれられまい、と失望した小山夫人は、早々に辞し去った。お代は人の言葉を気にかけて

「満さん、なにごとが持上っても、わしはおまえさんの側を離れるものか、もう隣りさあ

行くじゃねいよ」

俗にいう悪女の深情けである。

＊五目鮨の素まであるインスタント時代だが、手製の味は格別。一升の御飯に酢一合半、塩二、三勺《しゃく》〔一勺は一合の十分の一。約一八㎖〕の割、夏は酢がよく利くが、冬は酢を多く、椎茸、キクラゲ等は煮、鯛の身は酢につける。また海苔巻のほか、漬菜やワカメで、お結びをつつむのもいい。

未来の縁

帰りがけに中川の家を訪ねた小山夫人は、お代嬢の様子を語り、中川も落胆したが、このことはあまりくわしく妹に告げて下さるな、と他の方法を相談する。

「お登和はいま、玉江嬢と一緒に材料の買出しに参りました。三十六品のお料理で、一生懸命です」

「その料理が出来ますと、広海子爵が皆さんをご招待なさるのですね。あの玉江さんは、なかなか感心なお方でしょう。たいそう、あなたの議論に感服していらっしゃいます。私はあなたのお嫁さんに、お世話申したいと思っていますが、ご異存はないでしょうね」

この夫人なかなか世話ずきな性質。中川は微笑をふくみ

「それはありがとうございます。が、決してこちらから子爵の方へ申込んで下さいますな。あちらから、あなたにでもお相談があれば格別、こちらから申出すことは、はなはだ心苦しゅうございます」

結婚のことは人生の大問題、自分も大いに議論があるから急には決められない、と軽々しく心を動かさない。

程なく玉江嬢はお登和とともに、買物から帰ってきた。小山夫人は、子爵家の姫君が、自分で大きなフロシキ包みをさげてきたのに感心して

「玉江さんもたいそうご熱心ですね、何を買っていらっしゃいました」

玉江嬢はまだすこしはずかしげに

「八百屋物を買って参りました。おかしゅうございましょう」

おかしいことがあるものですか、おくゆかしく見えます、自分で品物をえらぶと注意も届き、親切の心もこもる、家庭料理の第一は材料のよいのを選ぶこと、と小山夫人の述べるのは、人の妻たるものに、望ましい覚悟である。

三十六品の料理の話は、日本料理の三汁十五菜、西洋料理の中でも、ロシア風の三十余品、またシナ料理の燕《つばめ》の巣や熊の掌、さては西洋料理の岩燕のヒナなど、料理のぜいたくの数々に移ったが、日本風の、芸者を二人ずつもお客につけるのは、やはり三十円位かかり、ほんに無益な入費です……。

中川は
「そればかりではない。床柱一本が何十円、何百円もするし、大きな画幅が五百円も千円も」と例によって、長広舌をふるいかけるのをしおに、三婦人は台所へ立った。

玉子麩　松魚の刺身

前の三十六品料理を手伝った小山夫人は
「お登和さん、変った新料理ばかり三十六通り、ご工夫なさるのは大変ですね」

「はい、けれどどこれもおけいこのためですから、献立は少し無理でも、新しいものばかりいたしましょう。まず四色の汁物の最初に玉子麩《ふ》の吸物で、ごく手軽ですが、汁の味をおいしくこしらえるのが、かんじんです」

大きな昆布を水から鍋に入れ、三十分ほど煮立て、昆布だしをとり、カツオ節をたくさん入れてザッと煮立てカツオ節をあげる。カツオ節は長く煮すぎると汁の味が悪くなる。それから、醬油を、必ず一度に注いで、味をつける。*実《み》にする玉子麩は、金魚麩をしばらく水に浸け、柔かくなったら絞って、少し口をあけた中へ、別に玉子をといて塩とミリンで味をつけたのを流しこみ、そっと汁の中へ入れる。それに青味を一つ二つ添える。

季節の松魚《かつお》の刺身も新工夫。まず、三枚に卸して、身と身の間へ両方とも讃岐《さぬき》の三盆白《さんぼんじろ》をふりかけてピタリと合せ、竹の皮で包んで糸でくるくる巻き、井戸の中へ半日ほどつるし、食べる前にお刺身につくる。

「こうすると、何ともいわれないほどおいしくなりますが、他のお砂糖は味が顔を出していけません。讃岐の三盆白に限ります。ことに松魚の毒消しになります」**

お登和の教授には、つねに深い心がこもる。

＊お汁の醬油を二度注ぎすると、前のは煮えすぎ後からのは煮え足りなくて味が悪くなる。かつ醬油を注いでから長く煮ると、塩からくばかりなって香気がぬける。又、出し昆布を使うときは、さっと短い時間熱してすぐ引き上げること。

＊＊松魚の肉には刺激性があって中毒することがあるが、その時は昔から黒砂糖をなめる。鮪《まぐろ》など紅い身の刺身も古いと酔うが、砂糖醬油に一時間ほど浸けるといい。松魚のゲタ作りの刺身は、最初から砂糖醬油につけ、溶きガラシをつけて食べるとおいしい。

松魚料理

玉江嬢のため、急いで三十六品の新料理を教授中のお登和は

「こんどは土佐のお料理で、松魚のたたきというものをいたしましょう。これは新しい松魚に限ります。まず、松魚の片身を縦に二つ割にして、皮もそのまま、鉄弓へのせ、炭《すみ》

俵《だわら》を燃して、その上で両面を白くなるほどあぶるのです」

炭俵のないときは藁《わら》でも構わない。青松葉で燻《いぶ》すのが本式だが、あぶりかげんは、ちょうど牛肉のビフテキを焼くように、両面が少し焼けて、中へ紅いところが残るくらい。このあぶりかげんが肝腎《かんじん》で、あぶりすぎると焦げてまずくなり、あぶり足りないのも、味がよくない。あぶった身を俎板《まないた》へとって、厚いゲタ作りに切り、塩をふり、ダイダイ酢と醤油をまぜてふりかけながら、庖丁《ほうちょう》の腹でヒタヒタと叩く。

「手をよく洗って、掌でたたいたほうが、塩気もよく浸みて味がよくなります。これでたたきと申すのです。ニンニクかネギと、シソを薬味《やくみ》にふりかけて、すぐ、出来たてを、お客に出すのがごちそうです」*

もう一つ松魚のアラ煮をと、刺身とたたきで残った骨つきのアラを、五分（約一・七センチ）四角位に切り、生醤油でカラカラに煮つける。長くもつし、味もなかなかよい……と松魚料理の稽古はしたが、門前にまだ初松魚を売る呼び声は少ない。

＊土佐の本場ではスダチの酢が絶妙。土佐出身の明治の元勲後藤象二郎が母の叔父で、その家に娘時代を過ごした母は、松魚のたたきがお得意で実においしく作った。炭俵やワラであぶると、燻った香気が風味を添える。ガスの火では本当の味が出ない。このごろあぶってから洗うのもあるが、水っぽくて不味《まず》い。

鯛料理

松魚料理が済み、鯛料理にうつり、鯛のソース煮の西洋風のあと、鯛の玉子酢を作る。

「これは鯛に限りません。何の魚でもようございますが、小さく四角に薄く切って、少し酢を利《き》かせておきます」

別に水とミリンを煮立て、酢と塩を入れ、水どきの葛《くず》でドロドロにしたのを、冷ましてから、玉子の黄身と泡立てた白身を入れる。黄身三つに白身一つくらいの割で、よくかきまぜてお魚の身へかけて出す。

「酢の物では一番上品な味がします。小山の奥さんもお宅でなさったらいかがですか」

「さっそくいたしてみましょう。きょうのお料理は、なかなか手数がかかりますね」

と小山夫人。

「子爵家のごちそうですから、大原さんの三十六品とは違います。こんどは手軽な、アナゴの蒲焼《かばやき》をお話し申しましょうか」

蒲焼は鰻《うなぎ》でも何でも、一旦焼いて蒸《む》して、また焼くとやわらかになる。アナゴも一旦白焼にして、蒸すかわりに、熱いところをすぐ平たい皿に入れ、木の蓋をして、何か圧《お》しをしておくと、ひとりでに好い加減に蒸れる。それをミリンと醬油と、砂糖を煮立てたタレへつけ、蒲焼にすると手軽に出来る。

「アナゴを買うときには、背の薄黒いような、本アナゴを択《よ》らないといけません。銀アナゴといって、皮が銀色に光って、たいそうきれいなのがありますけれども、味が悪くって小骨が多くって、食べられません。アナゴは品川湾のが結構ですね。アナゴと鰈《かれい》の味は、品川湾に限るようです」

ついでに魚の湯引も教えましょう。鯛でも、ブダイでも、コチでも、ホウボウでも、カナガシラでも、何でも身の堅いお魚がよい。皮つきのまま厚いお刺身に切り、塩をあてて一時間ほどおく。鍋へ、お湯をグラグラわきたたせて、今の刺身を入れ、すぐ網杓子ですくい上げる。ちょうど半熟になったところがよいので、それを水の中で冷やし、ザルへとって水気を切る。

「お皿へ南天の葉でも敷いて、その上へのせますと体裁もようございます。酢醤油と山葵でいただきます。そこで玉江さん、鯛や外のお魚の皮が沢山出ましょう。それを捨てずに、皮鱠《なます》というものが出来ます」

皮を焼いて小さくきざみ、炒った黒胡麻と大根卸しと酢とで和《あ》える。

「これでお魚の料理が、八色出来ました。何か変ったものを、お教え申しましょうかね」

「どうぞ何でもお願いいたします」

と習う玉江も一生懸命。お客をせねばならぬ大責任がある。

＊釣り好きだった父は、品川湾にもよく出かけた。私の幼時の明治末には、東海道線の下りが品川駅にとまると、目の下に波が寄せ、底の砂地を小ガニや小魚の泳ぐのが車窓から見えた。そんな清らかな海だった。今の汚れた湾の魚は、とても食べる気になれない。

あの事

一方の大原は、家でお代に苦しめられ、わが家ながら隅のほうへ小さくなって、何事にも気を置き心を兼ね、暇さえあれば戸外へ出て、胸中の憂《う》さを忘れたく思う。

「モシお代さん、僕はちょいと散歩に出て来ますよ」

いちいち断わらねばならず、断わられたお代さんがめったにハイと承知せず

「何ですって、どこへ行くの」

と忽ち袖を引きとめる。

「どこかへ散歩して気を晴したい」

「用もないのに出ないでもよかろう。それよりもわたしは、小山の奥さんのいわしった事が、気になってたまらない。満さん、話があるからここへ坐って下さい。わたしは、父さんのところへ手紙を出そうと思うが、何といったらよいだろう」

「何とでも、お好きなようにいってあげなさい。僕の知ったことではありません」

お代は目をまるくして

「あんな不実なことをいって……。おまえさんのことをいってやらねばならないんだよ。父さんや母さんがいいおいて行ったが、満さんの心がわかったら、すぐ大阪へ手紙を出したいと思うが、いつになっても満さんの心がわからない。満さんは、大体なんと思っているだ」

「何を思うのかわかりませんねえ」

お代もさすがに、少しはずかしいという身ぶりで

「あのことよ、そら婚礼のことをよ」

といやに首を曲げて、ニヤリと笑う気味悪さ。大原はぞっとする。

油揚げの玉子かけ

子爵家のごちそうの新料理三十六品は、お登和にもなかなかの苦心である。

「今度はお豆腐のフライをお教えしましょう。お豆腐を一寸（三センチ）四角くらいに切って、しばらく布巾の上へ置き、幾度も載せ直して、よく両面の水気をとり、葛粉を、お豆腐の両面へ叩きつけて、それを油で揚げるのです」

薬味を添えて、お醤油《したじ》で食べても、それをまた味をつけて、煮てもよい、というのを、

玉江嬢より小山夫人が悦んで「油揚げの変った工夫はございませんか」

「油揚げの玉子かけといって、まず油揚げを二枚にさいて糸のように刻み、一度茹でこぼしてから、カツオ節のだしと醬油と砂糖でよく煮て、一旦油揚げだけをすくい上げます。残った汁へ葛かカタクリ粉を入れ、ドロドロにしたところへ、玉子を溶きこんでよくかきまわし、その汁を油揚げの上へかけて出しますと、種は油揚げでも、なかなか上品なお料理になります。玉江さん、玉子料理も二つばかりいかが」

一つは、丸煮玉子といって、よく茹でた玉子の殻をむき、尖らない下の方を横に切り、中の黄身をそっくり出し、一つにはその黄身へ、砂糖と塩で煮た人参の裏ごしをまぜ、味をつけてまた玉子の中へ詰めこむ。一つは魚のすり身へ味をつけて詰め、一つは豆の裏ごしへ味をつけて詰め、白身のフタをピッタリして蒸す。青い葉でも敷いた上に、尖った方を上にして立てると、ちょいと切り口がわからなくて、茹で玉子と変りがない。

「食べる時にナイフで割ると、中から白と青と黄の三色が出ておなぐさみになります」もっと色々なものを詰めて、スープ煮にしてもよいのです……。*

また一つは二色玉子といって、口取りのカマボコ代りに使うもの……四色の料理が加わった。

「今日おけいこできないものは、あしたまた教えていただきますが、小山の奥さんもいらっしゃいますから、お話だけでも伺って……」

玉江嬢の熱心さに、お登和は野菜料理四種、新牛蒡の天ぷら、サヤエンドウのスープ煮、レンコンの卵黄づめ、端竹や真竹のタケノコの魚肉詰め煮など。肉類も四色、牛の挽肉の餡かけ、鶏肉の茹でた刺身、鶏肉炒り玉子詰め白ソース煮、ハムの酒煮も教えた。果物は、リンゴのフライ、リンゴの丸焼き、ミカンの寄せ物、イチゴのブドウ酒かけの四種。

＊玉子の中へ身を詰めるときたくさん入れすぎると、蒸したときに中がふくれて、切り口が裂ける。

赤ナス飯

「ところで玉江さんのお宅には、珍しいお菓子がたくさんおありでしょう」

「ハイ、父が菓子好きで、諸国からとり寄せますが、信州の小布施《おぶせ》という所のクリ羊羹＊と山形の甘露梅と熨斗《のし》梅がございます。そのほか、肥後の朝鮮飴《あめ》を、谷中でこしらえて売ってますし、佐賀のマルボーロを、早稲田で上等につくりますので、折々買わせます」

「それは結構ですが、お父様がお菓子好きでいらっしゃるなら、お家でもなさいまし、西洋菓子のシューなんぞいいでしょう」

シューの皮とクリームのつくり方、またスポンジケーキ、アンズの蒸し物、蚕豆《そらまめ》の羊羹もあげると、三十六品になった。

「こんどはご飯ですが、風変りな赤ナスのご飯にしましょうか」＊＊

赤ナスすなわちトマト飯を手軽につくるには、米二合をよく洗って干しておき、バター大匙一杯をフライ鍋で溶かした中へ前の米を入れ、キツネ色になるまで炒《い》りつけ、生のトマト二斤（約一二〇〇グラム）の皮をむき、二つに割り、中の汁をしぼり、ごく細かに叩き、ソース鍋に入れたところへ前の米を加え、スープおよそ三合（米の一・五倍）をさし、塩胡椒で味をつけて炊く。別に玉ネギと人参とメリケン粉を、バターで炒めてから、スープで煮て、裏ごしにした、かけ汁をつくって、かける。

「そこで……いつお客をなさいますか」

「父は、あさってあたりに願いたいと申しますが、皆様のご都合は、いかがでしょう」

「兄の方はいつでもよろしゅうございますが、小山さんのご都合は、奥さんにお願いして、大原さんは、兄に聞いてもらいましょう」

ことばにつれて、大原のことを思い出したのだろう。愁然として悲しみの色をうかべたお登和。玉江嬢は気がつかないが、小山夫人は早くも見てとり、胸が痛む。

＊小布施のクリ羊羹はいまも健在、弦斎が賞味したと桜井甘精堂が記している。

＊＊トマト飯など今は誰も驚かないが、当時はトマトは青臭いときらう人が多かった。新渡戸稲造博士が平塚の家へ来遊のとき、同伴の外人に、学生がナス畑の英語に困り、ブラッ

クトマトと説明して、博士が大笑いされた想い出もある。

落城の期

お代が父へ手紙を出そうと、大原を困らせていると、突然中川が訪ねて来た。

「大原君、あさっての午後から、広海子爵の家に招かれるのだが、都合はどうだね」

「僕はそとへ出ることなら、毎日でもいいよ。まあ、上ってくれたまえ」

「イヤ、もう僕は失敬するよ。あさって一緒に行こう」

帰ろうとするのを、大原はこれを機会に、追いかけて表へ出た。

「中川君、少し待ってくれたまえ。いっしょに散歩しよう。僕はもう、家にいるのがいやになった」

とお代に責められていたことを告げ、万やむを得ぬときは、お代さんと表面上結婚して親達を安心させ、子孫はつくらん決心だ、という。

「どうも君は落城しそうで困るな」

中川は、結婚は将来の大問題だから、過去の恩義にばかりこだわらず、未来の方へ注意すべきだ、と話し合っている後ろから、大原家の下女が、お代嬢の手紙を郵便函《ばこ》へ入れに行く。

「中川君、あれが宣告状だよ」

白粉問題

いよいよ玉江嬢のご馳走の当日となった。広海子爵に招待された中川兄妹は、外出の支度にかかろうとすると、お登和ははずかしそうに
「兄さん、妙なことを伺うようですが、きょうは白粉《おしろい》をつけて参っては、悪うございましょうか」

「なぜ」

「それでもちかごろは、たいそう世間で白粉の廃止論が盛んで、白粉をつけると、さも悪いことをするように申しますもの」

「アハハ、それはとんでもないことを苦労する。世間で唱えるのは、白粉廃止論ではない。鉛毒禁止論だ。鉛分の多い白粉を顔へぬって、それで身体を害《そこな》うのは愚の至りで、鉛分のないのならかまわない」

今の女学生が髪をボウボウと乱し、肩を怒らせて男のような風をするのは、教育の間違いで、教育を受けるほど、文明が進むほど、女は女らしくなるべきだ、と兄はまた長広舌をふるう。

「今の人のいう極端な天真爛漫説も、害毒を流すこともある。何ごとも、程と加減が大切だ……女は心と姿を、同じように美しくすべきで、人の家へ招かれたら、天真を失わないようにして、適度に化粧し、天真と修飾との、加減を知らねばならぬ」

今の今は過度の時代である。何事も極端ばかり行われて、中道をゆくものが少ない。*中川は、そのことを歎《なげ》いて

「お登和、おまえはさいわいに、料理のことを研究しているから、程と加減ということがわかるが、婦人の教育も、和漢洋の長所をとって、最も進歩した婦人を作るのが目的であろうが、往々反対の例を見るね」

男女同権とか、自由結婚とか、女の神聖とか、自然の恋愛とか、とっぴなことばかり唱えて、口と筆とは達者になるが、家におれば親に逆らうし、嫁に行ってそうざい料理一つ作れず、子を生んで子供の着物もぬうことのできないような、婦人をつくる。ことにちかごろは、昔の抑制主義を直すつもりであろうが、婦人の独立とか、神聖とか、理想とかいうことを唱えるため、程と加減を通り越し、たいそう生意気になった。

「白粉をつけるにも程がある。お化粧をするにも程がある。おまえに一番似合う程を考えて、女らしくおつくりなさい」

身支度をしていると、小山夫妻が来た。

「おや、お登和さんは、白粉をおつけなさいますか」

中川は小山夫人の様子を見て、これも白粉廃止論にかぶれたなと、おかしくなり

「奥さんはなぜ、おしまいをなさいません」

「だって、白粉廃止論が盛んではありませんか」

「人の妻となったら、良人に対して身だしなみと、心のたしなみは忘れられません」

小山は大悦びで

「中川君、もっと早く、その説を僕のワイフに聞かせてもらいたかった」

＊極端に走るのは明治三十年代も今も同じか。坐るという伝統から、ヒザの突き出ている日本女性のミニスカートは、夏はことに問題。ミニが終って、パンタロンやデニムとなったら、また膝を合せるセンスが足りない。

今日の姿

論議の間にお登和の盛装もととのい、座敷に出てきて「失礼致しました」と行儀正しくあいさつする。その態度の閑雅な美しさ。小山はみとれていたが、妻に早く隣家へ行って、大原君を呼んできてくれ、見せたいという。

ほどなく、大原を誘ってきた小山夫人は

「中川さん。大原さんがお出かけになろうとすると、お代さんがしきりに引きとめて、何

時に帰るかとか、ほかへ寄ってはいけないとか、それはそれはくどいことで……。あれがお代さんの天真爛漫でしょう。その代り大原さん、お登和さんのきょうの姿を見て、寿命をお延ばしなさい、さあ……」

と、お登和嬢の前に押しやる。お登和ははずかしそうに次の間へしりぞく。わきめもふらずに眺めて、大原は

「実に美だね。きょうはいっそうの美しさだ。これを思うと、いよいよ僕には過ぎものだ。かかる美人を僕のために空しく待たせては、いよいよもってお気の毒にたえない」

小山はその言に失望し

「そういわれてははりあいがない。自分から、そんなにひきさがらんでもいいではないか」

中川ももどかしがって

「大原君、君の遠慮も度が過ぎているよ」

「僕もいろいろ考えているが、きょうのお登和さんのお姿を拝み奉ればだ、下界の漁夫と天人ほど違うね。僕はもう心を決している」

出て来ないお登和を迎えにいった小山夫人

「あらお登和さん、眼のふちをお直しなさいよ」

リンゴのフライ

俥《くるま》のくるのを待つ間に、小山夫人はお登和に
「もう一度リンゴのフライを教えて下さいませんか」

「はい、まず上等のリンゴを選んで、皮をむいてシンをとり、二分（約半センチ）位の厚さに切って、一時間ほど、ブランデーと砂糖をまぜた中へ、漬けておきます」

衣には玉子の黄身一つに大匙一杯の砂糖をよくまぜ、メリケン粉大匙二杯入れてざっとまぜ、牛乳を少し加え、最後に玉子の白身をよく泡《あわ》立て、器を逆さにしても落ちないほどに立ったら、それをまぜる。前のリンゴにその衣をよくつけて、フライ鍋の油の沸き立ったところへ入れる。最初は弱い火で気長に揚げ、もう出来たと思うときに、いったん火を強くし、紙の上へリンゴを移して油を吸わせる。こうすると、一旦膨らんだ衣が、冷めてからもそのままでいるが、最初から強い火へかけると、冷めた時に、シワシワと縮んでしまう。

「お魚でも何でも、揚げ物は気長に揚げて、終りに火を強くしてからとり出します。このリンゴのフライは、焼肉や焼魚などの添えにもようございますし、お菓子として、粉砂糖をふって出すのも美味しいものです」

「熱いうちがようございますか」

「熱いうちでも、冷めてからでも、それぞれにようございます。きょうの玉江さんのおてぎわは、どうでしょうか」

話のうちに俥も来て、五人そろって子爵家へ向った。
＊リンゴのフライには、少し酸味のあるリンゴのほうが適当。バナナのフライも同様な衣でよい。ブランデーの代りにブドウ酒でも可。

子爵の家

中川兄弟、小山夫婦、大原満の五人は、俥をつらねて広海子爵の邸に赴いた。邸は山の手のごく閑静なところにある。昔風の冠木《かぶき》門に黒塀をめぐらし、外見のぎょうぎょうしくないのは、主人のたしなみと察しられる。純日本風の、屋根も柱も新しい玄関にたって、案内を乞うと、黒木綿の紋付に小倉の袴をはいた十三、四の男の子が、行儀正しく式台へ両手をついて、名前をきき、取次ぎに入った。

にこやかに出てきた玉江嬢は、今日は高島田に裾模様、客受けの礼とて姫君らしく盛装し「これは先生、皆様もおそろいで、よくお早くおいで遊ばしました」と、自分で奥へ案内する。

床にかけたのは古人の名画、前に花菖蒲《はなしょうぶ》が姿よく生けてある。広やかな客座敷の開け放たれた障子の間から、庭の泉水、向うの築山、青葉をわたる風も涼しく、五人の客は心も澄む思い……待つほどもなく、立ち出た主人の広海子爵。歳は五十あまりか、髪は半ば白いが、ヒゲの黒々として、顔に犯すべからざる威のあるのは、活躍した当年の意気まだおとろえず……。いちいち来客に会釈して
「よくこそお出で下さった。実は以前から、一度ご招待申上げたいと思っていましたが、娘のけいこが未熟のため、急にはできんわけでして……アハハハ」と飾り気ない温情、さながら人を包むように覚える。

これも多年政界にあって、人に対する扱いに慣れた、ゆえであろう。こちらの客は、書生上りの若紳士、意気こそ高く天をつくが、まだこのような場合の応対になれず、何となく身の小さくなるようなここちで、うかつには口も開けない。婦人たちはなおさら、黙っている。

主人は、客の気を引立てようと快活に「ときに皆さん失礼ですが、この家と庭を見て下さい。これは三年前に、わが輩がみずから設計して建てたので、少々は凝っているつもりです。わが輩は半分西洋、半分日本風というような、あいのこの家屋が嫌いですから、この家は日本風に造りました。中川さん、あなたは何ごとにも、深遠高尚なご意見があるこ

とは、娘から毎度聞いています。あなたの眼から一つ、この建築を、遠慮なく評して下さい」と家自慢も、主人の楽しみ。

台所の改築

玉江嬢は父のそばによって
「お父様、中川さんに見ていただきますと、ほかのお方のようにお世辞をおっしゃいませんよ。そのかわり、なるほどと感心あそばすことが、たくさんございましょう」

「それがこっちの望みだ。中川さん一つ腹蔵ない評をうかがいたいものです」

中川も、得意の長広舌を揮《ふる》う機会を得た。

「遠慮なく評してくれ、とおっしゃれば私もそのつもりで拝見いたしますが、私は平生、風流亡国論を主張する人物、人の住宅を見る時は、神殿や仏寺を見るのと違って、実用の目から拝見します。ついては第一に、ご当家の中心点から見せていただきたい」

「中心点とはどこのことです」

「住宅の中心点は、すなわち台所。家族一同の毎日三度の食事をつくるところ、家の人の健康も不健康も、台所で支配されます……」

広海子爵は苦笑い……。

「どうも、家の台所は狭くって、それに今日は取り散らしております」と、断わってもきく中川ではなく、しぶしぶながら案内する。台所は暗く手狭で、戸棚の奥にクモの巣が張っていたり、布巾が古かったり、……中川の評は散々だった。

主人は自慢の鼻を折られたが、大いに感ずるところがあって

「早速大工を呼んで、台所を建て直しましょうが、最も便利で、最も衛生的な台所を建てるには、何か好いお考えがありますか」

「そのご奮発は何より結構です。いま上流の台所で、模範と称せられているのは大隈伯爵家で、五十畳敷きもあります。しかも、屋根にガラス張りの大きい明りとりがあって、ちり一つ落ちていても見える明るさ……。全体の造りが便利で、衛生的に出来ています。*そこでガスストーブの大きいのが一つ、ガスカマドが六つ備えられ、ふだん六十人前、園遊会でもあると、何百人前の料理が出来ます。ガスは便利で、しかも石炭や薪《まき》より安価だそうです。石炭や薪の時代に一日一円五十銭かかったのが、ガスになって九十五銭ですむようになりました」

広海子爵は夢から覚めた心地で、台所へ一家の主人が出てゆくことは、士君子の為さざることと間違った考えをもって居ました、と反省する。台所の改築方案は、今の世に大切なことである。つづいてお茶室、三人の子供の部屋、さては庭に掘った信州風の鯉《こい》の池な

ど、みんな隠居屋向きと、中川の直言にたたかれたが、主人の心に痛く銘じて、今にして五十余年の非を覚《さと》った。

「どうかそういうことを、社会全体に知らせて、人の迷夢をさまさせて戴きたい」と、雑誌発行の熱が昂《たか》まった。

＊大隈伯（当時）は料理と共に台所がごじまんで、自身で客を案内された。『食道楽』「春の巻」の口絵に、山本松谷氏の実写がある〔巻頭図1参照〕。ガス使用も当時の最初とか。

バターケーキ

玉江嬢が苦心した三十余品の料理は、ゆるゆると主客に賞味された。嬢の得意、主人の面目、客もまた心尽しのご馳走をよろこんだ。最後に出たのは、シュウクリームとカステラ。不出来をわびて

「先生、どうもお菓子は、火加減がむつかしゅうございますね」

「そうです。火加減が大切で、幾度も試して覚えるより外にありませんね。カステラの方は、火加減がよく出来ました＊」

「ほかのつくり方もありますとか……」

「幾通りもありますが、焼粉なしで、玉子ばかりで膨ませると、ふくふくと上等ですし、

バターケーキも美味しゅうございますよ」

手軽くするには、玉子の黄身三つへバター大サジ二杯、砂糖大サジ三杯入れ、木の杓子で白くなるほどよくねり、メリケン粉大サジ五杯と焼粉小サジ一杯をふるって入れ、ざっと混ぜる。別に玉子の白身三つをよくアワ立て、その三分の一へ大サジ三分の一のメリケン粉をパラパラふりかけ、前のものへ混ぜ、残った白身へ粉をふりかけながら、二度にも三度にも混ぜる。この混ぜ方が大切。終りに少しレモン汁をたらし、テンパンにバターを敷き、紙をのせた中へ流しこみ、天火で四十分位焼く。下の火をごく弱く、上の火は少し強い火加減がいい。

やがてコーヒーが出され、英国風の添えもの、炭ビスケの効《きき》めなど、中川の食物談は佳境に入る。

炭ビスケとはどういうものか、聞かれて、中川は「珈琲を日に三度も飲む人は、木炭末でこしらえた炭ビスケをそえるに限ります」と木炭はものの刺激を鎮静させ、毒性を吸収するし、殺虫の効もある、と述べる。こしらえ方は、お登和さんが「消炭をごくごく細かい粉にしておいて、大サジ一杯のバターへ、玉子の黄身二つと砂糖を大サジ一杯加え、メリケン粉大サジ四杯と炭の粉大サジ一杯加え、牛乳で固い位にねって板の上で展《の》ばしビスケの型にうちぬきテンピで十分間焼きます」と説明した。

＊カステラ類は、玉子の多いのはまだいいが、粉が多すぎると固くなり、こねすぎるのもよ

くない。白身のアワ立て方も大切で、器を逆さにしても落ちないまでにアワ立てる。夏は涼しいところ、冬は暖いところでアワ立てるとよい。

大気焔

食物のことに無知識なのは、人として愧《は》ずべきところ、禽獣《きんじゅう》すらも、病めば自ら食物をえらぶことを、知っている。夏はことに、月に二、三度炭ビスケ三、四片とって、腹中の掃除をするといい。シナ料理の原則には五味を調和の土台にしているが、春は酸いものを主とし、夏は苦いものを主とする。

「苦いものは焦げ物なりとしています。焦げ物というのはよく焦がした料理で、パンの黒焦げや炭のようなものでしょう」

主《あるじ》の広海子爵は、中川の説に敬服して

「中川さん、わが輩もお弟子になって、食物の知識を教えていただかねばならん。食物は、人生に大切なものであるのに、今まで少しも念頭に置かなかったのは、ずいぶんうかつ千万でした。……どうか早く世人をして、実用のことに心を向けさせたいものですね」

中川は、わが説の容れられたのをよろこんで

「失礼ながら、その任務はわれわれ三人が引受けて、社会に向って最も有益な、実用の書

物を著わすつもりです。西洋人の家庭では、座敷には聖書があり、台所には料理書があります。聖書は心を養い、料理書は身を養うもとになります。われわれ三人は、一方に、雑誌を利用して絶えず世人の目をさまし、一方には、家庭の師友となるべき、高潔な読本類を著わして、座敷には聖書に代るべき道徳上の読本、台所には衛生上から説明した料理書、というようにしたいと思います。……やがては、現代の人類はもちろん、未来永世、千万年の後までを、感化したいと存じます。＊一介の書生の身で、そんな大事業を思い立つのは、さぞ大胆と思し召すでしょうが、釈迦も一人の力で千万年の後まで感化し、耶蘇《やそ》も、孔子も、マホメットも然《しか》り……われわれ三人が心を合せたら、釈迦や孔子に負けないつもりです」

と大気焔。広海子爵は、やや煙に巻かれたかたちだが、心を落ちつけて

「大層火の手が強くなりましたな。しかし大言壮語は何の役にも立たない。早くそのことを実行して下さい。その期するところが、半分減っても大きなものです。我輩なぞは少しばかり政治上の仕事をしたので、もう今は隠居した心になっているが、さてさて小さな量見でした。及ばずながらいつでも御相談にのります」と、雑誌発行への助力を約した。

この日の会合があってから、子爵の心中に一大変化を生じ、人生の大本は衣食住の三者であるのに、これまで注意を払わず、似非風流にふけったのを悔いた。玉江嬢をそばへ呼んで、ただ家庭料理ばかりでなく、中川さん兄妹を、人生の万事の師と思うがいい、とす

すめる。

「はい、お父様、私は以前からそう思っておりました」

娘の心は、すでに中川たちの価を知っていた。

娘の生涯を、幸福にすべき相手について、かねて心を悩ましていた子爵は、中川のような人物は容易に得られぬ、とまで、ひそかに心に期するところがあるらしい。
＊中川の大言壮語は、ただし、当時の明治の青年の意気を示すもの。ボーイス・ビー・アンビシャスの気風は、北海道大学出のみではなかった。

牛肉の徳用料理

それから後、玉江はお料理のけいこにゆくたびに、中川の意中をさぐろうとする心が生じた。物おぼえのよい玉江のためには、中川もよろこんで衛生の道その他、ねんごろに教え、きょうもテンピの話になった。

今の人の家庭では、わずか二円で買える重宝なテンピさえ、まだなかなか備えようとしない、と中川がなげく。

「テンピ一つありますと、安くっておいしくって、それで経済なお料理ができますね。それに、牛肉の、徳用料理というものを教えていただきましたから、私はよくいたします」

と玉江嬢がうなずく。

まず最初に牛の三角肉、すなわちイチボの安いところを二斤（約一二〇〇グラム）買って、熱湯に塩少し加えた中で湯煮、アクが浮き上るとすぐすくいとる。人参と玉ネギを少し入れ、三時間半くらい茹でるとやわらかくなって味が出る。これには他の肉だと味がぬけてだめ、イチボの硬いところがよい。これをごく薄く切って、山葵《わさび》ソースをかけて食べると、何ともいえないよい味となる。

「山葵ソースは、三人前なら、最初にバター大サジ一杯をソース鍋に溶かし、メリケン粉大サジ一杯入れてかきまわしながらよく炒めて、前に肉を茹でたスープと牛乳とを半分ずつ入れてドロドロにといて、塩と胡椒を加え、少し煮て火からおろします。それへ山葵のおろしたのを、匂いのつくほど混ぜて、肉へかけるのですね」

つけ合せには、小さなジャガ芋の茹でたのと細かく切ったパセリとを、塩とバターで炒めるのが向く。それが第一日の料理である。

「翌日は、残った肉をサラダにいたします」

肉は煮てあるから、ソースだけつくればよい。マヨネーズソースといって、三人前に玉子一つを固く茹で、黄身ばかり裏ごしにして、生玉子の黄身一つをまぜ、カラシを小サジ半杯、塩を小サジ一杯、砂糖小サジ半杯、胡椒を少し加え、よく練りまぜて、サラダ油をほんの少しずつ落してまぜながら、大サジ三杯分加え、終りに西洋酢を大サジ一杯、やはり少しずつ注《さ》してよくまぜる。*

「肉はごく薄く切ってお皿へのせ、塩でもんだキュウリとトマトとをつけますが、トマトは熱湯へつけてから、金属のナイフでなく指先か竹のヘラで皮をむくと、味がようございますね」

トマトを薄く切ったのと、前に残したゆで玉子の白身を小さく切ってまぜ、これらを前のソースであえて肉のそばへ置く。中川がうなずきながら

「そうです。またトマトには肝臓を養う効めがあります」

野菜は、西洋チサでもいい。チサ菜は不眠症を癒し、神経過敏を治するとつけ加えた。

三日目には、肉が硬くなるから、肉挽《ひき》器械で砕《こな》すか、俎板の上でたたいて、コロッケのような残物料理にする。

「こういうふうにしますと、イチボ肉が一斤二十八銭、二斤で五十六銭買って置きますと、第一日が三人前のボイルドビーフ、次の日がサラダ、その次にコロッケと、九人前のお料理ができます。ほんとうに徳用でございます」

子爵の姫君も、今は経済を説くようになった。

＊このごろは既製品ばかり使われるが、やはりその時々に手製した新鮮な風味は格別。もし酢を入れてゆるくなりすぎたら、またサラダ油一、二滴加えてねると固まる。わずらわしくても、油も酢も少しずつ注してよくねるのがコツ、器具も金属より竹か木がよい。

リンゴ素麺

台所を司る者は、常に経済と衛生とを考えねばならぬ——中川はじゅんじゅんと説いていたが、どこまでも試験するつもりで

「玉江さん、果物素麺《そうめん》をお覚えでしたか」

「はい、果物の中で酸味の強いものは、寒天で寄りませんで、ゼラチンを使います。寒天が酸性だからでございますね。リンゴ素麺など、お珍しくて、喜ばれました」

「どういう風にしますか」

「まずリンゴの皮をむきますが、水へ塩少し入れた鉢を置いて、リンゴの皮をむいてシンをとったらすぐ、水の中へ入れます。さもないとアクが出て色が赤くなります。そのリンゴをお鍋へ入れ、お砂糖と少しの水でやわらかくなるまで煮ます。煮えたら裏ごしにして、カップ一杯(約一合)ならば、ゼラチン六枚くらい水で濡らして、リンゴと一緒にもう一度煮ます」*

丁寧にするには、再びこして四角な箱で冷し固める。固まったら、寒天突きを、先を水の中へまっ直ぐに立てて、少し揺すりながら、細く突き出して水をこぼし、カスターソースか、スポンジソースをかけて食べる。または砂糖をかけただけでもよい。

「ソースの作り方は……」

「はい、玉子の黄身四つへ大サジ三杯の砂糖を加え、よくまぜ、牛乳一合（一八〇cc）を少しずつまぜ入れながら、二重鍋で湯煎《ゆせん》にして、ドロドロの半熟位に固めます」

スポンジソースは、玉子の黄身も白身も一緒に、お砂糖を加えてカステラの原料の通りにまぜ、根気よく十五分くらい玉子まわしでかきまぜると、誰でも出来る。
＊各地でリンゴが豊富に出まわるようになったが、わが国ではまだ生食ばかりで、料理に採り入れる習慣が少ない。それゆえ、特にリンゴ料理を挙げた。

野菜の効め

中川は
「いろいろお覚えでしたね。よく暑いところで働く人が、汗が目に入って、目の悪くなることがありますが、人参を塩煮にして少しお砂糖を加え、玉子の黄身ばかりで和《あ》えたものを毎日食べると、防げるそうです。悪くなった目もそれでなおると、実験した人がありますが、玉江さんのお家の車夫に試してごらんなさい」
「はい、試してみましょう。野菜にもいろいろの効めがございますね。ネギは脳病に効めがあり、キュウリは胃病によく、アスパラガスは腎臓病にきき、サラダにするチサは不眠症と神経過敏にいいし、トマトは肝臓病に効めがあると教えていただきました。……鉄分の多い、ホウレン草のお料理もようございました」

ホウレン草を細かくたたき、フライパンへバターをとかした中へ入れ、塩胡椒で味をつけてよく炒りつける。別に玉子を割って熱湯へ落し、二分間煮て半熟になったのを、お皿へホウレン草を盛った上へ、のせて出す。

「見た目もきれいですし、いただくときに両方まぜ合せると、いい味でございます」

「なるほどね。野菜料理のほかに、お魚の料理はいかがですか」

「はい少しは覚えました。エビの料理も、コロッケなど二つ三ついたしましたが、これが大変、美味しいようでございますね」

伊勢エビを茹で、その身を細かく砕き、酢味の多いマヨネーズソースの中へ入れ、パセリの細く切ったのも加え、よくまぜる。* エビの皮はよく洗って頭の方へ胴の皮をさしこみ、ヒゲや足を取り払った中へ、前の身をつめてピックルスのキュウリを細く切り、十文字にいくつものせ、テンピで二十分焼く……と告げる。

「私もそれが好きです。だいたいエビはごく消化の悪いもので、胃腸病の患者に禁じる位ですが、細かに砕いて料理すると、消化をよくする方法にもなりますね」

＊酢味の多いマヨネーズソースは、普通卵黄二個に油大サジ二杯、酢大サジ一杯のところを、酢も大サジ二杯の割合とする。

和合の妙薬

中川は、なお
「家庭料理は、不消化物を消化しやすくして食べるのが、本当です。しかるに世間の細君たちは、とかく料理の手数をきらって、胃腸に手数をかけたがります……」
とはじまりかけると、玉江は笑いながら
「けれど中川さん、それは奥さんの罪ばかりではないでしょう。一家のご主人が、食物の趣味をもたなければ、奥さんひとり苦しんでも、何の役にも立ちませんでしょう」
中川は玉江の言葉にわが意を得たりと
「いかにも、あなたのおっしゃるとおり、日本の男子が食物に無趣味なのは、家庭料理を進歩させることのできない大きな原因です。*東京市中に料理屋の多いことは、西洋諸国にも例を見ないほどだ。料理屋へいってうまいものを食べるのは好きだが、家庭でうまいものをこしらえて、家人と一緒に食べようとしない……。
それだから夫婦が和合しないで、一家の幸福もありません。私は家庭料理の研究を、夫婦和合の一妙薬に数えます。ハハハ」
玉江は、話がようやく望むところへ進んだので

「ですけれども、それは良人たる人によりましょう。運のよし悪しがあって……」

「玉江さん、あなたまでが、そんな厭世《えんせい》口調を出しては困ります。私は自分で、運を作り出したいと考えています」

＊七十年後の今日、ようやく家庭料理が盛んになってきたのを、中川文学士に見せたい。ただしインスタント食品の過剰は、また長広舌の種になるだろう。

秋の巻

交際法

結婚問題は、世の人が共に心を悩ますところ、男子も悩み、女子も悩み、親たちも心を苦しめる。中川はこの問題にも一家言……。

「玉江さん、今の世間では、家庭の幸不幸はまったく運任せです。男女とも、お互いに未知の人と結婚して、運が好ければ幸福をうけ、運が悪ければ不幸を招く、運のほかに、何も頼みとするところはありません」

かといって男女の交際法を開いて、互いに選ばせるにしても、まだ若い男女には、人を鑑別する眼と、社会の経験に乏しいので危険、感情にのみ走り過ぎる。

英国の風習は、米国のような自由結婚でもなし、フランスあたりのような圧制主義でもなし、ちょうど中庸を得ている。親が娘のために毎週一度くらい、若い男を家へ招いて交際させる……大体、親や老巧の人にえり出してもらってから、つきあうのが無難だが、最後の決定は、あくまで本人自身の心に従う……人間には何となく虫の好かぬ、気のすすまぬ、という生理上の適不適もある。

論じ進んで、夫の資格論に入ったが「ただ一つ男子なら良人たるべき覚悟のある人、女子ならば妻たるべき覚悟のある人……これが主眼ですね*」と説くと、玉江は「覚悟とおっしゃいますが、その覚悟のない人がありましょうか」

といぶかる。

「天下滔々《とうとう》として、ほとんど覚悟のない人が多いのです。今の人は自由とか自然とかいう、間違った考えを抱いて、覚悟などというと、さも自由を制限されるように感じます。幸福とは何かといえば、みずから満足することです。満足は何かといえば、覚悟の範囲を充《み》たすということです……家庭の幸福は富の力でもなく、才智や芸術の力でもなし、ことごとく覚悟の力です……」

中川の意見は、独特の境に入った。

「ところで、先日のお礼に、一度お父様をここへお招きして、手料理をさしあげたいと存じますが、こんな家へもお出で下さるでしょうか」

論客も、実際社会では貧書生。
＊男女共学など夢の、明治三十年代のことだが、今の世にも通じるようだ。

アユの味

「実は珍料理をさしあげたいので、お招きの日取りは、材料が手に入ったら申上げますから、その翌日お出でいただきたい」

材料の一つにアユを差上げたい。自分は釣が好きだが、釣ってみるとアユを選ぶ目が高くなって、容易なものは料理に使えない。＊そのかわり金銭の力で買えぬ珍味を差上げる。だいたいアユの味は、川によって違う。多摩川のアユより相模川が上等だし、酒匂《さかわ》川がより勝れる。また、同じ川でも場所によって味が違う。一口に多摩川のアユがまずいというが、羽村の堰《せき》から上になると、鼻曲りアユと称して味も好い。酒匂川のアユも本流よりは、河内川の支流で、とれたのがおいしい。

その理由は、アユの食物となる硅藻《けいそう》の種類が違い、またその多少にもよる。硅藻のことを俗にアカというが、一番上等なのは、ごく清流に大きなカブラ岩がたくさんあって、岩の質がごく緻密で滑らかだと、青アカという極く細かい柔《やわら》かい硅藻がつく。軟質な岩には、俗にマグソアカという褐色の硅藻がつく。その上等な青アカを、たくさん食べているアユがおいしい。

それも時によって差がある。大雨が降りつづいたり、大水が出て、岩についた硅藻を流した後、四、五日間にとれたアユはエサに飢えてまずく、反対に二十日もひと月も晴天がつづくと、川の水が減って住み場が狭まり、硅藻が生長し過ぎて、硬くなるため、アユの味が悪い。

硅藻も野菜と同じく若芽が柔かく、それを食べたアユが最も肥えている。漁夫仲間では新アカという。大雨が古いアカを押し流した後、照りつくような晴天が五、六日つづくと、新アカができる。

新アカをたくさん食べた、上等な場所のが最上の味だが、そこに居着きのアユと、他からの乗っ込みのアユとがある。なれた漁夫は、一目で見分けるほど、色も形も匂いも違う。

「ですから一口に何川のアユといっても、どういう時に、どんな場所でとったか、それを見分けなければ、味が非常に違います」

食物を精選すれば、何物にもこの理がある。

＊釣り好きだった父は、友釣りのため生涯の持病リューマチを起したほどで、アユには殊にやかましかった。しかるに腹をぬいて食べたなどと誤った伝説があるようだ。

友釣りのアユ

「また漁法によっても味が違います」

網でとると、アユが煩悶《はんもん》して川底の小砂をのむので味が悪く、引掛けるのは、飢えたアユでも何でもとるから、味がよくない。潜《もぐ》りといって、水中へ潜って捕るのもあるが、前の通りだ。

いちばんいいのは友釣りで漁《と》ったので、活《い》きたアユを水の中へ泳がせると、他のアユが追いかけてきて鉤《はり》にかかる。それはアユが、十分にエサを食べて心地よく遊んでいる時でないと、決して友を追わない。つまり味のよくなったアユばかりが釣れる。飢えたアユは決してとれない。友釣りのアユの腹には、硅藻がたくさん入っている。

朝釣れたのと、夕方とれてすぐとでも味が違うが、アユによって、料理も変えねばならぬ。

酒匂川のは、色が青く脂肪分が少ないから、鮨にしたり酢の物料理に向き、ことに雌《めす》がよく、他の料理には、早川のが味がいい。

「近日中に自分で釣って、山藤の葉へ包んで、氷詰めにしてきます。それから、犢《こうし》のシブレといって、喉《のど》のところにわずかばかりある肉で、米国でスイートブレッドといって珍重するもの、十頭の犢から三人前とれるかどうかの、珍味も揃えるつもりですよ」

昆布のスープ

心尽しのごちそうは十数日の後に整い、広海子爵と玉江が中川家へ招かれた。隣家の大原も来るつもりだったが、今朝になって大阪から両親や伯父伯母が帰るとの電報でとりやめた。小山夫妻も去り難い用事ができ、断わってきた。しかし大原は、晩餐時に、ちょっと挨拶にきたまま、上りこんで同席。カビヤカナペール〔キャビアカナッペ〕につづいて出されたスープを、絶品とほめられ「これは新発明の昆布スープです。昆布のごく濃い煎《せん》じ汁を七分、上等の牛スープ*を三分の割合でつくりました。アメリカ公使館に七年もいた、加藤枡《ます》太《た》郎《ろう》という老練な料理人が、日本の食物を西洋料理に応用したいという苦心のスープで、世界各国へひろめるつもりです」

中川の意気組みはつねに世界的である。

＊家庭料理の上等スープは二日がかり、牛の脛《すね》の骨付き肉二斤半、水一升（一八〇〇cc）の割で、髄《ずい》はぬき（髄は別の料理になる）細かく切りフタをして火にかけ、浮くアクをとり、玉ネギ一つ、人参二つ、セロリー少々、塩少々加え、弱火で四時間煮、$\frac{2}{5}$位に煮つまったら裏ごしにかける。一夜涼しい処へ置き、凝汁《にこごり》となったら上へ浮いた脂をとり、玉ネギ、人参、セロリーと玉子一つ割りこみ、かきまわして、弱火でフタをせずに、一時間半煮る

と透明なスープがとれる。加藤さんは、この本の西洋料理を殆ど作った人。

鶏スープ

第一の昆布スープに新味を感じた客は、つづいて第二のスープを出され、大原は不審顔に

「中川君、西洋料理で二色のスープを出すことがあるかね」

「あるとも、日本料理だって二汁何菜、三汁何菜ということがあるではないか。前のは澄んだスープ、こんどのは濁ったスープだ」

「なるほど濁ってる。しろいね。何だね」

「それは鶏のスープだ。法則のとおり昨日こしらえておいたスープに、鶏と白米とクリームを入れた。ずいぶん上等のものだろう」

二、三百匁《もんめ》位の雄鶏を丸のまま、塩少し加え一時間ほど、前の日にとったスープで煮る。鶏を出して骨と肉を別々にし、肉ばかりを石臼でひいて裏ごしにかける。別にスープの中へ白米を五勺〔一勺は約一八㎖〕ほど入れ、粥のようになるまで煮て裏ごしにかけ、別に取り分けてある上等のスープの中へ、鶏肉七分、米三分の割で入れ、塩胡椒の味をつけ、牛乳五勺ほど加えドロドロに煮る。いざ出すというときに新しいクリーム一合〔一八

〇cc）ほど入れる。ホテルの料理は中等、家庭料理こそ上等と説く中川の、上等スープである。*

「驚いたね。ぼくらがこんなものを食べると、口がまがるかもしれない。が、うまいよ。広海さんは華族さんだから、毎日、この位なスープを召上ってもいいのですね」と大原。

「どういたしまして。わが輩などは、料理屋の料理を、最上等と心得ていたくらいで……」

　中川が話を受取って

「しかし広海さん、お見うけすると、お屋敷には立派な黒塗りのお抱え俥があって、車夫もいるご様子です。私は今の世間を見ると、用がないのに俥に乗る人がありますが、自分の足で歩いたほうが、運動になって衛生にかなう。俥に費す毎月三、四十円の金を、食物にまわしたら、日本人の富の程度でも、ずいぶん上等な食物が得られますな。もう少し社会が進歩したら、おや、あの人は急用もないのに俥へ乗って、身体を運ばせている。病気で、足が利かないのかと申しましょう」

と夢中でしゃべり出した。**

「兄さんごちそうが冷めてしまいます」

とお登和がはらはらする。

＊鶏のスープは、骨ごとブッ切りの三百匁（一一二五グラム）位の鶏に水四合（七二〇cc）

位、はじめ強火にかけ、浮いたアクをすくいとり、玉ネギ一、人参二、塩少々を入れ二時間位弱火で煮る。弱火で煮るとスープが濁らない。

＊＊現在はこの人力車が自動車に変った。歴史はくりかえす、ということか知らぬが……社会はなかなか中川の望む方へ進まない。

犢のシブレ　魚のケズレー

心づくしの、自分で釣ったアユの料理をすすめて、次は犢《こうし》の珍料理。

「これは犢十頭でも、三人前ぐらいよりとれない、シブレ＊の料理です」

中川は得意顔。

犢のノドの下にあるわずかの肉、シブレを、十五分間熱湯で茹で、また十五分冷水で冷やし、鉄網の上で、上等のバターを塗りながらジリジリ焼く。別に薄切りのパンをバターで炒め、その上へシブレをのせ、バターを鍋で焦がしてかけた、シブレグレーオーコロトンという料理を出した。

広海父娘《おやこ》も大原も、ホホが落ちるほどの心地でこの珍味を賞したが、続く魚料理に、玉江は

「こんどのは、お魚のケズレーですね」

「そうです。よくお覚えになりましたね、どうしてこしらえるか、おっしゃってください」

「はい、鯛かイサキなどへ塩をあてて置いて、それから茹でて身を細かくむしりとって、ゆで玉子の細かく切ったのと混ぜ、それを七分、ご飯三分の割でご飯を加え、さらさらとかきまぜます。フライ鍋へバターを敷いた中で、よく炒めましたら、牛乳を少しずつさし、パセリの刻んだのを入れ、塩胡椒で味をつけます。ほどよい固さになったらブリキ皿へ盛って、上をならして、バターをのせパン粉をふりかけ、テンピで二十分焼きます」

「まあその通りですが、今日のは上等にして、鯛の身とエビの身の茹でたのとを加えてあります」

＊シブレは sweetbread（英）の訛《なまり》。犢の胸腺のこと、珍味とせられ仏語ではリ・ド・ヴォ—ris de veau。

鶏のヒナ

大原はついうかうかと時間をすごして
「ぼくはもうおいとまして、停車場へ迎えに行かねばならないが、珍料理ばかりで立てなくなった。おやこんどのは妙なものだね」

「これもわが国には、めったにない珍料理で、生まれたばかりの鶏のヒナだ。フランスあたりでは、このヒナ料理を賞味するが、わが国では、ヒナを手に入れにくい。これは、玉子を割って飛び出したばかりのヒナだよ。まだシャバの食物を、何も食べてない清潔なものだ。早くいうと、玉子の変形したものだ。白身が身体に変じ、黄身が、食物に変じたばかりだ」

頭や身体に、モヤモヤと生えた毛を抜き、腹を割って腸《はらわた》だけぬくが、そのとき、腸の上にある黄身を抜かないように、注意すること。この黄身があるので、ヒナになっても二、三日は食物を与えないでも、平気で生きている。そしてヒナの脚を組ませ、テンピでロース焼きとし、ケースとよぶ紙箱へ入れて出す。中川は重ねて

「味が玉子よりよくって、滋養分も多いから、西洋人は病人に食べさせる。柔かいことといったら、肉も骨も溶けるようだろう。大原君にいわせたら、歯ごたえがなさすぎるが……」

このごろ、米国製の新式孵卵《ふらん》器があるから、素人《しろうと》でも玉子が孵化《かえ》せると、新知識は尽きない。

「その新式孵卵器があれば、われわれにでも、これが出来ますか」

と広海子爵が興を催した。

「出来ますとも、お試しになるなら、玉子五十個入りで三十円も出せばあります」

孵化するだけは楽だが、ヒナを育てるのは、少し面倒で仮母器《かぼき》も要る。しかし上流社会の婦人の慰みに、鶏のヒナを育てるのは、自然と、育児法の秘訣を覚えることになる……友禅の着物一枚分で、新式の孵卵器が買えるが、さて孵卵器を、娘に買ってやろうとする親は、めったにないと説く。

ついに玉江が

「私も、ヒナを孵化してみたいものですね」

といい出して、父の子爵も

「さっそく買って試してみましょう」

とうなずく。ごちそうと講釈に時間がかかって、食事はなかなかすみそうもない。もう七時をすぎたが、大原も気がつかずにいると、ちょうど家の前を通った大原家の下女が、何心なく中川家の座敷をのぞき

「おや満《みつる》さんはここにいるよ、どうしたんかね」

大立腹

大原家の下女は急いで帰り、お代に今のことを密告した。ぎょうぎょうしくたきつけられて、お代は「満さんが駅へ迎えに行かないで、あの娘とふざけている!」

むらむらと顔の色が変り、家がガラあきになるのもかまわず、下女とともに中川家の前に来て、様子をうかがう。なるほど大原は食卓の前に坐って、今日の用事も忘れたように、お登和さんと何か語っている。お代は腹立たしさに躍りこもうとしたが、ほかに立派な老人の客があるので、ためらって、ともかくも様子を見ようと、身をひそめてうかがう。

家の中では、そういう大敵のありとも知らぬ大原は、心づくしのごちそうに、感服して声高に

「お登和さん、実に今日のお手際には驚き入りました。どこへ行ってもこんなごちそうを再び食べることはできますまい。おや、今度のはアイスクリームですか、色がきれいですね」

小さいコップに盛ったのを、サジですくう。中川は笑って

「それはポンチだよ。ごちそうの中程に出るのだ。ポンチにも色々あるが、それはシャンパンのポンチだ」

一合の水へ大匙一杯の砂糖を煮溶かし、火からおろして、二合のシャンパンをまぜ、冷やしてアイスクリームのように、塩と氷でかためる。

「あまり固まらず、フワフワと柔かいうちに、玉子の白身を、雪のようにアワ立てて混ぜるのだ。アイスクリームより上品だろう」

つづいてアスパラガスに、白ソースをかけた変った料理。また新しい皿を出してお登和

は

「大原さん、これは羊のロースですよ」

大原は珍しそうに

「これはどうしたのです」

「それは羊のモモを一時間半ばかりロースにして、ジャガ芋もいっしょにロースにして、ハッカの冷たいソースをかけたのです」

ハッカソースは、酢十杯砂糖二杯に、ハッカの葉の刻んだのを四枚分入れてまぜると説明。

「実にどうも、きょうのごちそうで、三年も生き延びるようです。家で、例の塩からい料理ばかり食べさせられていては、たまりませんからね」

思わず出た大原の愚痴《ぐち》の言葉を、門外の人はどうきいたであろう。

梅料理

中川家のご馳走はかわるがわる出て尽きない。上等のサラダの後に、見事な寄せ物。玉江が

「まあおきれいですこと、何というもので……」

「これはデプロマーテと申して、牛乳一合に玉子一つ、砂糖二杯とゼラチン三杯とを、湯《ゆ》煎《せん》にしてかきまぜて、クリーム二合をアワ立ててまぜ、型へ入れて冷やし固めるとき、西洋の桜の実を、まわりに入れたのです。かけたソースは、梅でございます」

梅の実の皮をむいて一度茹でこぼし、砂糖をたくさん加えて柔かくなるまで煮、裏ごしにしてセリー酒と粉砂糖を入れ、よくまぜて冷やします。*玉江は

「梅は酸味《すみ》があって、おいしゅうございますね。私どもでは梅がたくさんとれますから、色々なものに使いたいと思いますが……」

「そうですね。ざっと煮るには、梅へ針でボッボッ孔《あな》をあけて茹でこぼすと、酸味がぬけます。それへ砂糖を加えて煮てもよし、蒸して砂糖をかけてもよいのですが、長くもたせる煮方も、ございます」

酸味をぬくため一日水に漬けてから引き上げ、布巾でふいて皮をむき、水気を入れずに砂糖だけで、最初はごく弱い火へかけ、梅の汁がしみ出したらば、少しずつ火を強めて、気長に煮ると長くもつ。ほかにゼラチンで寄せてソウメンのように寒天突《かんてんつ》きでつき、シロップやカスターソースで食べるのも結構です。

「梅のジャムやシロップもようございます」

梅の皮をむき二つに割って種子をとり、一晩水に漬けておき、水から出して梅百匁（三七五グラム）に上等ザラメ氷角砂糖百二、三十匁の割でかけ、そのまままた一晩置くと、

つゆがたくさん出る。これを弱い火で煮つめる。強い火で煮ると出来たては解らないが、長く置くうちに、ジャムの中の砂糖がかたまって、ジャリジャリする。も一つ大切なのは、煮ながら絶えず、上へ浮いてくる白いアクをすくいとること、二時間ばかり煮たら液と梅とを別にして、そのままびん詰にする。ていねいにすれば梅の液は裏ごしにかけ、も一時間ばかり火にかけて、煮詰めるとシロップになる。

梅のジャムやシロップは長くもつし、いろいろのお菓子に応用できると、あざやかな教授ぶりだ。

「梅のお菓子では、山形の熨斗《のし》梅と甘露梅が結構ですが、アイスクリームも出来ますか」

「出来ますとも。アイスクリームといえば、家のも出来ましたから、持ってまいります。大原さん、今度こそアイスクリームですよ」

大原の顔を見て笑いながら立ってゆく。その姿の艶なる……おのずから春のごとき温情をふくむ。

＊梅酒に漬けた梅を利用してもよい。

マンゴーの実

コーヒー、アイスクリーム、鳴門《なると》ミカンなど、大いに広海子爵の気に入った。果物の話も中川は得意。

「果物は衛生上の効能が大きいもので、昔の仙人が、木の実や果物ばかり食べて、生きていたというだけの効めがあります。わが国は寒帯から熱帯にまたがっていて、何の果物でも出来ぬものはない幸せな国です。リンゴは北国で出来、ミカン類は紀州が上等、果物の王と称せられるマンゴーも……」

広海子爵は
「あの有名なマンゴーも出来ますか」

「はい、小笠原島でとれます。野生で幾本も生えていたのを、島の人は食べられると知りませんでしたが、二、三年前に郵船の船長が見出して、内地へ土産に持ち帰りました。大隈伯家の温室でも、マンゴーの実が成ります」*

また長講釈に入ったので、もうごちそうは終ったと気づき、時計を見た大原は
「おや大変、七時五十分だ、間に合わない」

と急に大あわて。

＊当時（明治三十年代）の小笠原島との交流が察せられる。温室流行の今、東京でも新宿御苑の大温室にバナナ、パパイアなど見事に実をつけている。

大混雑

時間にはおくれたが、ともかくも停車場へと、大原は中川の家を辞した。門の外へ出たとたんに、走り寄って武者ぶりついたお代は、あまりのくやしさに口もきけず、大きな涙をぽたぽた落し

「満さん、あにしていただ、わしゃ業《ごう》が煮えて……くやしい」

と、あたりをはばからぬ大声でどなりたてる。

大原はのっぴきならず

「お代さん、どうぞゆるして下さい。僕は今ここへ寄って、少しおそくなったのです。急いでお迎えに行きます」

いや放さない、放してくれと、大力のお代ともみ合っているのを、下女もそばでうろうろして、あえて争いを止めようともしない。このとき、大原家の裏口から大きなフロシキ包みを背負って、いっさんに駆け出す者がいた。下女は田舎者とて不審顔に「あれはあんだべ」と叫ぶ。大原はそれを見て

「泥棒、泥棒！」

と、二足三足追いかけたが、曲者《くせもの》の姿は消え失せた。

家へ入ると、たちまちお代が叫ぶ。

「ヤア大変、満さん来てくだせい。わしの箪笥《たんす》のひきだしがあいて、中の衣物《きもの》がみんななくなったよ」

大さわぎのところへ車の音が聞えて、双方の両親が大阪から戻ってきた。お代が泣くやらさわぐやら、家の内はにわかに大混乱となった。

食物研究会

大原家の混雑を知るに由もなく、中川家では、広海子爵が主人を相手に結婚問題の研究をはじめた。中川の意見は、かねて玉江に語ったことがあるが、一層くわしく自説を述べ

「広海さん、失礼ですが、わが国の親達も英国風に、娘のために毎週一度くらい、晩餐会を開いたらよかろうとぞんじます」

しかしわが国の現状では、ムコの候補者を定めるための集りでは、男の人たちがうしろめたく思って来にくい。何か家族的の交際を開く工夫がほしい。それには、ちかごろ家庭料理の必要が、世人に知られてきた機会を利用し、食物研究会がよいと思う、と中川もなかなかの食道楽。

「広海さんのような有力者が発起人となって、まずお屋敷で開くとしたら、二、三十人の

お客は楽にできます。会費は、一人前二、三円とし、台所を公開して、料理法を見せた上に、そのごちそうを食べるとなれば、喜んで集ります」

「なるほど、これはおもしろい。わが輩の家で開くとすれば、会費は二円としても、その二円をすべて料理に向ける。*諸雑費は持ち出してかまわん。そういう会を発起したら、賛成者はたくさんできるでしょうが、素姓《すじょう》の知れない人物に、入りこまれても困りますね」

「それは規約を厳重にして、紹介者のない者は、会員に入れないことにします」

「それに、娘さんのほうは料理に熱心だからずいぶんたくさん来ましょうが、独身の男子は、食物問題に無とんちゃくで、なかなか出て来ますまい」

「出て来ないような男子は、ムコの候補者とするに足りません。食物は人生の大本です。わが心身を養って、天下に大事業を成さんとするほどの者は、何よりさきに食物問題を研究しなければなりません。自分の身体を大切にしないような男子を、ムコにしたら、どうして細君の身体を大切にしてくれましょう。そんな者は来なくてよろしい」

と相も変らず極端な説。

中川の名案は、たちまち子爵に採用された。しかし困るのは台所の狭いことだが、中庭へテントを張って、七輪やテンピを持ち出したら、来会者によく見えて、かえって好都合であろう。

「今の台所は不完全なのが多い。不完全なところを研究するのも、有益でしょう」

料理人は現在は縁の下の力持ちで、独特の腕前も世人に知られていない。華族会館の渡辺、以前帝国ホテルにいた吉田、外務省の宇野、英国公使館の籠谷、精養軒の外山、大隈家の伊藤、露国公使館の秋山、昆布スープの加藤ら、熱心な人々に、得意な料理の競技会を開かせるのも、一つの奨励法になる、と大計画となった。

＊食道楽の会の提唱は、当時珍しがられたらしい。会費二円は、今ならいくらになるか？
明治三十八年版の『食道楽』合本三十九版が定価二円である。

玉子の雪

不完全な道具を活用する料理法は、玉江にとって大切。熱心にお登和さんにきく。

「玉子のアワを立てることさえ一つ上手になれば、色々な料理に応用されます。これも片田舎でもできることですが、玉子一つの白身ばかりへ塩を少しまぜ、ごく大きな湯ノミかコップの中へ入れて、茶筅《ちゃせん》かササラか五、六本の箸で根気よくかきまわしていると、底の方に少しあった白身がアワ立ってふえて、湯ノミ一ぱいになります。ちょうど雪のように固くなって、箸の先へ着いて上るようになります。別に平たい鍋へ湯をグラグラ煮立たせ、今のアワ立てた白身を入れると、また一層ふくれます。それをすぐ網杓子ですくいとってお皿へ盛り、お砂糖をかけて出すと、上品なきれいなお菓子が出来ます。* 西洋では玉子の雪と申しますが、一つの白身で二人前出来ます」

上等にすればカスターソースをかける。また残った黄身へお砂糖をまぜ、湯の中で煮てかけてもよい。牛乳一合を煮立て、白身のアワ三個分を入れると、牛乳が半分ほど吸いこまれ大きくふくれる。それを皿へとり、残った牛乳へ三つの黄身と砂糖を入れてかきまわしながら煮、ドロドロになったのをかけると、おいしくて病人にも向く料理になる。ビスケットでもソバケーキでも、何でも玉子を入れて焼くものは、白身をアワ立てて入れるとフックリ出来る。普通の玉子焼にも、白身をアワ立てて黄身へ加えると、フクフクした玉子焼になる。

「ソフトオムレツは、玉子の黄身へ塩少し加えてかきまぜ、別に白身を、よくアワ立てて軽く黄身とまぜ、鍋へ油を敷いて流しこみ、いっぱいにひろげて、両端をたたみ込んで、打返して焼くと、フクフクしたオムレツになります」

お登和さんは、軽便料理の研究もふかい。

＊玉子の白身をよくアワ立てると、雪のように白くふくれるおもしろさは、小学生時代の私に大した魅力だった。カステラ類、ビスケット類などの上手下手は、玉子のアワをよく立て、そのアワを消さぬように、他の材料を軽くまぜる手ぎわにある。

野菜の白ソース煮

大阪から戻ってきた両親たちを前に、お代が泣くやら騒ぐやらの大原家とは打って変って、中川家では、広海子爵父娘との料理談、ますます佳境に入る。

「先生、お野菜のお料理にも、簡単な応用法がいろいろございましょう」

玉江にきかれて

「ありますとも、野菜のソース煮なんぞは、牛乳とメリケン粉とバターさえあれば、どこででも出来ます。まずバター大匙一杯を鍋で溶かして、メリケン粉大匙一杯を、バラバラと入れ、木の杓子で手早くかきまわしながら、よく炒めます。メリケン粉が狐色に変った時分に、牛乳五勺（九〇cc）とスープ五勺くらいを入れるのですけれども、スープがなければ、水と牛乳でもようございます。それに塩を味つけると、白ソースが出来ます」

と、お登和は、この白ソースの中へ季節の野菜、人参、玉ネギ、キャベツ、カブラ、日本ネギ、サヤエンドウ、サヤインゲン、また若い牛蒡、夏ならナス、キュウリ、なんでも塩湯で柔かく茹でて入れ、少しばかり温める程度に煮て出すと、まことにおいしい。水気のあるものは水気を切り、キャベツ、人参、白ウリ、キュウリなどは、少しの酢を落すとなお結構。もしパンがあったら、厚さ一分（$\frac{1}{3}$センチ）で五分（一・八センチ）くらいの四角か、菱形《ひしがた》に切ってバターで炒め、パラパラとふりかけて食べると、野菜の柔かいのに、パンのカリカリしたのが混ってよいと、親切に教える。

メリケン粉の代りに日本の小麦粉を使っても出来ますが、小麦粉も新麦の粉は中毒を起すことがありますから、古い麦の粉に限ります、とつけ加える。*

＊新麦の粉でうどんを打って中毒する例は、現在でもよく報じられる。ソバ粉は新しいほどよろこばれるが、小麦粉は少し古いのがいいようだ。

魚のグレイ

玉江はまた熱心に

「これからお魚が色々出ますが、手軽なお料理はございませんか」

「そうですね、お魚のグレイ*と申して、鯛とか鯖とかカレイとかヒラメとか、川魚ならば鯉とかマスとかヤマメとかサケとかいうような、肉にニカワ分の多い種類をえらびまして、海魚ならば背から開いて骨をぬき、塩胡椒して、一時間くらいサラダ油につけておきます。出すときは、鉄アミの上へ魚をのせて、今のサラダ油とバターを、かわるがわる匙でたらしながら、火のとおるように焼きます。別にバターを鍋へ入れて、少し色のつくくらい煮てその魚へかけ、キュウリもみか、茹でたジャガイモなんぞを、付合せにして出すのも、ようございますよ」

と、お登和。

「それは手軽でございますね、川魚はどういたしますか」

「川魚は腹から開くほうが味もいいと申します。もっともこれは、日本料理の言葉で、海背川腹と申すのです」

　鰻の西洋料理は日本の蒲焼に及ばないが、西洋風のアユの酢煮は、冷たい料理でなかなかいい。アユの鮨は、東海道線（今の御殿場線）山北の名物で、長雨でアユのとれぬ時にも売っているが……あれは開いたアユへたくさんの塩をあて、タルへつめ、圧石を置くと二月でも三月でももつ。それを使う時にアユを水へ入れ、柿の葉をまぜて置くと、二、三時間で塩がぬける。そのアユで、鮨にこしらえたのは、新しい魚とは味が違う、とまた食通談に入り、旅の弁当にまで及んだ。

　さっきから何かしゃべりたくてたまらない中川は

「私は汽車で旅行する時は、手製の弁当を持って歩きます。一度や二度ですむ時は、お登和にサンドウィッチをこしらえさせますが、手製のを食べたら、買った品は食べられません」

　玉子、赤ナス、牛肉か鶏のロース、鰯、ハム……**また時にはポテトミートの缶詰を買ってもち、途中で即席につくる。旅行談は汽車の衛生から、旅店の衛生と発展して、政治の根本論に入り、年々歳々政府と議会と、感情的なけんかばかりしていて、国家の文明を進める仕事は、めったにしたことがない……「一国の文明を進めんと欲すれば、まず一家の文明を進むべし、一家の文明を進めんと欲すれば、まず一身の文明を進むべし、一身の文明を進めんと欲すれば、まず三度の食物を文明的に改良すべし、という順序になります」と中川の持論が出た。

子爵は「アハハ、何でも食物へ引張りつける」と笑いながら、好きなライスカレーのつくり方を、とたずねる。

＊グレイはグリエ grille（仏）、グリル grill（英）の訛。焼物のこと。

＊＊汽車の衛生では結核問題まで論じ、当時、十余日後の新聞紙上に、新橋停車場の結核菌をしらべたのが報じられたという。

『食道楽』はその他種々の新問題を社会に投げた。そのような細かい資料も、寄贈して置いた平塚市の文化財記念館「弦斎庵」が、昭和四十三年二月八日未明の飛火で焼失してしまった。

ライスカレー

「ライスカレーには、イギリス風の澄んだのとインド風の濁ったのと、その外、いろいろのこしらえ方がございます。宅では、南京豆入りのライスカレーもつくりますが……」

お登和は、インド風のカレーのつくり方を述べる。まず鶏の肉を骨ごと一寸（三センチ）くらいな大きさに切り、フライ鍋へバターを溶かし、今の肉を強火でよく炒りつける。それから肉をあげて、残った汁へまたバターを落し、ゆで玉子を細かく切ってよく炒め、メリケン粉を加えて炒め、チャツネーという甘漬の果物と、細かく切ったニンニクか玉ネギと、ココナツの細かいのとを好い加減に入れ、カレー粉を好みの辛さに入れ、その品々をよく炒め、スープをたくさん入れてから、三、四時間強くない火で煮つめる。汁の上へアクが浮くのをとり、出来上った時にクリームがあれば上等、なければ牛乳を適度に入れて少し煮たら火から下す。* 玉江は
「おやおや、ずいぶんめんどうですね」

「めんどうなかわりに味は結構です」

ライスカレーには、薬味をそろえるのが大変で、ぜひ要るものは、前にあげた甘漬のチャツネーと西洋の酢漬のピックルと、ココナツをいったもの、ボンベイダークという、西洋の魚か、ニシンの干物などむしったもの、たたみ鰯の類、生の若キュウリ、玉ネギの刻んだもの、シソや紅ショウガその他、インド風にすると二十四色、オランダ風にしても十八色添える……。

「それを皆一つずつとって、ご飯へかけて、肉といっしょにかきまぜて食べますと、どん

なにおいしゅうございましょう」

＊駐日インド大使館員夫人の作り方を見学した時に、まず薄切りの玉ネギをたっぷり、バターでキツネ色になるまで炒めてから、他の材料を入れるのを知った。玉ネギの甘みが出てよい。

エビのサラダ

玉江はなおも熱心にお登和に向って

「サラダ料理もさっぱりして結構ですが、エビのサラダはどういうふうにいたしますか」

「イセエビでも、車エビでも、その他のエビでも、よく茹でて皮をむいて小さく切って、チサの葉とまぜてマヨネーズソースであえます。マヨネーズソースはもうごぞんじでしょうが、これも時により物によって少しずつ違えることがあります……」

まず、ゆで玉子の黄身二つを裏ごしとし、生ま玉子の黄身一つ加えて、ていねいにまぜ合せ、カラシ小匙一杯、塩小匙軽く一杯、胡椒少々と砂糖小匙半杯入れ、最後にサラダ油大匙一杯加えて、よくよく全部をかきまぜる。いったんよくまざったところで、もう一杯入れ、また一杯入れるというふうに、少しずつ幾度にもサラダ油大匙三杯入れた後に、西洋酢大匙一杯半位加えて、よく混ぜ合せる。時によっては、これをごく固くも、やや淡くも溶くし、酢の量を多くしたり少なくしたりする。[*] サンドウィッチへ入れるのはなるべく固くして、トマトでも他の野菜でも挟む。

「それから、野菜ばかりのサラダですと、フレンチソースであえるお料理もあります」

フレンチソースは、まず小さい玉ネギを少し鉢の中へすりおろしておいて、塩小匙軽く一杯、胡椒少々、砂糖小匙半杯の三種を加え、大匙一杯のサラダ油を加えて、よくよく気長に溶きまぜる。よほどよく混ぜてから、西洋酢大匙半杯ほどを加えるが、これもよくよく混ぜないと、酢と油がよく混ざらない。それが出来たらこんどはまたサラダ油を一杯混ぜ、また酢を半杯というふうにして、サラダ油大匙三杯、酢大匙二杯を幾度にも入れ、よく混ぜ合わせる。

「それがフレンチソースで、その中へ生まの玉ネギの細かく切ったのと、茹でた青インゲン、ジャガイモ、人参なぞこまかく切ってあえます。他の野菜もけっこうで、ごくさらりとした淡泊なソースです」

＊このごろは市販のマヨネーズ全盛時代だが、全体的に酢の新鮮な味覚と芳香に乏しい。食卓に出すとき果物の酢少々、ことにレモンのしぼり汁をかけるとぐっとひきたつ。フレンチソースのときも同じ。

鰺料理

玉江は重ねて
「鰺《あじ》の料理もいろいろございましょう」

限りない質問をうるさいとも思わぬお登和は
「はい、また、鰺の酢煮は一度白焼にしたものを、酢とミリンと醬油とで煮て、すりショウガをかけて出します。鰺の酢の物もいろいろで……」

まず三枚におろして塩をふっておき、塩の利いたころに酢へ十分間ほど漬け、ていねいにするにはそれを取り出して皮をはぎ小骨をぬき、甘酢をかけ山葵をのせて出す。甘酢は煮切りミリンへ、酢と塩を加え、醬油を少し落したもの。

鰺のタデ酢は鰺を一度塩焼とし、別にタデの葉を擂鉢ですり、少しの塩とご飯粒を加えてまたすったものへ、酢と煮切りミリンとを入れてのばしたものをそえて出し、鰺につけながら食べる。

「鰺のタデ蒸しもいたしますよ」

大きい鰺を三枚におろしてセイロで蒸し、こまかく切ったタデを上へかけてまた少し蒸す。それへ白ソースをかける。鰺の味噌焼は背から庖丁を入れて骨を去った後へ、トウガラシのまざった味噌をつめてクシへさして焼く。イナやボラもこうして食べると美味しい。鰺の醤油干しは、三枚におろした鰺の身を、醤油一合、ミリン一合の割でまぜたものへザッと漬け、日に干し、一日おいたくらいで焼くと、ちょっと結構。

「そのほか体裁を変えますと、いろいろの料理が出来ますから、少しご自分で、工夫してごらんなさいまし。私どもでは、日本料理の玉子酢から、西洋料理の淡雪ソースというものを、工夫いたしました」

鯛とかスズキとかボラとかいうような魚を三枚におろし、薄塩をあてておき、煮立っている湯へ西洋酢を少し落した中で茹でる。一度魚を鉢へとって、冷やの茹で汁をかけて冷やしておく。客膳に出す前に、玉子の黄身へ、塩胡椒とレモンの汁をしぼり出してまぜ、白身をアワ立てて加えた、ソースをつくり、前の魚にかける。

「なかなかサッパリしてようございます」

また鰺のロース、鰺のロール、鰺の姿酢など、たちまち十種あまりの鰺料理ができた。*

＊湘南平塚に住んでいた私の幼時は、浜で夕方ひく地引き網の砂つきのピチピチした鰺を毎日食べた。鰺という魚の味は、新鮮度によって、雲泥の相違がある。それで、いろいろの鰺料理を試みた。

下駄と帽子

料理談の長いのに閉口したか、広海子爵は
「玉江や、もういい加減にしないか、あまりおそくなるからおいとまをしよう」
娘をうながすが、料理に熱心な娘は
「まだ二つ三つ先生に伺いたいので……」
果ては料理談が、今の人はどうも外見という方へ無駄な金を使って、実用という方へはたいそう倹約するように思うに*至って、中川も大賛成。
「いかにもそのとおり、いまの人の多くは、実用と無用の区別を知りません。たとえば私なぞはわずかな収入のうちでも、台所の諸道具をそろえて、衛生的な料理を食べたいと思いますから、下駄とか帽子とかいうようなものにぜいたくはできません。下駄はいつも台湾桐の平下駄へ、小倉の鼻緒をすげて代金十八銭ときまっています。俥へ乗るより歩く方が好きですから、下駄を減らして年に六足。六足で一円八銭が予算です。ところが私より収入が少なく、貯蓄もない人が、二円も三円もする畳付の駒下駄をはいたりしています。しかも、そういう人は、自分の女房に、三度三度香の物ばかり食べさせておく、というタチですね」

＊この傾向は現時点でも同じらしい。見栄をはるというのは、日本人の民族性なのか。

脂肪の欠乏

中川の言葉は皮肉だが、確たる定見がある。

「広海さん、私がいつも今のようなことをいい出すと、やれ極端だとか世の中のことは道理ばかりでいかんとか、すぐ反対されますけれども、私の目から見ると世の中のほうがよほど極端なので、男子たるものが、自分の身体を養う食物には、一円二円の金を惜しんで、雨が降ると歩けないような下駄のために、五円も八円も金をかけるなどは、ずいぶん不心得の極端ではありませんか。細君に香の物ばかり食べさせておいて、自分の頭へ、半カ月分の月給を載せて歩く、というのも外見《みえ》ばり主義の、極端ではありませんか……」と、自説をすすめ、病気にならない前には、食物のことに無とんちゃくでいて、病気になってから、急に食物衛生を大さわぎしたり、あるいは医者にかかって、高い薬を飲むのもおかしい。

「暑い時分の病気は、たいがい胃腸病に原因しないものはありません。第一番に来るのが、夏やせという一種の栄養不足です。夏になると、あぶらこいものは不消化だから淡泊な食物に限ると、がまんしてまずい食物ばかり食べるような人は、栄養不足でやせるのです」

夏と冬との食物は違えねばならぬが、物には程と加減があって、一方に偏すると害が起る。だいたい日本人の食物は、平生脂肪分が欠乏しているところへ、夏にはいっそう、脂肪分を避けるくせがある。暑いときには、脂肪分が分解されて減るから、食物に多くの脂肪が要る。*

「冬の寒いときに脂肪分で体温を保つと同様に、夏の暑い時には、脂肪分で炎熱を避けるのです。寒帯にも棲《す》み熱帯にも棲むという動物は、必ず皮膚の下に脂肪を蓄えて、ちょうど脂肪の皮をかぶっているようです。そこで夏の天然の民間療法として、土用のウシの日に鰻を食べる、ということがあります。あれはウシの日に限ったわけではない。土用中には一度くらい鰻のようなものをとれ、との自然作用でしょう。アヒルなどは、日本でも西洋でも夏の料理に使います。もっとも東京あたりでは、冬も食べますが、京阪や長崎あたりでは、アヒルは夏の食物です。暑い時分にも相当に脂肪分が必要なことが、自然とわかっているのでしょう」

子供の脾疳《ひかん》という病気は栄養不足で起るが、鰻の小串を、小さく切って食べさせると軽いのはなおるという。しかし鰻は不消化なので、生焼けを食べたり、食べ過ぎたりするのと、後で生梅や生モモなど酸性の強いものを食べるのは禁物。子供には鰻ばかりでなく、牛肉や鶏肉の細かく挽いたものを料理したのもいい。

中川はつねに実験派である。

＊日本人の脂肪不足はこのごろかなり改善され、多くとるようになった。ただし老人には、動物性脂肪よりも植物性脂肪の方がよい。

シャックリの薬

玉江は「田舎や山の中で、肉類のないところでは、何で脂肪分をとりますか」

「植物性の脂肪分が、たくさんあります。胡麻とかクルミとか、南京豆とか大豆とかいうものは、たくさんの脂肪分をもっています。先日書いてあげた、日用食品の分析表をごらんなさい」

食物の成分論から、はては胃の悪いときにはお粥のようなネバネバしたものは適せず、サラリとしたもの、腸の悪いときは葛湯のようなドロリとしたものがよい、と病人食に及んだ。

広海子爵も話にひき入れられ

「そういうことを伺ってみると、実にうかつ千万でしたな」

ところへ、突然表から大原がかけこんできた。ハッとするお登和と中川が、何事かと迎えると、あわててはいるが、いくぶんか笑みを含み

「中川君、いま大弱りだ。お代さんがさっき少しゴタゴタして、泣いたり騒いだりしたが、

どういうはずみかシャックリをはじめて、どうしてもとまらない。もう二時間ばかり苦しんでいるが、だんだん激しくなって死ぬようなさわぎだ。どうかしてなおす工夫はあるまいか」

聞いて中川も安心し

「そうかね、ぼくは何事がおこったかと心配した。いま薬をあげよう」

奥に入って酒石酸と炭酸ソーダをもち出し

「がんこなシャックリでも、この二つでたいがいはなおる。しかしいっしょに飲んではいけない。まず酒石酸二グラムをオブラートへ包んでのみ、つぎに炭酸ソーダ三グラムを水で飲む。そうすると腹の中で沸騰して、胃を膨脹させるから、すぐなおる。早く帰って飲ませ給え」

西洋の葛餅

また男同士の話が続き、とかくむつかしいのにあきたか、玉江はお登和に向って料理をきく。

「先生、牛乳のきらいな人に牛乳を食べさせるお料理の、手軽なのがございますか」

「そうですね。ブラマンジというものは、牛乳の葛餅のようなものですが、牛乳一合を火にかけて砂糖大サジ一杯半入れて煮立て、別にトウモロコシの粉、すなわちコンスタッチがあれば、大サジ二杯くらい入れます。もしなければ、葛の上等でもかまいません。水で溶いて今の牛乳へ入れてよく練ると葛練りのようになります。コンスタッチのほうは、葛よりも長く煮ないと、かえりません。それを火からおろし、玉子の白身二つぶりを、よくアワだててまぜまして、レモン汁でも少したらして型へ入れます。それを冷やすとかたまりますから、ポンとお皿へあければ、すぐ抜けます。匙でいただくとおいしゅうございますよ。この中へ果物の煮たのを裏ごしにして、混ぜるとなお結構です。ただ、あまり酸味の強いものは、牛乳をブツブツにさせていけません」

ライスブラマンジは牛乳一合、ご飯一合、砂糖大サジ一杯をまぜ、一時間ばかり煮て、次に水に溶いたゼラチン四枚入れ、玉子の白身をアワ立てて混ぜ、レモン汁をたらし、冷やしてかためる。チョコレートのは、牛乳一合を煮立てコンスタッチか葛を大サジ二杯入れ、削ったチョコレート四半斤、砂糖を二杯くらいまぜ、煮てから冷やす。コーヒー、玉子、米やキビの粉、セーゴ、タピオカなど何でも出来る。お登和はまた

「本式にすると、果物の煮たのを添えて、いっしょにいただきますが、モモの煮たのは殊にようございますね」*

＊煮るのには天津桃も色が紅《あか》くてよい。皮をむき小さく切り砂糖をかけて四時間おくと、モモの液が出るから、そっくり鍋へ入れ、弱い火で気長に煮る。アクが浮くのをすくいとる。

ナシを煮るときは、砂糖のほか赤ブドウ酒を加えるとよい。

赤ナス

お登和と玉江との料理談は、挽肉料理のリソウ、パイ、メンチトースポウチドエッグスから、鶏とお米のコロッケに入った。お登和は

「軽便にしますと、まず鶏の肉の生ならばごく上等の筋のない処を挽きます。ロースや他の料理の残り肉でもけっこうですが、ご飯にまぜて、白ソースで煮こむのです。それを火からおろして玉子の黄身を入れ、塩胡椒で味をつけて、丸めて、メリケン粉をつけ、玉子の黄身をつけ、パン粉をつけてバターで揚げます。上等にするとお米をバターで炒めておいて、鶏といっしょにスープでたいて、それから白ソースで煮込んでこしらえます。コロッケには、トマトソースをこしらえてかけます」

「今は生まのトマトがございますね」

「生まのはサラダにしても、マカロニに煮てもおいしゅうございますが、スープにしても結構です。生まの赤ナスを二つに割ってしぼると種が出てしまいます。それを裏ごしにしておいて、別に鍋へバターを溶かしてコンスタッチを炒め、スープを加えてまぜて、その中へ、いまのトマトを入れて二十分間ほど煮ます。一度こして、塩胡椒とほんの少しの砂

糖で味をつけて出します。実には小さく切ったパンのバターで揚げたのを入れるとけっこうです。赤ナスは畠《はたけ》へ作ると、たくさん出来ますが、食べなれると、まことにおいしいものです。中をくりぬいて、キュウリやナスへつめるのと同じように挽肉をつめて、テンピで焼くのもようございますよ。なんでも最初食べなれないものを、人にごちそうするときは、まずくこしらえて、こりごりさせるともういけません。*西洋料理の後で出るチーズなどは、たいがいのご婦人は最初におきらいなさいますね」

「チーズですが、あれは私も閉口で、がまんにもいただけません」

＊当時トマトはまだ食べなれないで、ひどく青臭いといやがったものだ。七十年後の今は一般に愛好されるようになり、一年中あるが、温室栽培や、早く採るためか、味の点では、そのころのわが家の菜園の、もぎたてに及ばないのは惜しい。

チーズ料理

お登和は笑いながら

「だれでも最初はそうですが、一度チーズでこしらえたおいしい料理を召上ると、その味を覚えて、後には料理しないチーズまで召上るようになりますよ。あれは牛乳からとったごく精分のあるもので、たいそう消化を助けるそうですが、しかしたくさん食べすぎるとのぼせます」

　ごく軽便で、だれにでも食べられるのがチーズのフエタスで、*玉子の黄身二つへ小サジ一杯の砂糖、大サジ八分目のバターを混ぜ、よく練っておき、大サジ三杯のメリケン粉をごくざっと混ぜ、中サジ一杯の牛乳を加え、白身二つよく泡立てて加えて衣とし、チーズを小指位な大きさの四角に切って入れ、包んだものを、サラダ油で揚げる。

「それからおいしいのはマカロニチーズで、まずバター一杯を溶かし、メリケン粉一杯を杓子でかきまわしながらよく炒めて、牛乳一合（一八〇cc）ばかり注いで、塩胡椒で味をつけ、白ソースを作ります。別に鍋の中へ、焦げつかないように竹の皮を敷いて湯を入れ、一寸（三センチ）ほどに切ったマカロニを一時間位茹でて、今の白ソースの中へ入れます。長いマカロニの六本ぶりならチーズを大サジ二杯ばかり、オロシ金でおろしながら加えて、およそ三、四十分間、弱い火にして煮こみます。煮えたら、ベシン皿へ最初にマカロニを一側にならべ、別にチーズ大サジ一杯おろしこみ、またマカロニを入れてチーズをかけ、三段にも四段にも重ねて、一番上にチーズをかけて、テンピの中で二十分間焼きます。これは大変おいしゅうございますから、試してごらんなさい」

「はい、さっそくいたしてみましょう。しかし先生、一度茹でたマカロニを、また白いソースで煮て、それから焼くのは手数がかかり過ぎるようですね。茹でてありますから、すぐ焼いては出来ませんでしょうか」

「出来ないことはありません。不親切な料理人はよくそうしてこしらえますが、味にたいそうな違いがあります。マカロニばかりでなく、牛乳で煮たり蒸したりするものは、いったん牛乳のためにその品物が締められて、堅くなります。その度を過ぎると、こんどは本当にしんからやわらかくなって味が出るのです。牛のバラ肉やイチボをシチューに煮るときも、一時間くらい過ぎたときは大層硬くなって、それから二時間以上も過ぎるとだんだんやわらかくなり、弱火で三時間半くらいのところが、ごくやわらかい頂上です。それから煮過ぎると、こんどは味がぬけ、肉が筋ばってきて煮れば煮るほど硬くなります。なんでも料理には、煮加減ということを覚えるのがかんじんで、ちょうどよいという加減は、三、四時間煮る中で、わずか二十分くらいよりありません。また火加減も大切ですが、長く煮て、ゆるゆる味を出そうとするものは、火は強過ぎるよりも、弱過ぎるほうが大丈夫です**」

お登和はいつも、体験から出た貴い訓《おし》えを説く。

*フリッター（fritter 英）の訛。衣をつけて揚げたもの。

**これは煮込み料理全般に通じるコツで、長く煮るものは、どちらかというと時間の早すぎるより、遅すぎた方が出来損じが少ない。火は弱すぎた方がよい。

日中の芝居

「ですが先生、世間では手軽なおそうざい料理を、ちょこちょことこしらえるクセがありますから、三、四時間もかかるのですかと驚いて、なかなか試す気になりません。手軽でおいしくって、値段の安いもの、という注文です」

「そのとおりですね。毎度お話しするように、手足の労をいとって、胃腸の労をいとわないからそうなるのです。本来からいうと、手軽く胃腸で吸収される料理が大切です。無益な遊びごとにかかると、時間の長いのや、値段の高いのを、少しもいとわない人が多いのですね。まあ朝っぱらから芝居へ出かけて、あの空気の汚れた中に一日しんぼうして、怪しげな弁当を食べ、高い代価を払ってよく平気ですね。西洋には、日中に開かれる芝居はないそうです。昼間から芝居へゆく暇があって、家で三、四時間の料理をする暇がないのでしょうか」

兄ゆずりのお登和の舌鋒《ぜっぽう》も、なかなか鋭い。

大原家のごたごた騒ぎをよそに、中川家では和やかな料理談に、初夏の夜が更《ふ》けてゆく……。

老人の食物

なおもお登和は「ご老人にはごくいいものです」と、ライスプデングをごちそうして、たいそうよろこばれた話をした。玉江が前に習ったことを思い出して、復習すると、うなずきながら

「それはごく手軽な方法ですが、ご老人むきにはも少していねいにしないと、ご飯がやわらかくなりませんから、お口に合いますまい……」

最初牛乳の中へ、ご飯をお粥にするくらいな分量で入れ、お粥のとおり弱い火で五十分くらい煮る。これもご飯が牛乳で締められ、いったんかたくなるから、それを通りこしてやわらかくなるまで煮る。お粥のようになったら火からおろし、玉子の黄身と砂糖を加えプデン皿か丼鉢へ入れ、テンパンの湯の中へ置き、天火で二十五分くらい蒸焼する。一度天火から出して、ジャムがあればジャムをぬり、玉子の白身のアワ立てたのを飾りのようにかけ、また五分ほど焼くと出来あがる。暑い時は冷やしてすすめるのもよい。

「お粥の代りに、ご老人へさしあげてごらんなさい。どんなにおよろこびになりましょう。世間のお嫁さんたちが、こういうお料理を、お姑《しゅうと》さんにさしあげるようになさったら、お嫁さんとお姑さんの仲も、よくおなりでしょう」

老人食の研究は子たる者の義務、とお登和は力説しながら、もっと上等に、まず米大サジ一杯を大サジ五杯の牛乳に二時間漬けてから煮る。[*] 玉子の黄身を加えずとも、よりおいしくなるのも教えた。

玉江が

「胃拡張などには、お粥のようにねばったものは悪い、とうかがいましたが……」

とたずねると

「そういう人には、まずお米をよく炒ってから、牛乳で煮るのです。たいていな病人は普通のお粥でも、炒り米のほうが、お腹にさわりません。そういうことは、一家の主婦が、ぜひとも心得ておきたいものですね」

お登和もなかなか議論がある。

＊米大サジ一杯を牛乳大サジ五杯に二時間漬け、砂糖大サジ一杯を加え、弱い火で煮る。米によるとたくさん水をひいて、かたくなるから、その時は幾度も牛乳を注す。粥のようになったら、ナツメッグを少し加えプデン皿か丼鉢へ入れ、天火の中で蒸し焼きにする。この時、テンパンへ少し湯をついで、その中へプデン皿を入れると、いいぐあいになる。

生まの赤ナス

赤ナスの味を知らざれば、共に西洋料理を語るに足らず……料理談のおもしろさに帰ることをも忘れた玉江を相手に、チーズトースト、チーズストロン、チーズソフレー、と口のすくなるほど話しついで、なお熱心に

「玉江さん、西洋の野菜で赤ナスすなわちトマトほど調法なものはありません。滋養が多くて味が好くて、畑へ三、四本も植えておくと、使いきれないほどたくさんとれて、何のお料理にも、たいがい、赤ナスの味は少しずつ入りますよ」

日本のナスは生までは食べぬが、赤ナスは生まで食べるのが一番おいしい。塩少しと砂糖をかけても、砂糖とブドウ酒をふっても、三杯酢にしてもよい。山へ登るのに果物がわりに持ち、谷間の清水へしばらくつけて冷やし、塩をつけて食べるとごくおいしい。

かくて、話は夏の飲みものの衛生に及んだ。

暑中の飲みもの

玉江は

「先生、氷水の害は、お医者にきいておりましたが、何か代りになる、おいしいものがございますか」

「そうですね。果物のシロップを、たくさんこしらえるのがよいでしょう。モモでもウメでもアンズでもスモモでもナシでもボタンキョウでもリンゴでもイチゴでも、何でも出来ますよ」

　まず水気をつけずに皮をむき、ザラメか氷砂糖をふりかけ半日くらい置くと、砂糖が溶けて果実の液をよび出す。弱い火にかけ、浮き上るアクを幾度もすくいとりながら一時間煮る。その身はジャムにして、液は二度ばかり漉《こ》して、も一度火へかけ二十分ほど煮、ビンへ詰めて栓をしっかりして置くと一年以上もつ。*

「ごくおいしい飲物にするのには、食品店から英国製のライムジュースという、レモンに似て小さいライムの液を買ってきます。大きなコップへそのライムジュースを小サジ二杯、果物のシロップを小サジ二杯、ブドウ酒も二杯くらいの割合でまぜ、湯ざましの水を注《つ》いでビンへ入れて冷やして置きます。まことにけっこうですよ」

　またカスターソースを冷やして置き、コップへついで、玉子の白身へ砂糖少し入れてアワ立ててから、レモン汁かライムジュースを加え、も一度アワ立てたものをのせ、サジでかきまぜながらいただくのもおいしい。これは果物の煮たものへかけるのが本式だが……。

「前に申上げたように、夫や親が炎天をせっせと帰ってきたら、まずこんな飲みものを出して置いて、ご飯のおかずには、赤ナスとチサ菜のマヨネーズサラダでも出してごらんなさいまし。それはそれは頰の落ちるほど、おいしく感じます。けっして金銭にも換えられない、家庭料理の真味がわかります」

ふたたび赤ナスの料理談に入って、トマトシチューは皮をむいて二つに切り、種をしぼり出した赤ナス五つに、バター大サジ一杯と塩胡椒をまぜ、弱い火で二十分間煮る。別にパンのサイの目切りをバターで揚げて、これにまぜるとよい。フーカデン**などのつけ合せにするが、このシチューだけでもおいしい。

シタフトトマトは、生まのトマトの皮をむいて、中央を上の方からくりぬき、その中へゆで玉子の細く切ったのをマヨネーズソースで和えてつめる。また茹でた魚の身を細く切り、同様に和えて詰めてもよし、牛肉や鶏肉の細かにしたのを、和えて詰めてもよい……話は尽きない。

＊このごろ果実酒がはやるが、アルコール分のないシロップも、夏はさっぱりしていい。皮をむくとき水気を去ることと、アクをよくとることが大切。

＊＊フリカデル（fricadelle 仏）の訛。コロッケやハンバーグに似た料理。

赤ナスジャム

お登和と玉江の赤ナス談義は、果てしなくつづく。

玉江は

「トマトの苗を買って植えましたが、たくさん出来すぎると始末に困りますね」

「いいえ、赤ナスはたくさんあっても、決して始末に困りません。トマトソースを取っておいても、トマトのジャムをこしらえておいても、年中どんなに調法するかしれません」

トマトソースは、赤ナスを二つに割り、水と種とを絞り去って鍋に入れ、弱い火で四十分間煮て裏ごしとし、トックリのようなものへ入れ、一時間ほど湯煎《ゆせん》にしてから、ビンへ詰める。

「口の栓をしっかりしておけばいつまでももちます。このトマトソースは、たいそう味をよく出すものですから、色々なソースにたいがい少しずつ入ります」

ジャムのほうは、最初から少しも水気をつけないようにして皮をむくが、鉄の刃物は味を悪くするし、早く腐っていけない。西洋人は銀のナイフをつかう。竹のヘラを、薄く刃物のようにしてそぐとよい。

トマトの皮をむいたら二つに割り、種と水をしぼり、トマト一斤（六〇〇グラム）に砂糖を百匁（三七五グラム）くらいの割で、ザラメ糖か氷砂糖をかけ、三、四時間おくとトマトの液が出る。それを最初は強い火にかけ、浮いてくるアクをいくどもすくい取り三十分間煮て、いよいよアクが出なくなったら火を弱め、一時間煮つめる。煮つめるとき決してかきまわしてはいけなし、アクをいくどもていねいにとらないと出来上りの色が悪い。これはイチゴのジャムのときも同じで、かきまわすとイチゴの形がくずれ、アクをよくとらないと、色が黒ずんで赤く出来ない。*

「赤ナスのジャムは、売りものにありませんから、お家でたくさんこしらえておおきなさいまし。アクをとってしまったら、弱い火で気長に煮ないと、砂糖がジャリジャリしていけません」

何のジャムでも、果物と砂糖を同じ割合にしてあるのは、砂糖の防腐性を利用して、長くもたせるためなので、甘味が少し勝ちすぎる。四、五日で食べ終るものは、もっと砂糖が少なくてもよい。お登和の教えにうなずきながら

「赤ナスのお料理なんぞは値段がやすくって、どこの家でも出来ますね。世間ではとかく西洋料理を高いとか金がかかるとか申しますが、赤ナスの二、三本も植えておいて、いろいろなお料理にしたら、やすいものですね」

「そうですとも、赤ナスばかりではありません。牛でも鶏でも魚でも、やすい材料を使っておいしいごちそうをこしらえるのが、家庭料理のねらいで、先日イチボ肉の徳用料理を

お教えしましたが、もっとやすい一斤十八銭の肉でもおいしいものが出来ますよ」

＊イチジクも同様に煮て、ジャムにするとおいしい。このときは、終りに酢を少し落すと味がひきたつ。

下等肉

一斤十八銭とは牛肉中の最下等であろう。それがどんな料理になるか、と玉江は
「先生、それは何という肉ですか」
「それはブリスケといって、お腹の一番先にある肉です。シチューにするバラ肉はその両脇にあるのですが、ブリスケは肉がこわくってスープにしてもなかなか味が出ず、外の料理にも使い道が少ないので、最下等の肉といわれます。けれどもイチボ肉と同様に、かたいだけ肉に好い味をもっています」

ブリスケを買うときは脂身のついているところが美味、二斤も買ってごく強い塩水に一晩漬ける。翌日塩水から出し、深い鍋へ水をあまり多くしないで肉を入れ、少しの塩を加え、弱火で四時間ほど気長に煮る。そのまま薄く切って、ロースのようにして食べられる。

ていねいにするには、別鍋へバターを溶かし、メリケン粉を入れ、色の黒くなるまでよく炒め、肉を茹でたスープを注し、トマトソースを少し加え、塩胡椒で味をつけた中へ前

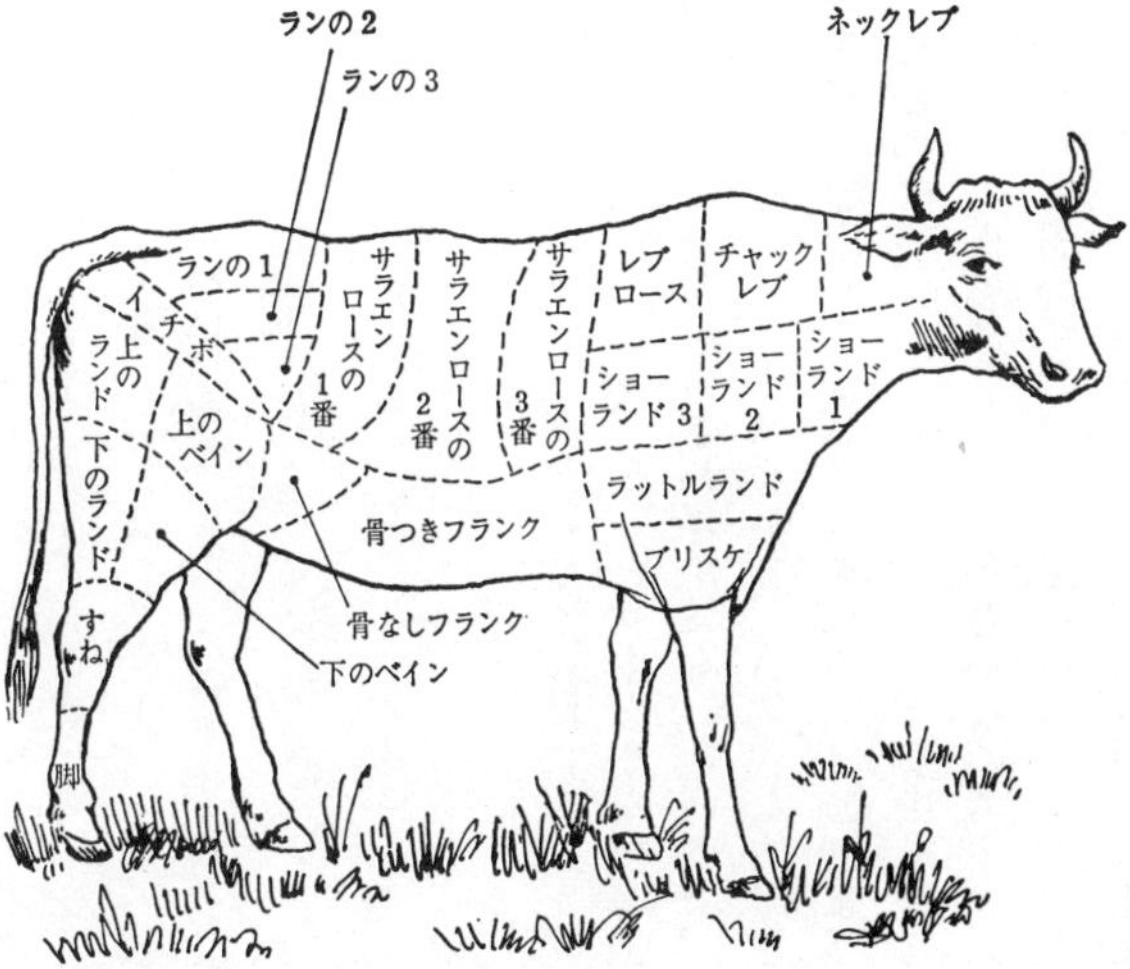

の肉を入れ、また一時間ほど煮る。

上等にすると、フライパンで人参、玉ネギ、ジャガイモをよく炒りつけて、牛肉と一緒に前のブラウンソースへ入れ、一時間煮る。

そこでブリスケを出し、小口から薄く切って、野菜と共に皿へ盛り、煮込み汁を裏ごしにして、かけて出すと、なかなかのごちそうになる。*

残った肉は涼しいところへおいて、翌日はコールミート、その次の日は細かくひいてコロッケ、メンチボール、ドライハッシ、リソウなどいろいろの料理が出来る。

「西洋料理は一度念を入れて煮ておくと、翌日は冷肉でそのまま、そのつぎは残肉料理に使えますから、便利で経済ですよ……」

語る者も聞く者も、夢中で夜の更けるのを忘れたが、父の子爵は娘をたしなめ

「玉江や、もう十二時だよ」

＊豚肉が高い、肉類が高い、と訴えるばかりでなく、料理の方からも、工夫する方法は、このようにいろいろある。

月の夜

客の帰ったあと、中川はすぐ寝間に入った。妹のお登和は疲れは兄に劣らぬが、大原家のことが気にかかり、そっと女中を呼んで様子をたずねる。

「大原さんのお家のさわぎがおもしろいので、ときどきのぞきに参りました」

お代さんのシャックリから、伯父さん伯母さんを前に大原の閉口している様子、はてはお代が泣き出す……ゴタゴタは急にはおさまりますまい、と告げる。

お登和はいよいよ気にかかって、女中を寝るようにさせ、ひとり門口に立って様子をうかがうと、夜更けてあたりが静かなので、大原家で語り合う声がかすかに聞える。その声にひかれて思わず門の外へ出た。

やがて話し声がやんで、二、三人が表へ出た様子、月の光にすかして見ると、大原が伯

父と伯母とを送って宿へ行くらしい。お登和は顔を見られないよう、門の内へかくれた。さりながら急に家へも入らず、大原さんが今日はいかにお苦しみになったろう、ご両親や皆さん方とどんなご相談をなさったか、お代さんの身のおさまりはどうなったか……心を痛める折から、ドタリドタリと重たげな足音で、大原がひとり帰って来た。中川家の門前を通りかかり

「そこにお出でになるのは、お登和さんではありませんか」

運命

大原に声をかけられて、お登和は「はい」と小さく答えた。大原は近寄りながら

「僕はあんまり月がいいから、ブラブラ散歩に出かけたようなわけです」

「失礼ですが今夜はご両親もお帰りで、お忙しくっていらっしゃいますのに、いまごろお散歩とは……何かご心配なことでもおありになりますか」

「いやもう心配はありません。僕の運命は決しました」

お登和は思わず前に出て

「おや、どういう風にお決しなさいました」

「先日から覚悟をきめたとおり、もはや逃れられぬ運命です。今夜いよいよ最後の宣告を

受けました。それよりお登和さん、いまごろ戸外にいらして、お風邪でも召すといけません」

「はい、ですが大原さん、女中の話に何だかたいそう、お宅がゴタゴタしていらっしゃる、と申しますので、心配になって出たのです」

「僕はついに、運命に服従しました。しかしお登和さん、僕のことをそれほどにご心配なすってくださるのは、ありがとうございますが、ご厚意を感じるほど心苦しいばかりです。どうか決してよけいなことを、ご心配くださいますな」

となだめて家へ入れようとするが、お登和は思わず
「よけいなことでございますか。私があなたのことをお案じ申すのは、よけいな心配でございますか」

うらみの言葉も涙にうるむ。

「いや、それは僕の申しようが悪かったのです。しかしご心配くださっても、もはや運命の決したことですから、なんともいたしかたありません。僕は先日も申しあげたとおり、ただあなたの行く末の、ご幸福を祈るばかりです」

と言われて、深まる悲しみにたえず
「とおっしゃるのは、いよいよお代さんとご婚礼なさるのですか」

大原もいままでこらえた心を包みきれず、かすかに

「はい」と涙ぐんだが、たちまち思い直して顔を上げ
「アハハ、牛は牛連れで、似合いましょう」
このとき、大原家からかけ出してきたお代は
「満さあん、そこでなにしているだ」

ビーフスカラップ

あくる日お登和は、口にこそ悲しみをもらさないが、朝から心地が悪いと食事もとらず、玉江がけいこにきても、教授に身が入らない。

「きのうの残り肉料理。ビーフスカラップでも申しあげましょう」

まず牛肉料理の残りをこまかに切る。別にメリケン粉をバターで炒め、牛乳で溶かし、塩胡椒で味をつけ、白ソースをつくり、前の肉を和え、小さな帆立貝へ入れ、テンパンに並べ、上へパン粉をふりかけ、テンピで十分間焼く。

「また、このごろはムツの子がたくさんとれて、値も安いようですが、日本料理にしてもあまりおいしい魚ではありません。西洋料理のシタフェにすると、けっこう食べられます」

シタフェは、魚を背から割《さ》いて骨をぬき出しておく。別にムツの子は、肉ばかりとって

裏ごしにして、玉子の黄身一つと、水でしぼったパン少々、生トマト半個くらい、塩胡椒、細かく切ったパセリまたはネギとバター小サジ一杯くらい、みなよくまぜて前の魚の腹へ詰め、切り口をざっと木綿糸で縫った上へバターをぬり、テンピで三十分間焼く。

シタフェの魚は甘鯛が第一等で、鯛、黒鯛、スズキなど何でも、淡泊なものが向く……*などと教える声も物憂げで、早く切り上げ、人気《ひとけ》のないところで、深い思案に沈んでいる。

兄の中川が案じて

「お登和、今日はたいそう顔色が悪いが、どうかしたのか」

「いいえ別にどうもいたしませんが……」と元気なふりをするが、兄は黙っていない。

「どうかしているらしい顔だからたずねるのに、どうもいたしませんというのは、最も失礼な返事で、なおさら疑問が増すばかりだ。隠さないですむことを、いやに隠したがって、かえって外の人に心配をかけるのは、女の人にありがちだが、よくないね」

理屈を前置きにして問いつめられて、お登和も包みきれず

「実は昨夜、門のところで大原さんにお目にかかりましたら、いよいよお代さんとのご婚礼が、きまりましたそうで」

「ナニ、大原がとうとう落城したか」

これではきかないうちより、かえって心配。

＊シタフェはスタッフト（stuffed 英）の訛。肉詰め料理。仏語のファルシ（farci）。詰め物

はムツの子の肉とパン、玉子の黄身、玉ネギに塩胡椒の味だけでもよい。今はムツは得難い。特に子は貴重品。

媒酌役

突然に訪ねてきた友人小山は、中川兄妹がまだ大原のことを知らないと思って
「中川君、とんでもないことになったよ、大原君がとうとう、情実に降参してしまった」
先刻大原がやって来た。昨夜両親や伯父伯母が大阪から戻ったが、大原君が出迎えの時間におくれたり、空巣ねらいにお代さんの着物を盗まれたり、大ゴタゴタがあったそうだ。お代さんはやけぎみで、大原君が婚礼を承諾しなければ、発狂もしかねないありさまだし、伯父伯母も母親も手詰めの談判、大原君の父親ひとりが味方をするが、多勢に無勢でとていかなわない。もしこの婚礼を拒むなら、大原君の父親を離縁する、といい出した騒ぎだ。
「大原君も自分一人のために、一家の大騒動をひきおこしてはすまんから、ついに承諾した。* そしたら、さっそく婚礼をすませろ、あすの晩でもかまわん、という意気組みだけれども、父親が故障をいって、なにしろ人生の大事だから、しかるべき媒酌人《なこうど》を立て、吉日良晨《しん》をえらんで立派に婚礼させたい……と僕のところへ媒酌役を頼みに来たんだ……こま

ったよ」

中川も「こまったね」とくりかえすばかり。

＊明治三十年代の人情。子の権利がふくれ、親の権利など消滅した現代、想像もつかないだろう。

茶話会

小山は中川兄妹に向って語りつづける。

「僕も、本来なら血族結婚の弊害を説くべき立場だ。血族結婚の媒酌人はできないと、断わるべきだが、大原君の父が、僕に頼もうといい出したのは、五日でも十日でも延ばしておいて、何とか、大原君を救い出すようなことができないか……期待しているらしい。そこで僕は、まあともかくも二、三日待ってくれ、よく考えた上で返事をしよう、といっておいた。中川君、どうしたものだろうね」

「僕らの私情を別にして、大原君を情実婚礼に服従させるのは気の毒だ。何とかして救いたいものだね」

が、中川にも策がない。そばのお登和は、一生懸命の場合とて、女ながらも千々に心を砕き

「兄さん、どうでしょう、このことを一つ広海子爵にご相談なさったら……子爵は世事に老巧でいらっしゃるから、また好いご分別があるかも知れません。ちょうど、食物研究会の計画を立ててほしいと、おっしゃってますから、そのご相談かたがた、大原さんのことをお頼みになったら、いかがでしょう」

中川も同意して、「なるほどそれもよかろう、ではすぐに広海さんへ行って来よう。小山君、しばらくここで待っていてくれ給え」

と出かけた。残った小山は

「お登和さん、さぞご心配でしょう。せっかくあれまでに事が運んで、いまごろはもう、大原君と楽しい家庭をおつくりになることが、できた時分ですのに、意外なことが出てくるものです。しかしお登和さん、大原君の心は、僕がよく知っています。たとえお代さんと婚礼するようになっても、形だけの婚礼で、心は独身を守るつもりだ、といっています。心は、あなたを離れることはありませんよ」

なぐさめのことばも、お登和の心を刺激したか、はなをすすらせて答えもできない。小山は、かえって悪いことをいい出した、と急に話題を変え

「お登和さん、少々お願いがあります。僕の関係しているある雑誌社で、毎土曜日に社員の茶話会《さわかい》を開きます。会費を一人前二十銭と決めて、弁当飯を食べたり、鰻飯をとったり、腹ふさぎの食事をして、種々雑談をするのです。ちかごろは、社員の中にも食道楽が盛ん

になったので、順番に、その日のごちそう役をひき受けるものが出ました。実は、その次の土曜日は僕が当番にあたったので、何か珍しいごちそうを出したい、と思いますが、工夫してくださいませんか。会費は二十銭で、二十人集りますから、みんなで四円になりますが、決して原料にそれ以上かけない決まりがあります。つまり競争して、社員が自腹を切るようになっては困るからです。西洋料理でいかがでしょう」

お登和も料理談となると気を変えて

「それはやさしいことで……西洋料理はごく上等のごちそうにもなりますし、ごく手軽なごちそうも出来ます。原料を上手に使って廃物を利用することは、日本料理よりもお徳用でしょう」

二十銭弁当

小山は大いによろこんで、ぜひ一つ皆を驚かせてやりたい、そのかわり、西洋料理は分らない人が多いから、説明が要る。

「どういうふうなごちそうですか」

「まず三色のサンドウィッチをこしらえましょう、一つは玉子、一つは牛肉、一つはトマトにして、手軽な西洋菓子とコーヒーでも添えましょう」

「おや、そんなにいろいろ出来ますか」

「はい出来ます。念のために書いてください」

まず原料として食パン一斤（六〇〇グラム）を薄く二十片に切り、一人前六片として二十人で百二十片、六斤、一斤七銭とみて四十二銭。中へはさむ卵は八つ茹でる。一個三銭とみて二十四銭、そのバターと塩胡椒代が一人前一銭。牛肉は、一斤十八銭のブリスケを一晩強い塩水につけ、翌日四時間ほど茹でて肉挽機械で挽き、塩胡椒して塗る。肉三斤使うとして五十四銭、調味料は全部で五銭くらい。トマトはおよそ二斤半とし、一斤六銭で十五銭。つけるマヨネーズソース二十人分二十銭。*

「合せて一円八十銭です」「一人前九銭とは実に安いものですな」

「つぎはカップケーキという手軽な西洋菓子で……」

玉子の黄身一つにバター大サジ半分、砂糖大サジ二杯をよく溶きまぜて、牛乳大サジ四杯を少しずつ加え、別にメリケン粉大サジ五杯と焼粉大サジ半分をまぜフルイにかけ、前の中へ、サッとまぜ、白身一つ分をよくアワ立てて加え、菊形の菓子皿へバターを敷いて入れ、テンピで十五分焼く。

「一つで五人前出来ますから卵四個で二十人前……四十五銭位でしょう」

「サンドウィッチとお菓子で二円二十五銭と……一人前十一銭二厘五毛ですな」

「コーヒーをおいしく出すには、二十人前で一斤要りますが、中等のコーヒーで、六十五銭。そのコーヒーのアクをとるのには前に使った卵のカラを使います。それに角砂糖の十五銭くらいなのを、一斤半と、十六銭の牛乳を四合（七二〇cc）コーヒー代が一円三銭です」

「では三円二十八銭で、七十二銭余るな」

「それは燃料や手数料にあてるか……果物でも添えればなおようございましょう」

また、冷肉料理のコールポークや、牛の舌＊＊の寄せ物もいい。塩にした牛の舌六十銭で二十人前になる。牛の舌を四時間ほど水からよく茹で、ザラザラした皮をむき、小さくヒョウシ木形に切る。別に十八銭位の牛の脛二斤でスープを五合（九〇〇cc）とり、ゼラチン二十五枚を水で柔らげ、スープの中で少し煮、味をつけ冷ます。小さいコップくらいなブリキ型に少しスープを入れ、牛の舌少しにフランス豆とゆで玉子の小片を飾り、スープを上につぎこみ、氷で冷やして固める。

「牛の舌が六十銭に、他の材料も六十銭位です」

＊この物価は明治三十六年ごろ、小説『食道楽』時代だが、現在との比較も面白いので、そのまま載せた。

＊＊当時牛の舌だの尾だのを家庭で使ったのは、ごく新しく、皆をびっくりさせ、来客もご飯時には帰るという笑話を生んだ。牛の舌は善悪の見分けのほかに食べごろも大切。生まの牛の舌だったら、塩でよくこすり洗ってから茹でる。

手軽なチョコレートケーキ

広海家へ出かけた中川の帰りを待ちながら、お登和と小山は、二十銭弁当の案にふける。小山は
「それでいくらになりましたか……ええと豚のロースが七十一銭、牛の舌が一円二十銭、レモンゼリーが七十銭、ビスケットが四十銭で、ちょうど三円一銭ですね。まだたくさん余ります。何かありませんか」

「紅茶に、手軽なチョコレートケーキでも添えましょう。カップケーキの通りの原料をこしらえて、小さな型へ入れる代りにテンパンへ油を引いた紙を敷いて、カステラのように焼きます。焼き上ったら横からうすく三段に切って、その間へチョコレートをはさみます」

チョコレートの削ったのなら上等だが値が高くなるから、ココア半斤に砂糖半斤と水少し加えてしばらく煮つめ、ドロドロになったところを火からおろして、今のケーキの間に塗って二十人前に小さく切る。これは切り方次第で、一人前を大きくも小さくもできる。

カップケーキの原料は、玉子の黄身一つにバター大サジ半分、砂糖大サジ二杯をよくまぜた中へ大サジ四杯の牛乳を少しずつ加え、別にメリケン粉大サジ五杯にベーキングパウ

ダー大サジ半分を合せ、ふるったのを、前のものへ軽くザッとまぜる。白身一個分を、よくアワ立てて加え、菊形の菓子皿へバターを敷いた中へ入れテンピで十五分ほど焼く。これで五人前になる。お登和は

「チョコレートケーキは、小さく切ればカップケーキよりも原料が少なくてすみますから、およそ五十五銭くらい、紅茶や砂糖で四十銭くらいとすると三円九十六銭になりますから、炭代がございませんね」

「炭代位は、持ち出してもかまいません、二十銭の会費で、これほどこしらえられるということを、広く世間の人に知らせたら、たちまち世間の流行になりましょう」

小山の脳中には、さまざまの夢がうかぶ。

ペラオ飯

二十銭弁当の話についで、家でごちそうするときの、二十銭料理を考えてほしいと小山がいい出した。十人ほどのお客をしたい。

「二十銭でも三十銭でもこしらえようによっては出来ないことはありません。十人前で二円とみて、一通りの献立を立てますと、まずスープは手軽なトマトスープにして、つぎのお魚は、鰯のフェタスにしましょう」

鰯フェタスは、玉子の黄身二つへ塩胡椒をまぜ、メリケン粉大サジ四杯に水少し入れザッとかきまわし、二つの白身をアワ立て加えた衣をつくり、鰯をつつんで、バターなりサラダ油なりで揚げ、一人前二つくらいずつダイダイ酢でもかけて出す。

三番目の肉料理は、モモ肉のラン百匁（三七五グラム）の挽肉に、玉ネギを合せたコロッケとする。フライパンでバター大サジ一杯溶かし、メリケン粉大サジ一杯を黒くなるほどよく炒め、水かスープを少しさしてブラウンソースを作り、細かくした肉と玉ネギを入れ三十分間煮る。一旦冷ましてから手でまるめ、メリケン粉をつけ、玉子の黄身も一緒に溶いたものをつけ、パン粉をまぶして、フライパンで手軽なコロッケに揚げる。小山は

「そういうお料理は、私どものおそうざいに妙ですね。ことに老人も喜びましょう」

「四番目にもう一つ肉料理、ブリスケのボイルドに掛け汁を添え、トルコ飯の、ペラオ*というのを出しましょう」

ペラオは米二合をまずバターでよく炒め、前のブリスケを茹でた汁三合へ塩味をつけ、炒めた米と人参や玉ネギの小さく刻んだのを一緒にして、ご飯のように炊く。別にバターでメリケン粉を炒め、よく焦がして湯かスープを少し注し、塩胡椒で味をつけてソースとし、前のご飯へかけて食べる。

「これは兄が大好きなご飯で、上等にするとまだ色々ありますが、これで十人前二十五銭くらいで済みますから、六番目のお菓子をトーストプデンにでもして、紅茶でも添えます

とご予算であがります」

トーストプデンは、玉子二つへ砂糖大サジ二杯まぜてよくかきまわし、牛乳一合五勺を少しずつ加えてまぜ、別に$\frac{1}{4}$斤のパンを四つくらいに薄く切って、ベシン皿か大きな鉢へ並べた上から注ぎこみ、テンピで二十分間焼く。テンピへ入れるときにテンパンへ少し湯を注いだ中へ置くと、底が焦げなくてよく出来る。

「これをお客がめいめいで、自由にすくいとって召上るのです。ところで、兄の帰りが遅うございますね」

＊ピラフ又はピロー（pilaff, pilau, pilaw 仏）の訛。トルコ起源の焼飯。今はピラフのまま、日本語になっている。

食育論

料理談にまぎらしてはいるが、お登和の心中は、大原の婚礼がどうなるか、広海子爵が何かよい案を示して下さるか、の大問題から離れられない。

その心を察している小山は、話題を変えて

「お登和さん、私は学校にいたころから、他の人よりもよけいに、色々の知識を蓄えることが好きでしたが、まだまだ実用の知識の足りないのを感じますね。これも、わが国の教育法が間違っているのです」

「さようでございますね。兄もよくこう申します。今の世は、しきりに体育論と知育論との争いがあるけれども、それは加減によるので、知育と体育と徳育との三つは、タンパク質と脂肪とデンプンのように配合しなければならない。しかしその三つよりももっと大切な、食育のことを研究しないのは、うかつの至りだ。動物を飼ってみると、何よりさきに、食育の大切なことがよく解る……」*

しかも、脳髄が発育した上等の人種になるほど、食物の影響を敏感にうけます。ちょうど犬は腐った肉を食べても平気ですが、人はそれを食べると胃腸を害するようなもので、と中川の説を引く。

＊食育論は父弦斎の持論で、食育から見た世界歴史を書きたいと口ぐせにしていたが、その志成る前に逝ったのが残念。

料理心得の歌にも「小児には、徳育よりも知育よりも、体育よりも、食育が先」とある。

コーヒーケーキ

長い料理談に時間はたったが、中川はまだ広海家から帰って来ない。小山も退屈したか

「お登和さん、中川君はたいそうお手間がとれますね、お不在《るす》でお待ちしているのかしら

「……」

「さようでございますね。もう帰りそうなものですが、近いうちに広海さんのお宅で、食物研究会をお開きになるはずですから、そのご相談がはじまったかもしれません。小山さんこそご退屈でしょう。私ちょっとコーヒーをいれて、コーヒーケーキを焼きますから、少しお待ち下さいまし」

といって台所へ入ろうとする。小山も親しい仲とて遠慮せず
「それはごちそうさま、お台所へまいって拝見したいものです」

とついて行く。

お登和が用意にとりかかるのを見ながら
「西洋菓子はコーヒーに添えるのと、種類が違いますか」

「はい違います。コーヒーは濃厚なものですから淡泊なお菓子を出しますし、紅茶は淡泊なものですから重いような菓子を出します。同じカステラのようなものでも、コーヒーにはバターの入らないのを出しますし、紅茶にはバター入りのケーキを出します。ただいまこしらえますのはコーヒーケーキと申して、コーヒーのときに出すお菓子で、カステラのいっそうフワフワしたような、ごく軽いものです」

コーヒーケーキは、玉子四個の白身と黄身を分け、黄身へ砂糖のふるったのをまぜ、ツブツブのないようによく溶く。別にふるいの中へメリケン粉大サジ五杯にベーキングパウ

ダー大サジ一杯入れてふるい出す。この分量は、たいそうベーキングパウダーの多い割合で、他のお菓子にはこれほどは入れない。

ふるった粉を前の玉子の中へザッとまぜるが、粉を入れてから、あまりかきまわすとメリケン粉のねばりが出て、お菓子が重くなるから、ごくざっと軽くまぜる。そこへ牛乳大サジ一杯加え少しゆるめておいて、別に四つの白身をよくアワ立てて入れる。

新式の玉子アワ立器で、玉子のアワが手軽に早く立つのを手早く扱いながら

「ごく無造作なものですが、よくアワが立ちましょう。まだ日本には売っていませんね」*

雪のように固いアワになった。玉子まわしをあげて、ホウキに雪のつもったようにたくさんつけて見せ、大切なコツを示す。

アワ立った白身を少しずつ黄身の方へのせ、メリケン粉をパラパラふりかけながら中へまぜこむ。白身はすべりやすいので、ただまぜると急にまざらないが、粉をふると、粉が双方のつなぎになって早くまざる。全部まざったら、テンパンへバターを敷いた中へあけ、テンピで十五分焼くと、大きくふくれて焼き上る。小山は

「実によくふくれましたな」

＊玉子まわしは今は普通の台所道具だが、当時は目新しい外国製品だった。『食道楽』にはこのような台所用具の紹介も多い。

鰯料理

小山はなおも台所にあって、ふと鰯に目をとめ

「前に鰯の西洋料理、フェタスとグレーがありましたが、日本料理にも変ったのがありましょうね」

「はい、いろいろございますが、酢を沸き立てて塩を加え、その中で鰯を炒りつけるように煮て、ショウガのしぼり汁でいただくのもようございます。鰯へ塩をふって三時間ほど置き、小糠六合に塩四合を白水でねった中へ漬けまして、圧石《おし》をして二日ばかり過ぎてから小糠を洗って、酢で食べてもいいし、炙《や》いてもよし、野菜と一緒に煮てもようございます。鰯はこうすると淡泊になって、上品にいただけます」

また、醤油とミリンと水アメとを煮つめて、照焼にしてもよいが、新しい鰯にかぎると、鰯の料理談の最中に、兄の中川がようやく帰ってきた。

一名案

お登和も小山も台所を飛出した。座敷に入るやいなや、お登和は

「兄さん、広海さんのほうはどうでございました」

と、ただ大原のことが気にかかる。中川は満面に笑みをうかべて
「安心するがいい。広海さんのほうで名案が出たよ。小山君、さすがに広海子爵は世事に老巧だけあって、われわれとは考えが違う。大原君の事情を話して、何とか助ける工夫はありますまいか、と相談したら、それは何より先に、本人同士を遠ざけねばならん。一つ処へ置いては、なんと騒いでもムダだ、二、三年も、大原君とその娘を遠く引離して置けば、そのうちに自然と、形勢も一変する……」

ちょうど幸いなことに、ちかごろ上流社会の人達も、ようやく家庭教育の大切さを覚って、有志の人々で、家庭教育研究会というのを組織した。発起人の一人である広海子爵は、欧米の先進国の、家庭教育を調べたいと思っていた。これまで学校の教育制度の取調べには、幾百人の官史が洋行したが、家庭教育の方は、一人もない。順序からいうと逆である。*

研究会の第一の仕事として、もっとも誠実勤勉な人を、家庭教育取りしらべに出張させたい、と相談中だった。

「大原君なら適任だ。どうだね大原君が、海外へ出かけてくれまいか、と広海さんがいわれるので、くれぐれもお願いしてきたが、至極名案ではないか」

と中川は愉快そうに告げる。

＊明治百年の今日もまた、家庭教育軽視の悔いが起っている。実に歴史は繰返す……かな。

広海子爵家から持ち帰った中川の名案も、小山にとっては疑問が残る。
「もう少し早いと名案に違いないが、もう既に婚礼の約束が済んだからね。大原君が洋行するにしても、婚礼をすませて後と、いうことになるだろう」
「さあ、そこだよ。そこをうまく切りぬけて、ともかくも婚礼は帰朝の後ということにさせたい。このことはぜひ一つ君にご尽力を願って、大原君を説いてくれたまえ」
兄は妹のために心を砕く。お登和は何事もいわないが、しきりに小山を仰ぎ見ている。いやとはいわれぬ小山は
「よろしい。僕が一つ尽力してみよう」
親友の承諾に、ようやく心の安らぐ中川。お登和は思わずニッコリ笑って、しずかに立ち上り
「兄さん、何かこしらえて、晩のご飯を小山さんに差上げましょう」
感謝の心をごちそうに表わそうとする。中川も
「うん、何かこしらえてくれ。今日は一つ日本料理がよかろう」
いまコーヒーケーキやバターケーキをごちそうになったところだ、と遠慮しながら小山

は

「ところで中川君、広海子爵は、近日何か食物研究会のようなものを開かれるというが、そのご相談もあったかね」

「大ありさ。その相談が長くなって、こんなに手間どったのさ。近いうちに、食道楽会というものを開かれる……」

広海家の邸内を会場として、三十人を限り食道楽の人々が、ごく上品な食物会を開く、という計画だが、その奥には玉江のため、婿の候補者をさがし出そう、とのこころもある。つまり食物研究のために、家族的な交際会を開く。会費の一人前二円は原料費と炭代で、料理人のほうは、腕を磨くために、無報酬で引受けようとする者もある。会場その他の諸雑費は、子爵が持ち、中庭へ七輪とテンピを持ってきて、一々客の眼の前で料理するから、来会者のためには大そう参考になる。

「そこで僕は、当日のごちそうの献立表を作ってみたが、二円の会費で、なかなか立派なごちそうができる。* 普通の西洋料理屋では、とても口に入れることが出来ないほどのものだ」

この食道楽会が追々行われて来たら、きっと非常な賛成を得て、入会者がどんどんふえるだろう。あまり多数になり過ぎてはいけないから、幾種類もに区別する。または地域別に、麹町区の会、芝区の会というようにもなろう。

「とにかく第一の食道楽会を、広海子爵の邸内で開いて、模範を天下に示したいと思う」

中川の夢はつねに大きくふくらむ。
＊当時（明治三十年代）は西洋料理は高価と思われていた。ここで家庭は割安に出来ることを示している。

料理の粋

小山も大いに賛成しながら僕らの身分では、三十銭くらいの食道楽会も開きたいね、と
「しかし中川君、食道楽会は、西洋料理に限るかね。時折は日本料理の会もよかろう。君の料理法は、あまり西洋風に傾き過ぎている、という評もあるぜ……」

中川は大いに説がある。

「そのことについては、第一番に、人の心から、負け惜しみの情を去らなければならん……」

日本料理には国粋がある、何ぞ西洋料理を学ばんやといったら、負け惜しみだ。公平に観察すると、日本人よりも西洋人のほうが、食物問題の生理衛生上の研究が、進んでいる。一口に西洋料理といっても、米国、英国、フランスなど、それぞれ長所があり、またウドン料理はイタリア、ペラオのような米料理はトルコ、ライスカレーはインド料理、魚はロ

シアが上手という風に、いろいろ区別もある。わが国の西洋料理は、各国の長所を総合したものだが、これからさきも、ますます世界中の料理の粋をあつめ、日本風の西洋料理を作らねばならぬ。*

「今から数年後には、西洋料理がかならず社会の大流行となるに違いない」

中川の主義は、つねに将来を目指している。

＊著者弦斎の主張を中川の口に托《たく》しているが、現在のわが国、ことに東京における各国料理の盛況を見たら何というだろう。明治中期から七十年、食生活の変遷は大きい。

鶏の擂立汁

今日は、日本料理のごちそうが出来た。

「小山君、日本風の食事は、吸物を椀へ盛ってから出すのに手間どり、客もサカズキを二、三杯かさねて、すぐ蓋をとらぬ悪いくせがあるが、この椀はお登和が飲みごろにしてきたから、すぐ味わいたまえ、風変りな味だろう」

「なるほどおいしい。実なしのドロドロした汁、何ともいわれん風味だ。これは何というものです」

二口三口すすりつつ聞く。

「それは、鶏の擂立汁と申します」

お登和は答えて、こしらえ方を告げる。

鶏のごく柔かいところの肉を湯に入れ、少しの塩を加えて茹でる。時間は一羽丸のままなら二時間、少しの肉なら三十分から一時間くらい、茹でた肉を肉挽にかけるか、庖丁でよくたたいて細かくし、擂鉢へ入れてよくする。よほど気長に、よくすってから裏ごしにかける。

別にご飯を少々、肉が一斤（約六〇〇グラム）なら大サジ三杯くらいを擂鉢ですって、裏ごしにかける。次に肉とご飯をまぜ、前の茹でた汁へ、ミリンと醬油でおいしく味をつけ、その汁で、肉とご飯を溶いてザッと煮たたせると、擂立汁が出来上る。

「大層けっこうですな。この鯛の煮たのもおいしゅうございますが、何という料理で……」

「それは鯛の難波煮*と申して、まず鯛を三枚におろして、火の上で焼きます。ネギを油で炒めて置いて、別にだし汁をおいしくとって、鯛とネギとを、ぐつぐつ煮たものです」

大原問題の解決を、小山に期待するお登和の、心をこめた日本料理が、つぎつぎに出てくる。

＊鯛ばかりでなくヒラメ、キスなど白身の魚なら代用になる。

茶碗鮨

あるじの中川は自分の茶碗をとり上げて

「小山君、その飯を試みたまえ。茶碗鮨といって非常にうまいものだ、何杯でも食べられて、うっかりすると食べすぎるほどだ」

小山も茶碗のフタをとって

「なるほど、飯の上に何か載せてある。一つ味わってみよう、うん、これはけっこうだ」

おかわりをつけて下さいと、お登和にたのみ

「何となくあとが食べたくなって、食欲が非常にすすむね。どういう料理だ」

「まず西洋料理のライスカレーに似たようなものさ、マグロの身のごく上等でないといかん。ようかんのような上肉ばかりに限る」

マグロを小さく四角、すなわちサイの目に切っておき、別に醬油一杯、ミリン一杯、酢一杯、三等分にしてよく煮つめて、火からおろしたとき、マグロの身を入れると、マグロの端が少し白くなる。それへ山葵をたくさん入れてかきまわす。別にネギの刻んだもの、ミョウガ、浅草海苔のもんだもの、紅ショウガの細いもの、シソなどを薬味とし、炊きたての熱いご飯にかける。

「よくかきまわして食べると実にうまいよ。よくこの料理を泣くご飯といって、山葵が辛いので、泣きながら食べるといったくらいだ。

山葵とマグロは合いものだ。ちょうど西洋料理で、牛肉にカラシが合いものになっているとおりだ。その山葵とマグロの合った味で、胃を刺激するから食欲が非常に進む。これにはマグロの身の切り加減と、熱い汁へ入れ加減が大切だ。あんまり生々しくってもいかん、といって蒸しすぎて、身の中まで白くなっては、味がない、すみが少し白くなって、中は紅くやわらかいのがちょうどいい。この料理はそのまま西洋皿へ盛って、西洋料理の中へも出せるよ」

また料理談に熱が入ってきた。西洋料理を家庭にとり入れて、日本料理を改良させたいと口ぐせの中川は、机の抽出《ひきだ》しから手帳をとり出した。

料理学校の試験問題

「これはアメリカのボストンの家庭料理学校*で今から十余年前に用いた、試験問題の写しだが、この学校は、令嬢や夫人を教える学校だ。それですら、衛生問題に注意することかくのごとし。一応その問題を読んでみたまえ」

小山が見ると、玉子料理のはじめに、「鶏卵は何と何の成分にて成立つか」「なぜ鶏卵をアワ立てて料理に使うか」「アワ立てるには産卵後幾日目のものがよいか」「鶏卵はなぜスープとコーヒーとゼリーにまぜてそのアクを除くことができるか」「鶏卵はなぜ銀器を曇らすか」という質問である。魚料理のところでは「白肉の魚と赤い肉の魚とはどんな区別があるか」「なぜ赤い魚を料理するときジャガイモを添えるか」「またなぜ白い魚を用いるときバターを使用するか」「なぜ魚を料理するときレモン汁か、あるいは酢を用いるか」** 等々、一々その原理から調べている。家庭料理を学ぶものは、かならずまず原理から学ぶべし、との実例に小山も感服して

「中川君、実に驚いたね。西洋の家庭料理は、それほどまでに衛生上や生理上の原則から、けいこしてるから、ますます改良進歩も、出来るわけだね。良人や子供が病気になったら、どういう食物がいいか、応用もできるね」

「もちろんのことさ。料理法の効用は、病人と小児と老人の食物に、応用する場合が多い。この学校などは親切なもので、本科の外に別科として看病料理、育児料理を教えるそうだ。僕はまず、わが国の医者と看護婦に、もっとも料理知識の必要を認めるね」

　中川の長広舌がまた走りだした。

「そんなことをいってもまだ急には行われまい。二、三の病院のほかは、たいがいは病人の食物を賄い方まかせにしてあるよ。ところでこの第一の問題、鶏卵の成分とはどういうわけだね」

＊父の参考書の中に、部厚なボストンのクッキング年鑑があった。一九〇〇年版、七十五年も前のものである。
＊＊魚肉はアルカリ性ゆえ酸類と中和させるため。

鶏卵の答案

「それこそ食品の分析表を見れば解る。玉子の白身は溶解性の蛋白質二割余、鉱物質一分六厘、水分七割八分余から成立つ。黄身は蛋白質一割六分、脂肪三割余、鉱物質一分三厘、水分五割二分だが、鶏卵の鉱物質はおもに硫黄だ」＊

「第二問の、アワ立てるわけはどうだ」

「それはね、玉子の中にある蛋白質は、細胞が薄い膜に包まれている。アワ立てると、その膜が破れて細胞が離れる。離れた細胞は、自分の粘着性で空気を包むから、だんだん膨れて大きくなる。そのために、胃腸へ入って消化吸収がよくなるのだ」

「産卵後、幾日目のものがよいかね」

「新鮮なものがよいといっても、生まれたばかりの玉子は水分が多いから、アワ立てても、よく立たない。料理しても味が悪い。アワ立てるには、産卵後十時間くらい、料理には生まれてから三十六時間、すなわち一昼夜半を過ぎたものがよい。古くなり過ぎても、蛋白質が粘着性を失って、アワも立たず、味も悪い。何でも食物は食べごろを知るのが、かんじんだ、牛肉でも豚でも鶏でも果物でも、食べごろがある。知らないと、せっかくのごちそうを、まずくするね」

「実にそうだね、僕は今まで新しくさえあれば良い、と思っていた。物を知らないと何でもまちがえるね」小山も質問を重ねていたが、やがてお登和の作ったごちそうを食べ終えて、帰っていった。

この夜、お登和は一縷の望みを抱いて寝た。小山の尽力のかいがあれば、大原さんは押しつけ婚礼をのがれ、海外へお行きになるだろう……。

＊この分析表は現在のものと若干の差があるが、昔を知るためにそのままにした。『食道楽』は一般日本人に栄養学を紹介した最初の本と、わが国栄養学の祖佐伯博士がおっしゃったことがある。

善後策

お登和がたのしい夢を結んだ翌日も、翌々日も空しく過ぎ、三日目になっても、小山からは何の消息もない。心を痛めて兄に向い

「あのことはどうなりましたでしょう」

と、たずねる人の心にも劣らず、心配の兄は
「そうさ、私も毎日返事を待っているが、まだ何もいって来ないことをみれば、なかなかラチがあかないのだろう。洋行をするなら、婚礼をすませてからと、お代さんの親たちが、強情をいうに違いない」

大原は、いったん婚礼を承諾したことゆえ、いまさら延ばしたいともいいにくかろう。小山は、昨日も一昨日も待った様子だが、帰りに寄らないのは、事がめんどうらしい……。

「しかし、世の中のことは、必ず成ると思っていて成らなかったほど、失望することはない。成らないと思っていて成れば、これほど愉快なことはない。もしや小山君の尽力も甲斐がなくて、大原君がお代さんと婚礼することにきまったら、おまえは、どういうふうに覚悟をきめるね。万一の時のために、おまえの心をよくきいて置かなければならん」

ついに出された兄の一言に、お登和はハッと思って頭を垂れた。しばらく黙然としていたが
「兄さん、そうなりましたら、私はどういたしたらようございましょう」

と、まず兄の心を問う。

「おまえが、そう素直に出てくれれば私も安心だ。これが当世風の生意気な娘だと、すぐわがままをいい出して、やれあの人と結婚できなければ、死んでしまうの、一生お嫁にゆかないのと、とんでもないことをいう……」

兄は妹の素直さをあわれみながら、恋愛論から家庭の清潔、はては家庭の教育論に及び

「世人がただ学校にさえやっておけば、娘も息子も立派な人間になれる、と思うのが大まちがいだ。人の品性は、学校教育よりもむしろ家庭教育に感化される」

とこまごま説きながら

「そこで大原君が洋行して、欧米各国の家庭をしらべてくれれば、大きい影響を及ぼすだろう。帰って来て、家庭教育の改良を天下に叫ぶころは、もう大食一点張りの大原生ではないぜ。実に愉快だな。しかし、そのとき大原君の夫人が、お代さんでは、ちとどうも、釣合いが悪いね……」

笑いながらいう言葉の中に、やはり、お登和をその協力者としたいこころがうかがえる。

ようやく、小山が訪ねてきた。

冬の巻

送別の料理

「中川君、非常にめんどうで、大いに弱ったが、やっと今日ラチがあいたよ」

小山の一言は、天の福音とお登和に響いた。

洋行のすすめに大原は大喜び、何年も行っていたいが、お代との婚礼は、その前に済ませねばなるまい、というから、その災難をのがれるために、僕たちが苦心したのだ、とくわしく話した。

大原君は、その厚意は実にありがたいが、それではお登和さんも、僕の帰るまで待つ、となったら心苦しい、といい出すのを、ようやく説き伏せ、親たちに申込んだら、案の定、婚礼をすませて行け、とまたひとさわぎ。お代も同行するといい出したのを、日本で、貴夫人になる勉強をして、帰りをまつよう、話をつけているうちに、ついに、お代さんを預かる決心をさせられた、と告げる。

「やれやれそれはお気の毒だ。とんだことまで、背負いこんでしまったね」

「そんなことはどうでもいいが、行くとなったら、一日も早く手順をつけよう」
大原の家へ下女を使いに出して呼び、三人打ちつれて広海子爵の家へゆこうとする。お登和は、そっと兄のそでをひいて
「では、大原さんは、二、三日うちにご出発なさるようになりますか」
今夜はおそくなっても、必ずお帰りになって、ご飯を召上って下さい、との言葉に兄よりも小山が答え
「お登和さん、大丈夫です。あなたのお心はよくわかりましたから、必ず食べずに帰ってきます。大原君、よろこび給え、君にはなむけのごちそうをしてくださるそうだ」

鯛汁

三人を見送ってからお登和は台所に入り、かいがいしくごちそうの支度にかかると、女中のお竹もいまは料理の趣味を覚えて、相手になる。

「西洋へいらっしゃると、しばらく日本料理が召上れないから、日本料理のほうを多くして、西洋料理を二つ三つまぜよう。大原さんには、品数のたくさんあるほうがいい。おそうざいに煮ておいたブドウ豆も出して……最初は鯛があるから鯛汁をこしらえましょう」

まず手軽な方法で、鯛の骨と身を別々にして、骨や頭を水から四、五時間煮出してスー

プをとる。本式にすると朝から晩まで煮通すが、急ぐから時間をつめて、そのかわり味噌を入れる。お味噌はいったん焼いて焼味噌にしたのを、摺鉢でよくする。*

別に鯛の身を焼き、それをむしって、前の味噌へ加えていっしょによくすり、スープを少しずつ入れてのばして、普通の味噌汁より濃いくらいなドロドロにする。それをまた鍋へ入れてザッと煮て出す。お薬味に、刻みネギ、陳皮《ちんぴ》、もみ海苔、紅ショウガせんぎり、シソの実など添え、食べるときに味噌汁にふりかけてもよし、温いご飯へ、そのお薬味と鯛汁をかけて食べてもいい……と説明しながら料理しはじめたお登和の心は、前途の曙光《しょこう》と、何年かの別れと、悲喜こもごもである。

＊九州「佐伯のさつま」はおいしい郷土料理の鯛汁。汁の中へ胡麻や骨の焼いたのをたたきこみ、鯛の身は細づくりの刺身につくって炊きたてのご飯にのせ、合せ汁をかける。魚は鯛のほか、ヒラメなど白身のもので代用できる。

滋養スープ

中川の家では、兄の中川が大原の洋行を一日も早く実現、お代さんとの結婚から逃れさせようと、大原、小山の三人連れだち、広海子爵家へ出かけた後で、お登和は送別の料理に一生懸命だ。女中のお竹も、いつかこの家の食道楽にかぶれ、熱心にきく。

「先日、宿下《やどさが》りに家へ参りました時、教えていただいた西洋風の、柔かいお料理をこしらえて食べさせましたら、父も母も大へんよろこんでくれました。もし、病気になったら、どんなお料理がよろしいでしょうか」

「今の鯛汁も、長崎伝来の西洋料理から出たといったが、西洋料理で、お魚のスープはよく病人に食べさせるよ」

魚は鯛、スズキ、カレイ、ヒラメ、何でも白身のものの腸だけ抜いて、丸のまま水からしばらく茹でる。一時間ほどしたら、別にバター一杯を溶かし、メリケン粉一杯をシャモジでかきまわしながら炒め、この魚のスープを注《さ》してドロドロにする。次に魚のスープ一合なら、牛か鶏のスープ一合を注し、茹でた鶏の身をむしって細かくして加え、塩胡椒で味をつける。外に鶏臭を消すため、スパイス（混ぜた香料）を少し加えるが、病人にはあまり強くないよう加減する。

これを弱い火でまた一時間煮ると、魚の身が溶けてドロドロの汁になる。火から下す前に牛乳一合を加えて少し煮る。つまり魚のスープ一合に、牛か鶏のスープ一合、牛乳一合で、三合の汁になる。

「このスープは平生のお料理に使っても味が大層好いし、病人に飲ませても滋養分の多い、スープですよ」

病人の食物

　病人の食物*は、どこの家庭でも知らねばならぬ。中川の女中はなおもお登和に向って
「お嬢様、ほんとに病人があると食物に困ります。ことに長い病人は、あきまして……」

「全くそうだよ。病人は病気のために食欲が衰えているから、よほどおいしいお料理をこしらえて食べさせなければならない。ところが今の世の中は、病人の食物が、無病の人の食物よりまずいのだからお気の毒。私はある病人が何も食べられないというので、西洋風の病人食、セーゴのプデンをこしらえてあげたら、たいそうよろこんで食べて、それから力がついて、快方に向ったことがある……」

　日本人の家では、ご飯ならいつでもあるから、お米の病人食を、いろいろ覚えるといい。お米のプデンなぞもいい。略式のブランライスプデングなら、造作もなく出来る。

　作り方は、柔かいご飯を一度煮て、裏ごしにかけたもの大サジ山もり五杯に、玉子の黄身四つ、砂糖三杯、牛乳二合をよくまぜ、ドロドロのお粥のようになったものを、丼鉢に入れ、鍋へ湯を沸かした中で、一時間ほど湯煎《ゆせん》にする。

「ちょうどお粥の少し固いようなものが出来て、サジですくって食べるとホオが落ちるほどおいしいよ」

これを健康な人に出すには、ナツメッグやシナモンなど香料を加えるが、病人には加減する。どこの家でも、病人には玉子や牛乳を使うが、同じ材料でも、このプデンにすれば病人がどんなによろこぶか知れない。

「ところで、大原さんはブドウ豆がお好きだから、昨日煮ておいたブドウ豆を煮返して差上げよう。ブドウ豆は、きのう煮たものを今日また煮返すと、味がいっそう好くなるよ」

「お豆は身体の薬になると申しますね」

「豆というものは、牛肉に劣らないほど効能があるよ。ただし料理法が悪いと消化《こな》れないから、病人に向かないが、家で煮るように、いろいろな物を入れて柔かくしてあれば、病人にも食べられる。大原さんもお気に入りだ……」

「ほんとに大原さんは、お名残り惜しゅうございますね」

＊『食道楽』には当時はまだ知られなかった病人食も多く出ている。故高田保氏なども、病後の食物にこれを見て、家人らに作らせたといっておられた。

鯖の船場煮

大原のことをいわれて、お登和が少し涙ぐむのを見て、お竹は悪いことをしたとくやんでいるところへ、小山夫人が突然に訪ねてきた。これも大原の一件を案じて、夫の帰宅が遅いため、様子を見に来たのである。三人同道で広海家へ赴いたときいて、それではもはや案じるに及ばずと、お登和の前途をよろこび
「では私も、お手伝いしながら教えていただきましょうか。おや、これはブドウ豆ですか」

「はい、昆布とカチグリ、人参、凍りコンニャクをいっしょに、上等の大豆を昨日一日がかりで煮たもので……ここにある鯖《さば》は船場煮にして、イナダは餡かけにいたしましょう」

鯖の船場煮は、生鯖の新しいのへ一塩あてて二、三時間置くか、上等の塩鯖を使う。別に昆布出しの汁に、塩とほんの少しの醤油で味をつけ、酢を少し加える。この汁には、カツオ節もミリンも砂糖も使わない。別に大根を短冊に切って茹でる。塩にした鯖を切身として、ちょっと汁へ入れて煮、椀へ盛るとき大根をのせ汁をかける。さっぱりしておいしい。

「近所に投網の好きな方があって、よくイナダやボラをたくさんいただきますが……」

「活きたままのは、湯ボラといって三枚に卸して沸き立つ湯の中をくぐらせ、酢醤油で薬味をそえて食べると、おいしいものです。浦賀の土蔵焼、*名古屋の饅頭焼などの料理法もありますが、その土地の魚に限るようですね」

くわしい説明に小山夫人はいつもながら感心。待っている大原たちはなかなか帰って来ない。

＊土蔵焼は腸を出さずに丸焼とし、饅頭焼はお腹の中へ味噌を詰めて焼く。いずれもその土地でとれた新しいのを、直ぐ食べるので、脂がのっているし、腸の中もきれいでおいしい。

季節の食物

魚の料理も、季節により土地によって、それぞれの特長がある。小山夫人が、イナやボラの土蔵焼や饅頭焼について聞くので、お登和は
「けれどもこういうお料理は、浦賀とか名古屋とか、その土地の魚に限るので、品川湾に来てるイナやボラは、盛んにエサを食べますから、とても腸《はらわた》が臭くっていけません。だんだん落ちていって神奈川、横浜を過ぎる時分から、もうエサを食べなくなります。それから東京湾の入口へ落ちて、房州へ六分、相州へ四分下るといいますが、相州では浦賀湾のあたたかい処で冬ごもりをします。そのころはエサを食べないので、お腹の中もきれいですし脂ものっておいしくなります。浦賀ではむかし一網千両の馬鹿網という網で、一度にたくさんとったそうです。そういうお魚でなければ、腸を出さない丸のままの土蔵焼にしても、おいしくありません。東京辺でとれたのは、とても腸ごと食べられません」＊
お登和の委《くわ》しさに、いまさら感心しながら
「そう伺ってみると、お魚ばかりではありませんね。お野菜でも肉類でも、そういうぐあ

いがありましょうね」

「ありますとも。同じお魚でも、ワラサやワカナゴは夏のほうが味もよく、ブリになると寒中がおいしいとしてあります。お野菜でも出来秋《できあき》に食べるのが一番身体に薬になるので、出来秋にもっている成分は、かならずその時に必要なものがあるのでしょう。トウガラシの出来る時分には、辛味のお料理が必要ですし、ウメの実のなるころは、酸味が人の身体に必要です。山のゼンマイの生える時には、人のお腹へムシがわきますし……」

「あらゼンマイとムシと関係がありますか」

「はい、ゼンマイは駆虫の効があります。ゼンマイの根から、強い駆虫剤がとれます」

小山の庭ではやがてイチジクがみのる。イチジクは痔の薬というが、何かお料理はと問われて
「いろいろなものになりますが、イチジクの酢煮もけっこうですよ」

イチジクの皮をむき、大粒なら二十くらいを砂糖八十匁（三〇〇グラム）位、水一合、大サジ四杯の西洋酢と丁子《ちょうじ》十粒ほど加え、弱い火で煮る。

ジャムは、皮をむいたイチジク一斤（約六〇〇グラム）と砂糖を百匁（三七五グラム）くらいふりかけ、三、四時間置くと溶けて液が出る。深い鉄鍋へ入れ最初は強い火で、一時間煮る。浮いたアクを幾度もとり、アクが出ないようになったら、火をずっと弱め、二、三時間煮つめる。小山夫人はなおも熱心に

「たいがいなジャムは、果物一斤なら砂糖一斤の割で煮ますが、どうも甘過ぎるようです。もう少し砂糖を減らしてもかまいませんか」

「はいすぐ食べるのは、砂糖を減らしてもかまいませんが、そのかわり長くもちません。砂糖をたくさん入れるのは、防腐剤にするのです」

「おや、お砂糖が防腐剤になりますか」

「お砂糖は塩についでの防腐剤です。庖丁やナイフで手を切った時、塩をぬって置くと血がとまりますが、また、お砂糖の固まりを押しつけて、傷に浸みこませると、膿《う》むようなことはありません」

話は尽きないが、中川たち三人もまだ帰って来ない。
＊このごろのように食物に季節の関係が失われたのは、まことに寂しい。心の文化退歩の一例であろう。小説『釣道楽』を書いたほど釣好きの父弦斎は、大正末期の東京湾でもかなりボラ釣をした。それをすぐ湯ボラという料理にした。三枚におろし、小さく切り、グラグラの湯の中をくぐらせて揚げ、酢醤油とすりショウガ、刻みネギとシソで食べた。

牛の脳ミソ　舌

「お登和さん、宅では先日教えていただいた十八銭のブリスケ料理だの、牛の尾の料理だの、徳用なのでよくいたしますが、臓物料理は、どういうものでございましょう」

「そうですね。上のほうから申せば、第一が小牛の頭です、一つ四十五銭から六十銭くらいで買えます。大牛のは、切りほどくのにめんどうですから、たいがい小牛を買います。大牛のは、舌とか、脳ミソとか、別々に買うと便利です」

「牛の脳ミソは、お薬だと申しますが……」

「はい牛の脳ミソは、たいそうなエキス分をふくんでいますから、興奮の効が多いそうです。ちょうどお豆腐のように柔かいものですが、それをザッと塩茹でにして、薄い膜をはぎまして薄く切ります。それへ塩胡椒してメリケン粉をつけ、玉子の黄身へくるんでパン粉をつけて、バターでフライにするのが、一番手軽でおいしゅうございます」

「牛の脳ミソときくと、何だか気味が悪いようですね。だんだん食べなれたら、平気になるかもしれませんが、ところで牛の舌は、いつもシチューにいたしますが、ほかには……」

「舌のフリカセーもようございます」

牛の舌は最初に塩でよくもんでヌルヌルをとり、洗って、深い鍋へ水から入れ、人参、玉ネギを加え、強くない火で四時間茹でる。それからザラザラした厚皮をはぎ、別に白ソースを作る。白ソース一カップに玉子の黄身二つ入れ、ツブツブの出来ないようによく混ぜ、丸のままの舌を入れ、弱い火で一時間煮る。イザ出す時、薄く切って、油で揚げたジャガ芋か何か、野菜をつけ合せ、汁をかける。

「臓物料理も、まだいろいろあって捨てるところがありません。* ところが日本では臓物の食べ方を知らない人が多くて、肥料に売ったり、胃袋なんぞは、香具師《やし》の材料となって、縁日の見世物になるそうです」

大きな胃袋へ水を満たして、裏返して置くと、ちょうど頭のようなところが先端にあり、手足のような処もあり、化け物のような形になる。それをどこそこの海でとれましたなど と、見世物師が利用している。そんなものを見せられて育つ子供と、博物学上の知識を正しく与えられた子供と……。

「大原さんが西洋からお帰りになって、家庭教育の必要をお唱えになったならば、そのときこそ初めて、子供の幸福も出て来ましょう」

物に感じるごとに、とかく心を大原の身辺に馳せるお登和。小山夫人は
「その時は是非ともあなたが、内から助けて、お二人そろって、世の中を感化なさるのを拝見したいものです。お代さんのほうは、私ども夫婦が引受けて何とかしますから、あなたも後から西洋へいらして、ご研究なさいましな」

だんだん話が先走りする。

＊沖縄料理は、豚の鼻や耳の軟骨まで利用するし、朝鮮半島の臓物料理も数多い。食物の種類の少ない蒙古では臓物を食べることが、肉食の酸性を中和するという。大根の青葉を棄

て去る日本のこのごろは、あまり食物が多過ぎるゆえか。高値をかこちながら、栄養分まで捨てている矛盾を、反省すべきときであろう。

娘の理想

お登和は、あまりに外遊の話をすすめられるのは、厭わしく

「私はもう、決して先のことは何とも考えません。私なんぞが、あさはかな知恵で未来のことを考えても、決して解るものではない、と兄も申します。かえって、考えないほうが楽でございますよ」

今の青年男女が、まだ社会へ出ないうちに、学校の窓から社会を望むのは、ちょうど経験のない人が、岸辺から海を眺めるようなものだ。社会は、いつでも春の海のように穏やかなものと思って、何の用意もなく乗出してみると、たちまち風も出れば浪《なみ》も起る。そこで大いに狼狽して、社会をうらみ世を罵り、果ては厭世的にもなる……と兄の説くところを告げる。小山夫人もうなずいて

「ほんとにそうですね。私なんぞも学校の窓から社会を眺めて、自分勝手な理想を立てたほうですが、今になって考えてみると、おかしいようでございます。学校でも家でも、高尚なことばかり習ったもので、高尚というのは、何でも風流がかったこと、とばかり心得

てました。それが縁あって、小山文学士のところへ参るようになりましたから、夫と共に毎日風流を楽しんで、風雅な生活をしようと思っておりました。ところが嫁に参って第一に驚きましたのは、書生上りの貧乏世帯です」

広い邸に住み、人もたくさん使っていた身が、急に島流しにでもあったように心細くなった。しかも新婚三日目に、たった一人の女中が急に病気になって、宿へ下った。晩になってご飯の支度をせねばならぬが、台所仕事はしたことがない。さあ大変、買物にゆく勇気も出ない。*

「ひとりで困っていると、門の前を豆腐屋が通ります。けれども声を出して呼ぶことができません。豆腐屋——と呼び捨てにしていいものか、豆腐屋さーんと呼ぶものか、迷っているうちに、豆腐屋はずんずん通り過ぎてしまいました。ほんとに、あんな困ったことはありません。娘時代の理想に、豆腐屋の呼びとめ方をまで考えておく人は、めったにありますまいからね」

お登和も思わず笑い出した。

＊明治生まれの私たちは、この小説が他人事でないほど世事にうとかった。戦後の子供達の経済観念、社会常識には、ただ目を見はるばかり。ただし、あまり幼いうちから、生半可の知識をもつ、テレビも良し悪しだろう。

身の上話

小山夫人も笑いながら、こまごまと身の上話。

「そうしているうちにふた月ばかり過ぎますと、私の身に大きな打撃が参りました。夫の留守に妙な人がたずねてきて、ぜひ月末までに三百円の金子《きんす》を返済しろ、返済ができなければ訴えると、厳重な談判です。人のうわさに鬼のごとく聞いていた高利貸です」

夫が帰宅したらお返事するからと、ケンもホロロに追い返したが、小山は物堅い人物と聞いて嫁に来たけれど、やはり以前は放蕩《ほうとう》でもしたのか、そう思えば机のひきだしに、芸者の写真が一枚あったが、あれがおなじみというものかしらんと、よけいな嫉妬心まで起して、その時ほど悲しく、あさましく思ったことはない。

ところが、それは全く邪推で、実は友達の借金へ判を押したのが、連帯責任になったのだった。芸者の写真も、友達がその芸者に溺れて借金したのだが、遠方に行っていて返す見込みがないので、月賦で私共が返してきた。

不平を覚えながら、一年足らずでやっと返し了《おわ》ったら、その本人のお友達が、突然台湾から帰ってきて、君の恩は忘れない、と金も返してくれた。

「この話を実家の父が自慢するようになりましたが、あの広海子爵なんぞは、最初、実家の父が小山を紹介いたしました」

「あらそうでございますか、ではそのことが、私どもへ関係してくるのですね……」

このとき門前を、「マツタケやマツタケ」と売り歩く声。

「そうだ、マツタケを買って、大原さんにごちそうしましょう」

とよろこぶお登和。

マツタケ料理

マツタケ売りのカゴの中から、指でつまんで茎のしっかりしたマツタケを一々選《よ》り出しながら
「この中に、京都のマツタケも少しありますが、たいがいは江州から美濃あたりのもののようです。京都のマツタケは匂いが高いばかりでなく、茎が短くて太く肥えています。それに朝早く、まだ草の露のあるうちに採ったのが、味もよく、匂いも高いとしてあります」
「そのマツタケは、何のお料理になさいます」
「まず、マツタケご飯を炊きましょう。マツタケは最初いい加減に切って、しばらく塩水へ漬けておきます。よく洗って、いったんおいしく下煮をして、その汁へ醤油とミリンと

水を加えて、ご飯をその汁で炊きますが、マツタケはご飯の上へのせておきます」

手軽にするのは、普通のご飯を炊いておヒツへ移すとき、煮たマツタケと汁とをよく混ぜてもいい。ごく上品にしてマツタケの香気を保たせるには、桜飯を炊いて、ふきかけたとき生のマツタケを入れ、普通よりも長く蒸らしておく。

「マツタケのご飯には、お豆腐の汁を添えましょう。お豆腐は、マツタケの刺激を中和しますから。またマツタケの甘酒漬には、その後で必ずナスの漬物を出すのも、毒消しです*」

マツタケの甘酒漬は、マツタケの大きいのばかり選って、茎だけを塩水へ漬けて洗い、蒸し器で蒸す。それを濃い甘酒へ漬け、四、五日おいて、食べるとき短冊に切って出す。茎、カサとも、前同様に蒸した蒸しマツタケを、ショウガ味噌か胡麻味噌で食べるのもけっこう、茹でて湯マツタケにし、やはりそれらの味噌を添えるが、茹で加減、蒸し加減が大切。

「焼きマツタケはおいしいものですが、開きすぎないマツタケを、丸のままよく塩水で洗って、ぬれ紙へ包んで、炭火の中の灰へしばらく埋めておきます。気長にして、よく蒸し焼きになったころ取出して、水の中で紙をとって洗い、指で根元から裂いて器へ入れて、お醤油とダイダイ酢をかけていただきます」

「マツタケの西洋料理がございますか」

「ございますとも……」

お登和の話はあとからあとから出てくる。

＊茸狩りのとき、毒タケか否かの見分けはむずかしい。湘南の松林に生えるハエトリダケはタテザケがするが、その液をなめるとハエが死ぬのを実見している。同じ雑タケで、こちらの山のはよく、向う山のは毒のこともあった。

マツタケ、サツマイモの西洋料理

小山夫人にマツタケの西洋料理はと聞かれて、お登和は

「はい、西洋料理にしますと、一つはソース煮ですね。マツタケを塩水につけて洗って、いったん蒸してから、野菜のソース煮のように、例の白ソースで煮込みます。マツタケのフライもけっこうですが、これはカサばかり使います」

大きなカサばかりをとり、指で薄皮をむいて塩水へしばらく漬けておき、水気を切ってよく絞り、バターでジリジリと揚げ、塩胡椒をふる。マツタケのロースは、二つに割って薄皮をむき、バターと塩胡椒をふって、天火の中でロースに焼く。

「またはベシン皿の中へマツタケを並べて、バターと塩胡椒をふって、またマツタケを並べてバターと塩胡椒をかけるというように、二、三段にして、天火で焼いてもようござい

ます」

「そうですか。宅でもいたしてみましょう。お登和さん、サツマイモは西洋料理になりましょうか」

「なりますとも、バターがよく合って、味がよくなります。フライでもお菓子でも……」

フライはサツマイモの皮をむいて薄く切り、最初はサラダ油で気長によく揚げる。それをザルへとって、つぎにフライパンへバターを溶かした中へ、いま揚げた芋を入れ、塩胡椒をふって、和える様にしてザッと揚げる。このときのバターは、フレッシュバターか上等なものを使う。

「それから、ロース焼もけっこうでございます」

サツマイモの茹でたのを輪切りとし、ベシン皿か丼鉢の底へ一側ならべ、上へバター大サジ一杯、砂糖大サジ一杯と塩胡椒をかけ、またお芋を並べ、バターや砂糖などを置き、もう一側同じようにし、つまり三段にして、一番上にパン粉をふりかけ、バターをたくさんのせてブリキ皿へ入れ、テンピの中で強い火加減で焼く。少し焼くとバターが溶けてブリキ皿へあふれ出るから、それをサジですくって上からかける。ちょうど肉類のロースを焼くように、幾度もかけて、三十分ほど焼く。

「これはなかなかおいしいごちそうです。また、ソフレーやプデンもよろこばれます」

ソフレーは、いったん茹でたサツマイモを裏ごししたもの大サジ五杯に、玉子の黄身三つ、砂糖大サジ三杯をよく混ぜ合せ、玉子の白身三つぶりのアワ立てたのを加え、テンピの中で二十五分間焼く。プデンは、玉子の黄身二つ、砂糖大サジ二杯を混ぜ、牛乳一合と茹でて裏ごしにしたお芋大サジ四杯入れ、シンナモンの粉（肉桂《にっけい》の粉）とクローブス（丁子）の粉を、各々小サジに軽く一杯加え、全部よく混ぜ合せて、ベシン皿か丼鉢へ入れ、テンピの中で二十五分間焼く。*

「クリが出ましたら、やはり茹でて裏ごしして、同じような分量でプデンに焼くのもようございます」

「私もこしらえてみましょう。ところで私どもは馴れましたので、大サジ一杯小サジ一杯ということが分りますが、田舎の人なぞはよく分らないと申します。大サジ一杯というと、どのくらいな分量になりましょうね**」

世間でよく聞く問いを出す。ごちそうの用意は話の中にも整ってゆくが、広海子爵家へ赴いた三人は、まだ帰って来ない。

*インドネシア料理で、つぶした芋を小さく丸め、シンに黒砂糖をつめ、バターをのせ天火で焼くのがちょっとおいしい。

**明治三十年代には大サジ中サジ小サジなどもまだあまり一般化していなかったのだ。ただの目分量をサジではかるようにしたのも、一つの進歩であったろう。然しはかり馴れると、またその量が、目分量でわかるようになる。

サジの分量

お登和はそれを気にかけながら

「なるほど田舎なんぞで大サジや中サジがなかったら、分量を知るのに困るかも知れませんね。けれど料理の分量は、幾度も経験して、このくらいがちょうどいいというところを、自分の心で悟るようにならなければ、サジで量ってもマスで量っても、なかなかうまくいりません。なぜかというと、大サジ一杯と申しても、量る品物によって一々その分量が違います」

大サジというのは西洋で野菜サジという大きなサジで、メリケン粉を並に量ると二十杯で一斤となる。山盛りにすると十六杯で一斤。しかしふるったメリケン粉だと並で三十杯になる。水は大サジ八杯で一合だ。中サジというのはスープに使うサジで、メリケン粉を量ると大サジの七割くらいあるが、水で量るとちょうど大サジの半分になる。

小サジというのは茶サジのことで、メリケン粉は小サジ三杯が大サジ一杯だが、水は小サジ四杯が大サジ一杯になる。バターや砂糖の例も挙げて

「たとえばジャムを煮るとき、果物一斤に砂糖一斤というと、両方とも百二十匁（四五〇グラム）のことですが、トマトとかイチジクとか酸味の少ないのは、果物一斤に砂糖百匁

（三七五グラム）といいますから、いくらかお砂糖が少ない割です。それを何でも一斤ずつと覚えてますと、日本の砂糖一斤は百六十匁ですし、果物の一斤は百二十匁ですから甘すぎてしまいます。同じ一斤といって、百二十匁だの百六十匁だの、違うので困りますね」

尺にも鯨尺《くじらじゃく》と曲尺《かねじゃく》とあるし、同じ一斤に相違があるようなことは、国の文明が進歩しない印だと、兄の中川譲りの論が出る。*

「料理の一番大切なのは、程と加減ということです。自分で研究して覚えなければ、なかなか一度くらいでおいしいお料理が出来るものではありません」

「ほんとにね、一度習ったくらいで試験してみて、よく出来ないと、教えようが悪いというのは、習う人の無理ですよね」

＊味つけは量の問題ばかりでなく、質の問題も大きい。新しいメートル法になったからとて、やはり料理人の程と加減は逸せられない。

クリのアクぬき

小山夫人は、お登和に
「そろそろクリが出て参りますが、生クリのアクをとるにはどういたしますか」
「生クリを細く刻んで、お刺身のツマにしたのなどけっこうなものですね。アクをとるには皮をむいたクリを、葛粉の中へ半日でも一日でも漬けておきます。そうすると生クリの渋気がすっかりとれます」

「よいことを伺いました。それにクリのプデンやサツマイモのプデンも、こしらえるのが楽しみでございます。ところがお料理のことは、習ってゆくほどおもしろくなりますが、そのかわりだんだんむつかしくなって、これでいいという際限がありませんね」

「お砂糖にしても、アクが強くて利きのいいのもありますし、アクの少なくて甘味の淡泊なのもあります。先刻申上げたジャムには、アクの少ないザラメ糖が淡泊でようございます。赤砂糖のようなアクの強いものは、量をへらさなければ、甘ったるくって食べられません。

　塩でもそのとおりで、塩を小サジに一杯といいましても、アクの強い日本の塩と上等の西洋塩とはたいそうな違いです。*家庭の料理には、毎日舶来塩を使わなくても日本の赤穂塩で間に合いますが、その程と加減を覚えるのが、かんじんでございますね。しかも市中で売っているのは、舶来の上等塩と申して和製食塩を詰めかえて、ビンと商標だけが舶来、というのがよくあります」

「おや、そうですか、道理でこのごろのは品が悪いと思いました」

「食塩を皿へ出して二、三日空気にあてておくと、すっかり濁りが出るようなのは悪い品です。上等のものは乾燥が十分ですから、決して濁りません。食塩ばかりでなく、何でも舶来の上等といって、中身は詰めかえてあるのが、たくさんありますよ」

＊昭和五十一年の今日の塩は、製法が変り、アクはとれたが、その代り料理にも漬物にもい い味が出なくなった。それで、別に自然塩が売られている。この本の塩の分量は大体自然塩に近い。

詰めかえ物

西洋酢などは、ことにはなはだしい。ブドウ酒の腐ったのやビールの腐ったものを大きなタルへ詰めておき、それを酢に製して西洋酢のビンへ詰めかえてある。まるで西洋酢のおいしい味はない。フライをこしらえる時にサラダ油がいいと申しても、詰めかえの悪いサラダ油を買うと、臭くって胸にもたれ、胡麻油より悪いのがある。それで値段は胡麻の油の三倍も高くとってもうかると喜んでいる。不徳義な商人ほど不埒《ふらち》なものはない。

「それに西洋人の家だと使いなれていて、すぐ品物の善悪がわかりますから、悪い品物はビンの口を開けてみて、悪いからと突きもどすふうがあります。日本人のほうは制裁がゆるくって、先日の品は悪かったから、今度はよいのを持って来い、ぐらいなものです。私どもが西洋料理を世にひろめると、西洋食品がたくさん売れてきます。食品屋は喜んで商売に勉強すれば殊勝ですが、買手の知らないのにつけこんで、悪いことをして暴利を貪るようでは、西洋料理の発達をさまたげますね」*

と、深く商人の不徳義を憤る。商人の不徳に憤慨する心は、小山夫人も同じ。

「ほんとに、何でもその場限りのウソを吐いて、平気でいる商人には困りますね。先日もある宝石屋へ行って指輪を買いましたが、最初の時は番頭が、日本製のものも細工が上手になっていますから、決して宝石の抜け出す気づかいはありませんと申しました。すぐ翌日その指輪の真珠がぬけて落ちましたから、その店へ行って小言を申しますと、今度は主人が出てきて、日本製の品はどうも足が弱くって中の石が抜けたがります。舶来の品物は決して抜けませんと、舶来の高いものを売りつけようとしました。よく平気でそんなことがいえたものですね。


また、私の家では毎日牛肉を配達させますから、試みに十日間つづけて、霜ふりロースをとったことがあります。ところが毎日少しずつ味が変って、おいしいのは一度か二度でした。あまり硬くって味のないとき、なぜかと聞きますと肉が新しいからだと申したり……」

＊商人の詰めかえは、銀座の高級バアのウイスキー詰めかえが大々的に報じられたことがある。六、七十年前も同じと苦笑したが、『食道楽』の著者には、西洋料理の正しい発達を願う念からも許せなかったのだ。

牛の図

「それは少々注文なさる方もお悪いのです。霜ふりだの鹿《か》の子だのというのは、肉へ脂身が霜をふったようにさしているところをいうので、ロース肉のおいしいところにも、ショーランドといって胸のところの硬い肉にも、バラー肉にも、みな霜ふりの部分があります。ロースの霜ふりならば柔かですが、ショーランドの霜ふりだと硬くってこまる……けれどショーランドのは幅が狭うございますから、双方を比べてみると分ります」お登和の知識は、まことに深い。

「なるほど、そう伺えば、小さく切って持って来た時は、硬くってまずかったようです。牛肉を注文するときは、一々その肉の名を指してやらなければなりませんね。肉の名はいくつぐらいございましょう」

「西洋人のいうように委しく分ければ、たくさんありますが、まず一通りに区別しても、二十五、六はございましょう」

「おやおや、そんなにたくさんありますか」

お登和は、机のひきだしから一枚の紙を取り出し

「奥さん、ここに牛の切図がありますからごらんなさいまし」*とひろげた。

「一口に牛肉といいますが、こんなにいろいろ区別がありますかねえ」

小山夫人は、驚きながらその図に見入る。
＊原本「冬の巻」には牛の切図が出ている。当時の家庭婦人の目をみはらせたそうだが今でも参考になる。父が家庭料理の味を点ばかりでなく、科学的に扱ったのは新しい考えゆえである（本書二三一頁の図参照）。

牛肉の区別と料理

牛の切図を見ながら、お登和は
「まず、首の方から見てまいりますと、ネックレブにチャックレブにレブロースというところが、三つ並んでいます。これは首から肩の肉で、牛肉の中では悪い部分です。ある華族さんは、このレブロースをヒレ肉だといって、一年あまりも毎日買わされていらしたそうです。値段が半分も違いますのに……」

この三つのレブは悪いところだが、レブロースの真中に、まるい長い肉が少しあるのはスタンデンドブーフといって、牛肉中の一番おいしい肉で、ヒレ肉より美味である。

その次、すなわち背の肉がサラエンロースの三番、二番、一番と三つ並んでいる。

これがまず上肉でロースに適当。西洋では一番のところが二番より高いが、わが国ではそんな区別もまるでない。

この肉の下にヒレ肉がある。俗にいう内ロースで、一頭の牛から、八斤（三六〇〇グラム）か九斤（四〇五〇グラム）くらい〔この場合は一斤四五〇グラム換算〕しかとれない。本物のヒレ肉は少ないもので、ロースにしてもビフテキにしても、また、ビフテキプデンにしてもカツレツにしても、第一等の味がある。

そのかわりこれはシチューなど、煮込みものには適さない。

その下がケンネ、生脂に包まれていてその脂の中に腎臓がある。腰の方ではランの一、二、三とあり、柔かくてビフテキに適する。ことにランの一、二が好い。

次がイチボの三角肉で、肉は硬いが味があるので、ボイルドビーフにするとけっこうで、コーンビーフにも使う。

腿《もも》となって、上のランド上のベインはビフテキなぞとし、下のランド下のベインは挽き肉として、フーカデンやコロッケに使う。

その下が脛《すね》の肉でスープに適し、その先の足はボイルドにする……。

料理による肉の適不適を親切に説く。小山夫人はしきりに図面を眺めて
「考えてみると、私どもはうかつなものですね。内ロースをシチューにしたり、硬い肉をビフテキにしたりして、たびたび失敗いたしました。それに以前は、内ロースと霜降りロース、上等と並肉くらいしか、区別を知らなかったのです。肉屋でも、そういう名で売っ

てますね＊」

「東京の肉屋より横浜のほうが、そういう区別や切り分けが上等なようですね。ところが東京の牛肉屋は、牛の生肉を薄く紙のように切ることが名人で、西洋人が驚くそうです。一種の技術だと申すそうです。それはすき焼のとき、鍋の上へ広く張りのばす必要があるのと、薄く切ったほうが目方がふえるからです。買う人は、細かく切らないのを買って、家で切ったほうがトクなわけです」

「だんだん寒くなりますと、たくさん買っておけますが、どうして置いたら長くもつでしょう」

「新聞紙へ包んで高いところへつるして置くのが一番です。冬の寒い時は屠《ほふ》ってから五、六日目が食べごろですから、新しい肉は五、六日置いて、料理なさるといいでしょう」

＊肉屋の牛肉の区別は、いまの時点でもあまり進んでいないようだ。消費者のほうも値段ばかりでなく、適した扱い方により留意したいとおもう。

米の説明

お登和の牛肉の話は、なお大牛と犢《こうし》、牡牝《おすめす》の差、乳牛、食用牛、耕作牛、さては産地のことなど、尽きない。

小山夫人は「こういうお話こそ、活きた学問と申すのですね。先日も主人が米国の料理学校の試験問題を伺ってきて、私にくわしく話しましたが、あの中にイーストで製したパンはなぜ消化がよいか、という問題がありましたね。西洋ではパン一つ焼くのでも、学理上から調べているのですね。ところが私たちは、毎日お米を食べながら、お米は人の身体にどういう作用をするか、ご飯とお粥はどういう風に消化されるか、教えられておりません。学説の上からどうなりますか」

高尚な質問をうけて、お登和もほほえみ

「私もくわしいことはぞんじませんが、まずお米は草の実で、モミという皮をかぶって、その皮をむくと中に若い芽があります。米粒を見ると、先の方のとがった処に、黄色いような黒いような、芽のようなものがあります。白米にするとあの芽をすりつぶしますが、よく見ると黄色いようなものが小さく残ります。あれがお米の本尊様で、外の部分はあの芽を保護するために出来ています。人間の食べものとするデンプン質のものは、あの芽を養うための滋養分です」

米粒を地へまくとその芽が発生して、外の処から滋養分を吸収するまで、モミの中で若芽を養っている。それを学問上で胚乳《はいにゅう》というから、ちょうど人間の乳のようなもので、すなわち米の若芽の乳、玉子でいうと黄身にあたる。白身が鶏の身体になるまで、黄身がそれを養うのと同様。「最初から食物に出来ている胚乳ですから、人が食べても身体の滋

養分になります」＊

「なるほどそう伺ってはじめてお米の効能がわかりました。ご飯の炊き方にも、その原理から教える先生は、ありませんね」

「ことしの夏、富士山に登った人の話に、頂上でご飯を炊くとグラグラわき立っていても、ご飯が生ま煮えでよく出来ないと申してましたが、西洋の料理学校では、物の煮えるという原理から教えるそうです。水は水平線上で二百十二度が沸騰点、六百尺高さを加える毎《ごと》に一度ずつ減じるので、富士山上では二十度だけ沸騰点が下がるわけです」

東京と軽井沢とでも差が出るし、札幌と東京辺では、同じカステラのホンザーをこしらえるにも、温度と湿度を考えて、ぐあいを変える。気候と料理の関係は大切なものだと聞くが、まだ自分にはその勉強が足りないとけんそんするお登和。

「あなたぐらいよくごぞんじなら、申しぶんありませんが、そのようなこともご自身で西洋の学校を見て研究してらして、また私たちに教えて下さいまし」

小山夫人は、大原の外遊につづいてお登和も立たせたい、その念を断っていない。

＊米が余る現在、味の問題が論じられるが、戦前に栄養上尊重された胚芽米、七分づき米の忘れられているのは物足りない。このごろの米は精白し過ぎているようだ。玄米食もまた興っているが、農薬の付着が問題になっている。

小麦の粉

お登和の話は、米の胚芽につづいてパン種に移り、細かに食パンの作り方を述べる。

「食パンばかりは同じ原料を使っても、練り方とでっち〔こね〕方の上手下手で、味が違います。お宅の女中さんは、田舎の方でウドンやおソバを上手に打つと伺いましたから、その人に練らせたら、きっとよく出来ましょう」

小山夫人もうなずいて

「宅の女中は力がありますから、上手にこねましょう。不思議に、ウドンやおソバをよく打ちますので、手打ちをこしらえさせますが、食べなれますと、買ったものは食べられません。ウドンは小麦粉を選《よ》るのがかんじんですね」

名古屋のウドンがおいしいのも、あのへんの小麦粉がよいのだそうだ。ときどきメリケン粉で打ってみると、色が白くきれいで、味も軽いが、どうしてもまとまらないで、ポツポツ切れることがある、どういうわけか、と問う。

ウドンの打ち方

お登和は

「メリケン粉のウドンでは私も苦しみました。だいたいメリケン粉は西洋の小麦で、あのとおり細かい粉になっていますから、日本の小麦粉よりもよけいによくつながりそうなものです。ところが上等のメリケン粉は、かえって悪く、中くらいのところがよくつながります。けれども産地によってもちがい、日本の粉はウドンに適しますが、食パンはよく出来ません」

これはつまり小麦の性質が違うからで、西洋の粉は粘着力が少ない。パンに焼いたり、菓子に焼いたりするには、粘着力の少ないほうがよく膨れて浮き上る。上等のメリケン粉ほど粘着力が少ないので、ウドンに向かないのだ。

それに、日本の粉でウドンを打つときは塩水を入れるが、メリケン粉へ塩水を入れると、なおつながりが悪いのも、粉の性質が違うからだろう。同じメリケン粉でも、イタリアやフランス南部のは、気候風土が日本に似て湿気が多いせいか粘着力があり、ウドンに向く。*イタリアのマカロニは名物だが、つまりその粉が適しているからだろう、と説明して

「お宅では、ウドンを打つときにどういうふうになさいますか」

ときくと、小山夫人は

「メリケン粉一升（一・八リットル）、玉子を三つ入れて水を少し注《さ》し、固いくらいにこねてから、濡れたフキンへ包んで、あたたかい処へ半日置きます。それからちょっとこね直して展《の》して截《き》りますが、そうするとウドンがふっくり出来て、たいそう軽くなります。やはり伺ってみると、パンをこねて、寝かしておくようなものですね」

「それはおいしゅうございましょう。最初にやわらかくこねたのは、軽いばかりで味がありませんが、固くこねて寝かして置いて、自分でやわらかくなったのは、軽くって味もよくなります。ただ、あまり新しい粉ですと、中毒することがありますね」

日本の小麦粉は、湿気のために糊《のり》精分が多く粘着力があるが、その湿気のために発芽力が強すぎて、小麦の新しいのをすぐ粉にしてウドンを打つと、腹痛をおこすことがある、とお登和はくわしい。

＊昭和四十九年夏、私はちょうど麦秋の欧州を旅行、各国でその美景と収穫を見た。南仏で麦畑にスプリンクラーで放水していたのと、西独の山地を歩いたとき、麦の種類の多いのが目についた。パンも各国の味を食べ比べたが、日本のように漂白しすぎて、味気ないのはなかった。

猪の肉料理

「おや、小麦の新しいのは毒がありますか」

「はい、小麦でもお米でも、新しいのは胃腸を害《そこな》うことがありますが、新米の毒には人よりも馬のほうが弱いそうです。ジャガイモの芽にはゾラニンという毒があるし、牡蠣は五月が有毒時期、谷間の鯉は夏が有毒ですし、猪なんぞは寒い時ばかりが食べられるので、何の食物でも、毒のある時を避けるのは、料理法の心得でしょう」

　広海子爵家に赴いた中川たちも、料理談に時間を忘れているらしいが、帰りを待ちながらの二女性も、熱心に語り合っている。

「猪の肉は冬の寒い時に食べても、できものや傷が直ぐ膿《うみ》をもつくらいで、刺激性の強いものです。味はなかなかけっこうで上等のごちそうにしてありますが、料理法が悪いと身体をそこないます。ことに生ま煮えのものと、新しい肉とが悪いので、西洋料理では一週間以上置かなければ、決して料理に使いません」

「一週間も置いたら、肉が腐りませんか」

「ですから、暖い季節には猪は食べません。冬の寒い時ばかりです。上等にすると、ブランデーに漬けて置いて、料理します」

猪は好んでヘビを食べる。ことにマムシをとる。鳥でも、キジと山鳥はヘビを食べるから刺激性が強い。冬の寒い時でも、キジは撃ってから五、六日置かぬと食べられない。母親がキジの肉を食べると、翌日乳呑み児の顔へ発疹が出るとはよくきくことだ。魚でも、サケとマスと大きな岩魚と谷間の鯉は、ヘビを食べる。しかし、猪の肉も一週間もたつと、毒質が分解作用を受けて精力を弱める。

「昔から日本料理では、猪の料理には毒消しといって何か加えますね。たいていは味噌で煮ますが、味噌のタンパク質はちょうど豆腐のタンパク質がマッタケの刺激成分を吸収するように、猪肉の刺激を吸収するのでしょう。大根といっしょに煮るのも*、きっと効めがありましょう。大根は一種の成分をもっていて、物を分解させますから」

「私の郷里では、猪をショウガと煮ます」

「さあそのことは、私にもまだよくわかりません。関東あたりでは、猪とショウガを食べ合せの禁忌《いみもの》と申します。伊勢や紀州の方へまいりますと、反対に毒消しになるといって、いっしょに料理します。もっとも、豚にショウガを食べさせると、中毒して死にますから、同じような猪の肉にも、何か変った化学作用をおこすのかも知れませんね」

お登和の料理研究も、進めば進むほど、先が深くなり、まだまだ判らぬことが出てくる。

＊猪鍋には大根、それもかなり厚く切ったのがつきもので味もよくあう。このごろの料理屋では、牛肉のすき焼と同じ野菜しか出さないのは、いただけない。

酒の酔い

猪の肉を味噌で煮るのは、味噌のタンパク質が他の物の刺激成分を吸収する故だ。味噌は豆で作るが同様に豆腐も豆なので、マツタケや、ハツタケの刺激成分を吸収するのと同じわけとお登和の説明に

「食物の作用はおもしろいものですね。お豆腐とマツタケという取り合せも、ただ味を出すばかりでなく、互いに化学成分を中和させる効めがあるのですね。よく世間の人は、お豆腐で酒を飲むと酔いが遅いと申しますが、やっぱりそんなわけでしょうか」

と小山夫人。

「はい、同じ道理だろうとぞんじます。けれどお豆腐がお酒の成分をいったん吸収しても、お腹の中でだんだん消化されれば、吸収したものをはき出すでしょうが、その時間が長いために、刺激の力を弱めます」

豆腐ばかりでなく、生玉子で酒を飲んでも酔いが遅い。これも玉子のタンパク質がアルコール分を吸収するからで、下戸《げこ》の人でもブランデーと生玉子をまぜたランブランという薬にすると、らくに飲める。酒に酔ったとき柿を食べると酔いがさめるというのも、柿の収斂性がアルコール分を吸収するからで、甘いタル柿はその作用から出来ている。反対に

椎茸酒といって椎茸を酒に入れてカンをしたり、ハツタケを食べながら飲むと、酔いがはげしい。トウガラシやカラシで飲んだり、魚類のはらわたなんぞはたいがい刺激性の強いもの、アラ酒といって甘鯛のアラに酒をかけて飲むのも早く酔う。コノワタやウニも酔わせる。……お登和が珍しく長広舌。

「何でも食物を料理するときは、中へ入れる品物の性質を知っていて、その配合を定めなければなりません。それが料理法の一番かんじんなところです」

小山夫人は益々感心し

「なるほど伺ってみるとだんだんおもしろくなります。鶏卵でも、産みたてより三十六時間過ぎたところが食べごろ、と伺いましたが、猪やキジの新しいのも悪いし、小麦やお米の新しいのも悪いし、何でも食べごろを知らないといけませんね。私どもでは、新ソバが大好きで、よく宅で打たせますが、どんなものでしょう」

新蕎麦

ソバは日本の名物である。ことに信州の産を良品とする。お登和は西国の人でソバのことにくわしくない。

「さあ、おソバの方はよくぞんじませんが、別に新ソバが害になると聞きません。よく信州のソバと申すくらいですから、新ソバはけっこうなものでございましょう」

「はい、けっこうですとも。おソバばかりは宅で打ったのを食べますと、外のは食べられません。こんど私どもで女中に打たせて、打ちたてを、ごちそうしましょう」

信州から上等の粒ソバをとりよせて、いざ打とうという前にヒキ臼でひかせる。ひいた粉を一晩おくと、もう味が悪くなるからその日に打たせる。ひいた粉にも一番粉、二番粉、三番粉と区別があって、一番粉はごく上等の部分で色が白くきれい。それで打った生ソバは色が白い。よく生ソバは色が黒いという人があるが、それはソバ殻のまじった三番粉くらいを使ったのが黒いのだ、と今度は小山夫人が力説する。

「そうですか、ソバ粉というと、たいがいは少しネズミ色になっているように思いましたが、それは悪い粉なのですね」

「ネズミ色の粉は上等の品ではありませんが、色の白い粉は、家でひかせるよりほかには手に入りません。家では一番先に出た粉をごく細かいふるいにかけたのが一番粉で、白うございます。そのふるい残りをまたひいてふるい、その残りをもう一度ひいてふるったのが三番粉で、店では、それも一番粉にまぜますからネズミ色になるのです」

「おソバのつなぎには小麦粉をおまぜになりますか」

お登和が聞き手にまわった。

「いいえ、けっしてまぜません。少しでも小麦粉をまぜたら、まるで味が悪くなります」

信州のごく上等のソバなら、ひきたての粉をそのままお湯でこねられる。ただし、ひいて一晩おくと、もうつながらない。

それも特別の熟練が要るので*、たいがいは玉子をつなぎに入れる。まず一升のソバ粉へ玉子十個ほど入れてこねてのばす。それを直ぐに截《き》って茹でる。

「それはおいしゅうございますよ。こうしたのは翌日までおいても、あまり伸びません。ただごく細く截るの**が手ぎわですけれど……」

「こんど一つごちそうしていただきましょう。おソバのお汁はどういうふうになさいます」

「上等にすると際限がありませんが、まず一合のお湯をわきたたせ、カツオ節をたくさん入れてだしを取って、ミリン一合に醬油一合ですからつまり三等分ですね。もしミリンや醬油が悪くってよい味が出なかったら、ほんの少しかくし砂糖を加え、よく煮てからこします。おソバがよく出来ても、お汁が悪いと何にもなりませんもの」

長話に時がたってもう夕暮を過ぎたが、広海家へ出かけた三人はまだ帰って来ない。けれども、かたく約束したことゆえ、必ず食事せずにもどると、お登和は大原渡欧の餞別《せんべつ》のごちそうに心をこめて

「では、私が一つリンゴのパイをこしらえますから、ごらんください。パイというお菓子は素人にむずかしいものですが、ウドンやおソバを打つ方にはじきに覚えられましょう」

と台所へ立った。

＊信州や木曽のソバどころで名人といわれるのは、七十、八十の老女が多い。ソバをよく打てないと嫁にもらってくれないと練習した由だが、今はもう農家でも機械力に頼って、かかる名人の後を継ぐ人のないのが、まことに惜しい。

＊＊会津の檜枝岐《ひのえまた》のソバも有名だが、ここはソバをやや厚くのして、たたまず、当て木もせずに截るから割合に太い。盛岡のわんこソバ、松江のわりごソバ、ともにやや太めである。つなぎも玉子より下物《したもの》とされていた自然薯を好む傾向が見えるが、ソバ食味の変遷というべきか。藷《いも》でつないだのは、しなやかさに欠けるが、腹ごたえはある。

パイの皮

洋行する大原への最後のごちそうに、リンゴのパイもこしらえよう、と台所へ立ったお登和は、小山夫人に説明しながらこねはじめた。

「こういうふうに、木鉢とノシ板とノシ棒を使うので、上等にすると、石のノシ板が熱をもたないでよいのですが、おソバのノシ板やノシ棒があれば、それでも出来ます」

パイにも種々あるが、一番上等はバターでつくり、次はケンネ脂《あぶら》すなわち牛の生脂、下等は豚の脂のラードとなる。バター製のは、メリケン粉三斤（一八〇〇グラム）を木鉢にとり、玉子の黄身二つ、塩小サジ一杯、水大サジ八杯加え、ウドンをこねるようによくこねる。暖い日は水だが、寒い時はお湯でこね、固さもウドンくらいにして、ノシ板へとり、打ち粉をまいて、ノシ棒で少しずつのばす。

「ウドンのように四方へ広くのばしません。幅は一尺（三三センチ）ぐらいにして、長く帯のように向うへのばします。そのとき決して厚い処と薄い処のないようにのばして、まず二分（〇・七センチ）くらいの厚みにのばしてしまいます。なれないうちは棒へ力を入れますから、平均にのばせませんね。こういうふうに平らにのばせたら、ハケで、玉子の白身を一面に敷きます」

と塗って見せて、次に上等のバターをその上に一面に塗った。

「およそ紙十枚くらいの厚さに塗る、という心持ちでやっていると、自然に覚えられます」

むずかしいのは、バターやメリケン粉へ温度をもたせないように、手ばやくすることで、バターが塗れたら、両方の端からグルグルと、二寸（七センチ）幅くらいに巻いていって、まん中で、ピタリと合せてたたむ。

たたんだものへ打ち粉をふって、こんどは向きを換え、またノシ棒で少しずつのばして帯のようにのばす。そうするとバターが皮の間へはさまれて、皮といっしょに薄くのばされる。

「このとき、のばしようが悪いと、皮が破れてバターが顔を出しますが、顔を出したらもういけません。皮が破れなくっても、手ばやくしないとバターが溶けて、横から流れ出します」

講釈しながらこしらえる手ぎわよさ。

ふたたび二分くらいの厚さにのばし、玉子の白身を敷き、バターをぬり、またたたんでのばす。も一度つまり三度同じことをくりかえす。

「こんどこそ、皮もバターも何枚となく合さって、ごく薄いものですからむずかしく、また一番終りですから幅もひろくして、厚さは五厘（〇・一八センチ）くらい、つまりウドンをのばしたようになります。これがパイの皮になるので、ペーストともうします」

リンゴのパイ

粉一斤（六〇〇グラム）に対しバター$\frac{1}{2}$斤（三〇〇グラム）要るが、この皮をいろいろなものに使う。ブリキ型か茶筒のフタでお煎餅のように打ちぬいて、果物のジャム小サジ一杯まん中へおき、カシワモチのように双方から合せ、その合せ目へ玉子の白身をよく塗りつける。テンパンへバターを敷いてならべ、天火の中で十分間焼くとジャムパープスというお菓子となる。

またリンゴのダンブルは、リンゴの皮をむき、シンをくりぬいた中へバター小サジ一杯、砂糖小サジ二杯入れ、ペーストを四角に切って包み、弱い火の天火で、およそ四十分間焼く。

「リンゴの味と皮の味がたいそうおいしくなって、西洋人のよろこぶもので、もっと上等にすれば、クリームをかけていただきますと、何ともいわれない味になります」

リンゴのパイは、リンゴ一斤の皮をむきシンをとって、四つ切りとし水へ放ち、大サジ二杯の砂糖、大サジ一杯の水で二十分間煮て*からパイ皿へ入れ、上に今つくったペーストをフタとし、天火の中で二十五分間焼く。

「パイにはいろいろあって、果物**も入れれば、肉類も入れますし、魚のパイもありますし、カボチャやジャガイモも入れます」

カボチャやジャガイモは茹でるか蒸すかして裏ごしにして、玉子と牛乳と砂糖を混ぜ、ペーストをかけるが、肉類はシチューに煮るか、肉をくずしてソースで和えたものへペーストをかけて焼く。肉の上にこの皮がのるだけ味がよくなるので、ビフテキのパイもある。

「パイよりも上等にするとオロアンというお料理になりますが、今日はリンゴのターツというのをお目にかけましょう」

ターツは、今のペーストを上下に敷いて、平たく焼いた菓子。リンゴの皮をむきシンを去り、二つ割とし薄く切って、リンゴ一斤に砂糖大サジ五杯の割で入れてまぜ合せ、十分間おく。リンゴの液が浸み出し砂糖がとけたのを、タ—ツ皿または代りの器の底にペーストを敷いた上に、リンゴの水気を切って入れ、上にペーストをかぶせ、天火で四十分間焼く。

「パテーというお料理にしてもおいしくて、上品なごちそうになりますよ」

パイの皮、ペーストの話はなかなか尽きない。あまりおそくなるからと、小山夫人が帰ろうとするのをひきとめていると、夜になって、中川、小山、大原の三人が広海家からもどってきた。

お登和の心をこめたごちそうは、さっそく人々の前に持出された。大原は殊に今日のごちそうがうれしい。

＊リンゴのパイは、生リンゴもよい。リンゴの皮とシンを去り、ごく薄く小さく切ったものへ砂糖をかけ、一時間おいてから、その汁をしぼってパイの中へ入れて焼く。

＊＊モモ、スモモ、アンズ、ナシ、イチジクなど煮た果物を入れ、イチゴは生まのものへ砂糖をかけ、リンゴと同様。ミカンは皮をむいて輪切りとし、生まのままでよい。

母の不足

広海子爵家で近いうち食道楽会を開き、大原の送別会を兼ねることになった、との中川

の話に、小山夫人は
「中川さん、私は先刻からお登和さんに申しあげたのですが、大原さんが洋行なさった後から、お登和さんもいらっしゃれるように、なさったらいかがでしょう。家庭教育をしらべるにしても、女のほうが、かえってよくわかることもありましょうし、食物のことを研究するにも、お登和さんがいらっしゃれば、このうえなしです。ねえ、いかがですか」
熱心にすすめると、夫の小山も賛成し
「これは名案だ。このうえなしの名案だ。いまのわが国にもっとも欠乏しているものは何かというと、母である。健全なる未来の国民を養成すべき、母がないのだ」
家庭教育研究のためには、男子を洋行させるよりも、むしろお登和さんのような婦人を、洋行させるほうが得策、国家のためにもなる。
「失礼ながら、お登和さんの洋行費くらいは、どこからでも出るよ。広海さんのほうで出来なければ、誰に話しても、僕が調達する。どうだね中川君、一つ奮発しては」
中川は即座にも答えかねて
「まあそのことはいずれ後の話さ。大原君の後からお登和を洋行させると、なんだか、そこに秘密があるように思われてもいけない」
「それは君にも似あわないな。秘密がなければ、かまわんではないか。なにも同行するというわけでなし、大原君がヨーロッパにいるとき、お登和さんがアメリカにいる、というふうにしたら、だれが何というものか。それに家庭教育のことは、なかなか広い問題だから、大原君一人の力では、とても十分調査ができないよ。国家のために、お登和さんの洋行を必要とするね」

小山夫婦はしきりにすすめる。中川は無言。大原はきくやきかずや、人々の話をよそにして、ひたすらごちそうを飽食している。

当人のお登和は、この話を耳にしながら、わざと台所へかくれて、出てこない。

小山の経世論

お登和の心は知るよしもないが、小山はなお熱心に

「ねえ中川君、家庭教育は実に広い問題だ。社会全体のことは、一つとしてその根本を家庭より発しないものはない。一口に一国の文明というけれども、家庭を基礎としない文明は、皮相の文明だ。まず人の家庭の文明が最初だ。まず人の家庭が文明に進んで、それから、社会を文明に進めたものでなければ、真の文明とはいわれない。……」

はては政治論に及び、政治家の品性、実業家のむやみな金もうけ、また富を消化吸収する力がなくて、不時に富を得た国民の堕落の現状。……*

「古人は衣食足りて礼節を知るといったが、僕からいうと、まず礼節を知らしめてのち富

を作るべしだ」

と、とうとうたる経世の大議論。

要するにこのように論じてゆくと、大原君の家庭教育の研究は、政治の根本にもなり、実業の根本にもなり、その他文学、美術、あらゆる方向の根本になるから、一人よりも二人の方がよい……と結んだ。

＊明治三十年代の世相も今と同様な点があったらしいが、今日はその上に公害や、観光を名としての自然破壊が、加わってきた。

パテー

台所へ入ったお登和は、女中を相手にパテーの説明。

「ほら、いまこしらえたパイの皮ペーストをまた双方からたたんで、五分（一・七センチ）の厚さにのばして、いったんパテー型で抜きます」

代りに茶筒のフタでもいいが、それで抜くと、お饅頭くらいなまるいものが出来る。つぎに小さいパテー型で、そのお饅頭のようなものの中ほどを、底だけ残すように押しこむ。つまり底だけ残して中をくり抜くつもりで、型をいったん押しこんでそっと抜き出すと、ちょうどお饅頭の上へ蛇の目が出来たようになる。その上へ一面に玉子の黄身を塗って、

ブリキ皿への せ天火で四十分間焼くと、それが倍くらいにふくれて高くなる。

よくふくれるとウスのような形になり、蛇の目の印をつけた処は、双方別にふくれてとりよくなるから、とがった刃物で中のフタをちょいとはがすとすぐはがれる。そのフタは大切にしておいて、フタの下のやわらかなところ、つまり蛇の目の中身だけほじくり出すと、ウスの穴のようになる。その中へ、手軽くすれば、ゆで玉子を小さく切り、白ソースであえたものを詰めればよい。

「鶏の肉でも、牛肉でも、またエビや魚がおいしいものだけれど、いったん煮るか蒸すかして、白ソースや玉子ソースであえて詰めて、今とった中身のフタをして出すと、たいそう上品なごちそうになります」

「そういうのを外で食べたことがございますけれど、脂こくっていけませんでした」

「それは材料が悪いのか、こしらえ方がへたなのだろう。[*]よく出来たパテーは軽くっておいしいもので、日本人の口にもよく合うので、だれでも好きになります。さっきこしらえたように、いくえにものばして焼いたものだから、横から見て、ちょうど紙をいく百枚もかさねたようにならなければいけません」

紙をかさねたようでなく、上も下もひっついているようなのは、脂が顔を出したので味も重くなるが、とかく世間にはそんなおいしくないパテーのほうが多い。このパテーの皮は一度こしらえてすぐ焼いておくと、冬は一週間以上十日や十五日くらいもつから、食べるときに中身を詰めるばかりで、まことに調法なもの……と、心は座敷にひかれながら、もっぱら料理にかかっている娘気質がいじらしい。

＊牛の生脂すなわちケンネを使うペーストはバターより経済的。ただしバターよりもむずかしいが上等に出来ればバターのに劣らない。ケンネ脂（冬は牛を殺してから一、二日後、夏は三、四日後のもの）を小さく切り、裏ごしをし少し練るとバターより固いくらいになる。別にメリケン粉と玉子と塩と水とでこね、うどんの時のように厚さ三分（一センチ）くらいに拡げてのばしたもののまん中へケンネ脂をおき、包むようにしてから長くのばし、またたたみ、長くのばすこと三、四度くりかえす。冬は粉一斤（六〇〇グラム）に、ケンネ一斤、夏は粉六分、脂四分の割とする。

小児の不幸

小山の経世の大議論は、主人の中川も客の大原も同感するところ、ふだん沈黙がちの大原が、突然顔をあげ

「小山君、それは全く君のいうとおりだが、僕は洋行したら、そういう広い問題よりも、かえってごく小さい問題から取調べて、だんだん大きな事に及ぼすつもりだ。たとえば、文明国の家庭では、小児がどういうふうに発達して大人になるか、ということを調べたら、

これが第一の根本だろう。小山君からいつぞや小児の洋服、という話を聞いたね。洋服で育てるのと和服で育てるのと、どういう差があるか、食物の関係はどうであるか……それからだんだん大きくなって、どういうふうに育てられるか、こういう点を調べるのが、家庭教育の根本だと思うね」

と、大原もまた、確固たる意見を披露した。中川も

「それだ、それだ、それが、もっとも今日の急務にちがいない。人の発達の径路を調べたら、わが国の小児ほど不幸なものはあるまい。食物と衣服と家屋の三点は無論だけれども、その他に言語を知るということについても、非常の困難がある。英国人の小児が人を招きたい時は、だれに向っても『カム』、すなわち『来たれ』という一語ですむ。わが国の小児は、犬を呼ぶ時『ワンワンコイコイ』と教えられ、友達に向って『だれさんコイコイ』というと、叱られる。もし親達に向って『おかあさんコイコイ』といえば、一層叱られる……三通りも四通りも、言葉を覚えなければならない」

すこし大きくなって、文字を習うとなおさら困難だ。英語ならば文章に書く時にも手紙にも、やはりカムの一語を使えるが、わが国では手紙にコイコイとも書けない。御入来、御来車、御枉駕《おうが》、なんぞと、十通りも知らなければならぬ。言葉の時の四倍も五倍も苦しんだうえに、文字の時も十倍二十倍も苦しまなければならぬ。そのうえ大きくなって、他人の意思を知ろうとすると、わざわざむつかしい文字を並べたり、わざわざ意味の現われ

ないように、書いたものに出会う。

「ことに読みにくいのは、今のいわゆる自称文学者とか、自称美文家とかいう先生たちの文章だ。僕のごときは、なるたけ人にわかりやすいように、文章を書こうと思うのに、*わざわざわかりにくく書きたがる人がある。言語文章は意思を伝える道具だから、なるたけ透明で、わかりやすくなければならない。ガラス箱へ物を入れたように、中の品物が見え透かねばならない」

中川は折々奇矯なことをいう。

＊文章をわかりやすく書くことは父の持論だった。その最高は仏典にあると、よく読んで教えられた。

人の言葉

奇矯なようだが、大原は深くうなずいて

「中川君、われわれが今までその困難を感じてきたのは仕方ないが、将来の小児にそれを感じさせるのは、気の毒だ。それらの点もよく調べてきて、他日わが国の言語文章を、平易簡単にさせたいものだね」

「ところで、そこに誤解されてならないことがある。世間ではとかく平易簡単というと、いちばん短い、いやしい言語に傾きたがるから、それを注意したいものだ。僕の主張は、人を呼ぶのはナンジとか、アナタとか、オマエとか、キサマとか幾通りもあるが、その中のいちばんていねいな言葉に、きめようというのだ。僕が子供をもったら、だれに向ってもアナタと呼ばせる。英語にもアナタとナンジと二通りあったが、今はアナタばかり使うね。家庭教育には、上品な言葉を使わせて、礼儀や作法にも及ばさねばならない」

果ては、恋愛小説などの言葉や、文章の攻撃に移ったので、客の小山も笑い出し

「それでは家庭教育論が、文学論になってしまう。そのほかに調べることは？」

「あるともあるとも、たくさんある。おもちゃの種類、画本の良否。行儀作法の仕込み方、読書や習字のけいこなどと、一朝一夕に説きつくせないが、ぜひ調べてもらいたいのは、家庭教育の主義と方針だね」

近頃は放任主義とか*自由主義とかいう言葉が流行しているが、西洋でいうのは圧制とか干渉とかいう言葉に対照したので、料理法でいえば、強い火かげんに対して弱い火かげんを用いるというわけ。つまり程度を指したのだ。これを、何でも気まま勝手に育てなければ、自由でないと心得て、大切な子供を野放し同様に育てるものが多い。動物を飼ってもわかるではないか。野放しの犬と教育した犬と、どちらが上等かと、種々例をあげて

「つまり子供を野放しに育てるのは野蛮風だ。文明に進むほど規律的にせねばならない。ちょうど料理の火かげん、強きに過ぎず弱きに過ぎぬようにせねば、ケーキやシューがふ

くれないのと同じことだ」

＊各大学のゲバ棒さわぎで、ふたたびこの問題が採り上げられているが、明治三十年代からすでに……かとおもう。

ドロップス

中川たち三人の大議論とは別に、小山夫人とお登和はふたたび料理の実際談。

「お登和さん。このごろドロップというお菓子*を売っていますね。あれなんぞも家で出来ましょうか」

「あれは造作もありません。菓子屋でつかう浮粉という粉か、なければコンスタッチを代りに、平たい箱へ詰めて、ドロップスの型を押します」

たとえばギンナンで横に押すと、ギンナンの形が半分出来る、指で押せば指の形が出来る。それをいくつも押しておき、原料は一斤（約六八〇グラム）の白砂糖へ水大サジ四杯加え、弱火で一時間ほど煮る。

「その煮かげんが具合もので、水の中へポタリとたらしてみて、すぐアメのように固まればちょうどよいのです」

火からおろして、果実のシロップなら大サジ二杯くらい、レモンのしぼり汁なら同じくらい加える。もしレモンエッセンスなら小サジ一杯半、シャンパンなど酒類なら大サジ一杯くらい加えてまぜ、前の浮粉の中へちょいちょいと注いでゆくと、一時間くらいで固まってドロップスが出来る。しかし砂糖の煮かげんが悪いと、一月もたたないうちにボロボロになる……こちらの話も、かげん問題。

＊森永製菓の創立者太一郎氏が留学から帰朝して来訪、ドロップを作ってみせて下さったと母がいっていた。チクロ問題などある今、手製も一興であろう。

三十歳の小児

「少し待ちたまえ、人の子供はいくつになるまで家庭教育の必要があるかね」

ついに大原が叫んだ。小山の経世論からひきおこされ、中川の家庭教育論は大発展してゆく。

中川も興に乗じ「それは一々子供の状態によって違いもするが、まずだれにも応用すべき標準は、ぼくの主義からいえば女の子は嫁にゆくまで、男の子は四十歳までだろう」

「なに、四十歳？　してみるとぼくらもまだ家庭教育を受ける身分だ」

「もちろんさ、人の生涯には小児の時代が二度ある。一つは家庭の小児、一つは社会の小児だ。三十歳近くまで学校教育を受けて、それから初めて社会へ出ると、社会の小児になる。家庭の小児も野放しにしておけないと同様に、社会の小児を、野放しにしておくほど不心得なことはあるまい……」

　男の三十歳前後は生涯の運命のわかれる時で、野放しにされても、僥倖《ぎょうこう》にして明るい道へはい出したものは、出世の山へ進めるけれども、暗い道へはいりこんだら、だんだん谷へ落ちる。

「飲食物の不養生はもちろん、精神の不養生も、何の不養生も、ちょうど社会に生まれた小児時代に多い。その時代には、体格も気力も盛んなように見えるから、極端な不養生を自慢するが、それが積り積って、不治の病気を起すのだ」

と説き及んだ中川は
「わが子の四十歳になるまでは、十分の家庭教育をして、*社会の大人に仕上げてやらなければ、親の役目が済まんではないか」

と相も変らず奇矯な一家言。
　＊この時代の親の役目の考え方と現代と、あまり違うので話にならないが、なぜ、かほどまで無責任ブームとなったか、明治は遠い……。

門前の人

中川の言葉は奇矯のようだが、深く人生のことを味わってみると争いがたい事実が存する。客の小山には好い口実を得たとばかり
「四十歳までの家庭教育を取調べるとなったら、大原君が十人あってもまだ足らんよ。いよいよ、お登和さんの洋行が必要なことをおもうね」
「もし、大原君の洋行した後に、お登和が西洋へゆくとなったら、お代さんの方からどんな苦情が出て、大原君が迷惑するかもしれない」
「そうさ、迷惑しないとも限らないが、しかしぼくのことがあるため、お登和さんの洋行を妨げるのも気の毒だね、僕はかまわんよ」
　大原の言に小山夫人が笑い出し
「お登和さんが洋行なされば、お代さんも負けない気になって洋行するというかもしれません。お代さんに西洋まで追いかけられては、大原さんもおこまりでしょうね」
と談笑の声の高まるうちに、ふと耳をそばだてた小山夫人の注意で、窓からのぞいた大原は、お代さんと下女を見つけ
「ぼくはもう帰りましょう。ごちそうさま」と、そこそこに暇を告げ、おそるおそる門を

出ると、門前にいたお代は、今日はそっとそばにより「満さん、あんまり遅いから心配して迎いに来たのよ」

とうちしおれていう。

大原も少し哀れを催し「つい話が長くなっておそくなりました」とやさしく答えた。四、五日うちに立つときいたお代は、自分も父親に頼んで、西洋へやってもらうことにした、と告げる。

大原はおどろいて、それは大変と、いろいろ言葉を尽し、あなたは小山さんの家で一生懸命勉強してらっしゃい、三年たてば帰る、と止める。

白い菓子

数日の後、食道楽会の第一回は、大原満の送別会を兼ね、広海子爵の家で開かれた。定刻の午後一時には、来会者がみな集り、遅刻した者は一人もない。妻や娘をつれた老人たちは、多く家庭教育会の会員である。

中庭では、料理人がしきりに料理にかかり、スープを煮るもの、魚の肉を裏ごしにするもの、菓子を焼くものとさまざまで、来会者はその前に多く寄り、熱心に見ている。世話役の中川は老夫人の問いに答えて、

「いま焼いておりますのはレデーケーキ、すなわち貴婦人のお菓子と申すので、西洋では、婚礼の時や祝いごとの日につくります。あれは、コンスタッチ、すなわちトウモロコシの粉が入りますから、味が軽くってたいそう上品です」

こしらえ方は妹に説明させましょう、とお登和を呼ぶ。お登和は「カステラなど西洋菓子がお出来になれば、素人に出来ないことはありませんが、こしらえかげんがめんどうで、幾度も試してごらんになりませんと、なかなかよい味になりません」

材料の品々をもってきて、まず大鉢へバター大サジ五杯、上等の砂糖大サジ五杯入れ、玉子まわしかシャモジで、よくアワ立てるように根気よく練っていると、まっ白になってくる。別にメリケン粉大サジ十二杯、コンスタッチ大サジ六杯、焼粉大サジ八分目を混ぜ合せ、ふるって、香料かナツメッグの粉少し加えたものを、前のバターの中へ少しずつ練りこみ、牛乳一合ほど少しずつ注して、ほんのだますようにといてゆく。幾度にも粉と牛乳をさし、別に卵白四つ分を本式にアワ立て、少しずつメリケン粉をふりかけながら、その中へ三、四度くらいに混ぜ、ブリキの菓子型へ移して、天火で一時間焼く。*

「火の加減は強くも弱くもない。ちょうどカステラの通りですが、よく出来ますと、軽くってやわらかで、何ともいえない上品な味になります」

＊前にも述べたが、バターと牛乳を入れるとき力を入れて混ぜると、粘りが出てお菓子が重くなる。カステラと同じ要領で、さらりと混ぜること。不出来の時はモチモチして歯へつ

く。

花飾り

座敷の広間には長い食卓に清らかな布をかけ、卓上の器物はいうまでもないが、花ビンに挿した美しい花が人の眼を悦ばせる。

年若い紳士……これも英気ぼつぼつとして、われこそは姫君の選に預かろうとする一人だろうが……金ブチの眼鏡を眼の上ならぬ鼻の上のあたりに載せながら、眼鏡越しに座敷の隅々まで眺めまわし

「おい中川君、君は平生何でも実用主義を唱えて、風流は国の害だとか、美文は教育の妨げだとか、しきりにわれわれを攻撃されるが、この卓上に花を飾ってあるのは何のわけだね。この花もつまんで食べるという実用主義か、それとも卓上の装飾か」

と、言葉に角を立てて詰問するのは、同じ学校の出身者でつむじ曲りの人であろう。中川は微笑をふくみ

「むろん装飾のためだ、しかし無用の装飾ではない。実用の装飾だ。会食の人の眼を悦ばせるため、花が飾ってあるのさ」

「よろしい。それならば、風流も人の心を悦ばしめるため、美文も人の心を悦ばしめるた

めだから、それを無用とはどういうわけか」

と責められ、中川も今は黙ってはいられず
「ぼくは風流と美文を無用とはいわぬ。似非風流は亡国の基、似非美文は子弟教育の害になるという。しかし、それは今ここで説明する場合でない。君などは食物を舌でばかり味わう、と思うから間違っている。食物の味を心に感ずるのは、眼と鼻と舌との三つである」

どんなに味のよいごちそうでも、盛り方が乱雑で、皿が不潔であったら、食べる気がしない。第一に食欲を起させるものは眼の働きだ。次は鼻で、香ばしい匂いが鼻を掠《かす》めるからこそ、一段と食欲が出る。その後はじめて口へ入れて、舌で味わうという順序である。

「それほど眼の働きは大切だから、食卓の上へ花の飾りをする。食卓ばかりではない、大隈伯爵家などは有名な花壇室内に食卓を設け*西洋人を饗応《きょうおう》されることがある。客は日本一のごちそうと悦ぶそうだが、冬の寒い日に百花らんまんたる温室内で、天下の珍味をごちそうになったら愉快だろう。食卓へ花を飾るのに何の不思議があるね」

おだやかに答えられて若紳士はしばらく黙った。
＊初めの和綴じの『食道楽』の口絵に、この美しい絵が載っていた。明治の鹿鳴館時代を偲ばせる。

シルバーケーキ

中庭に設けられた仮の料理場には、来客が多く集って熱心に見物しているが、菓子職人の前では、老婦人に問われたお登和がレデーケーキの説明役。子爵の姫君玉江嬢も側へよって
「ほかに、まだコンスタッチでこしらえるお菓子がございましょうか」
「そうですね、シルバーケーキ、すなわち銀のお菓子と申すのは、バター大サジ一杯半にお砂糖三杯を今のように練って、メリケン粉五杯にコンスタッチ一杯と、焼粉を小サジ半分入れてレモンかバニラを少し加え、玉子の白身を三つアワ立てて入れます。それで四十分くらい焼きますが、レデーケーキに似ています」
と語るそばから前の老婦人
「どうも、西洋料理は玉子が要りますね」
この苦情は多く聞くところ。中川が出て「いかにも、西洋料理は玉子を多く使います。玉子一つは牛乳一合に劣らぬほどの滋養物ですから、玉子の使い高によって国の文明が解る、と申すくらいです。統計表によると日本人は一年に一人十三個、米国人は百二十ほど、フランスのパリでは、実に二百五十個も使います。* 一つは、外国で家庭の養鶏ということ

が盛んなためです」

パリで年中使う玉子の半分以上は、家庭のニワトリが産んだもの、英国でも前のビクトリア女王が、みずから宮中に養鶏所を設けられ、奨励されたので盛んになった。現に横浜でも築地辺でも、外国人はたくさんニワトリを飼っている。

「経済上の利益や、新しい玉子が得られるばかりでなく、子供に動物学上の知識と愛情を与え、また廃物の利用にもなり、家庭の養鶏はいろいろな得があります」

「けれど、ニワトリを飼うのには、広い地所がなければできませんね」

「それが、ごく狭い場で飼うことが進んで、家庭の養鶏が盛んになりました」

一坪すなわち一間（約二メートル）四方あれば、五羽のニワトリが飼え、人一人分の廃物で一羽の食料に足りる。大体一羽が年に二百個以上産卵するから、オス一羽メス四羽として、年に八百の玉子がとれる。平均一日に二つ半くらいの割になる。

「もし肉用ニワトリを飼えば、いつでも食用になりますし、去勢術を習ってケーポンもできますし、羽を溜めて羽布団にもなります。……ではあちらでニワトリの料理を見ましょう」

＊昭和四十四年夏、パリの街で、その店の名物オムレツ料理を食べたら、おいしかった。日本人の玉子の消費量は明治三十年代よりは増えている。ただし一日に、一人三個以上は多過ぎるようだ。

鶏の割きかた

一人の料理人が、ニワトリを俎板にのせて肉を割《さ》きはじめた。老紳士の問いに中川は

「アスペーキゼリーという料理ですが、皆さん、ニワトリの割き方をごらん下さい。いま三百匁（五〇〇グラム）ほどのオンドリを、あお向けに置きました」

庖丁で背の方の首の皮をタテに切り、中へ指を入れてニワトリの前胃をぬき出した。スルスルと楽に出たのは、つぶす前二十四時間食物を与えないで胃を空にしたためだ。次に肛門の処を切って腹の中の臓腑《ぞうふ》を残らずぬき出した。長いのが俗に百ヒロとよぶ腸、赤黒いのが肝臓についている薄黒い小さいものが胆嚢《たんのう》、大きい固いのが後胃、俗にいうスナブクロ、と指しながら

「ご注意願いたいのは肝臓の大きさで、この鶏は無病息災でしたから標準ですが、十羽のうち三、四羽は肝臓肥大を起しています。また病鶏で俗にいうドリ、すなわち肺臓が変色していることもあり、それらは害になります。さあ、これから肉の切り分け方です」

ニワトリをよく洗って俎板へのせた料理人は、左の手にもつフォークでニワトリのからだをおさえ、右手のナイフを腰にあてて軽く腰のつがい目を切り放した。ここで左右のモモをとり、次は鶏の手羽を引き出すようにして肩の骨のチョウツガイで切り放し、胸の肉

ヘタテに庖丁を入れて手の肉をはなす。西洋流は、胸の抱き肉を胴へつけて料理するが、日本流は胸へ庖丁せず、抱き肉も手の方へつける。抱き肉の下にササミがある。西洋料理では牛肉と同様、ヒレという。

ニワトリ一羽が、二つの手と二つの足と胴の、五つに分れた。次にモモ肉の筋抜きで、八本の白筋を抜く。

「これで肉が柔かく食べられます。筋抜きは鶏肉屋《とりや》ではしませんから、硬いのです。ニワトリ料理も家庭でするのに限りますな」

中川の持論が出た。

切売りの肉

中庭の仮の料理場に集った食道楽会の来客が、料理人の手ぎわよくニワトリを割くのを見ながらトリ談義。客の一人が出て

「なるほどおっしゃるとおり、鶏屋で買った肉はどうしても味がありません。肉が硬いばかりでなく、肉に味がありませんな」

中川は

「トリ屋ではたくさんこしらえるので、いちいち親切にできないのです。第一に毛を引く

とき熱湯の中へ入れます。そうすると毛ははがすように抜けますが、味のあるエキス分は出てしまいます。それからトリを水の中へ漬けて置きますから、味は丸でぬけてしまいます。ことにつぶしたばかりのトリを湯や水へ入れると、いっそう味が抜けます。トリ屋の方では味にはかまいません。水へ漬けておくと、自然と肉へ水分をふくんで、量目もふえるし容積も大きくなります。トリ鍋屋の肉が鍋に一杯あると思って火へかけると、急に縮まるのはそのためです。その肉を切売りにする時には、俎板の上へも水を流し庖丁へも水をつけます。一つは切りやすいからですが、それをまた、竹の皮を水でぬらして、その中へ水だらけの肉を入れますから、まるでトリの肉は水漬けを食べるようなものです」

「なるほど分りました。ところで、つぶしたてのトリを湯や水へつけると、いっそう味がぬけるとは……」

「それはあたらしい肉のエキス分が出てしまうからです。肉のまだあたらしいうちは、エキス分が分解作用を受けないから、肉の外にあります。それであたらしい肉は味がないので、牛ならば暑い時で四、五日目、トリならば二、三日目になりますと、エキス分が肉の中に分解されて、味もよく、肉もやわらかくなりますが、あたらしいうちに水へ漬けると、エキス分が肉の中で分解されずに、出てしまいます。

そのかわり、スープをとる時は、なるたけエキス分を水へ出させるのですから、牛でもトリでもあたらしい肉に限ります」

名説明はつづく。
「それに肉の食べごろといっても、料理法で違います。煮るものは一日早く用い、焼くものは一日おそく用います。今ごろ（冬）のトリならば、きのうの朝つぶしたものを今夜食べるなら、煮て、ボイルドにすると適当ですし、あすはロースか、カツレツにするのがよいのです」
客もうなずいて
「してみると、トリの肉の切売りを買うことはムダですな、一羽買ってきて、家でこしらえるに限りますな」

危険な肉

「つぶしてあるのも油断がなりません。悪いトリ屋へゆくと、いろいろ細工物があります。一つは俗にポンコツと申して、痩せた老鶏を殺してから胸の骨をコツコツとたたき砕いて、うつむきにしておくと肩の肉が内へ下ってきて、肥えたトリのように見えます。もう一つは、首のところから口で空気を吹きこみます。ウズラなんぞは多く空気を吹きこんで売っています。ふくれて肥えたようでも、その実は空気でふくれているのです」

といわれ、聞いて驚くばかり。この時まで、中川の言葉に何かスキあれかしと、待って

いた例の若紳士は、さも嘲弄するように

「中川君、トリのノドから空気を吹きこんで、一時は空気枕のようにふくれても、口をはなせば再び空気はシューと出てしまうだろう。それを防ぐには、空気を吹きこんだトリのノドを糸でしばらねばならんが、まさか糸でしばったトリはあるまい。君の話はワケがわからんよ」

「空気枕とトリの身体とはワケが違う。トリの身体へ空気を強く吹きこむと、筋肉間の薄い膜を破って、小さなスキ間へ入る。その破れた膜は粘着性に富んでいるから、たちまち密着してその空気を減らさない。それからトリの身体を逆さに持っていると、空気は上へ上へと入って筋肉の間にとどまってしまう。一番多く入る処はワキの下か腰のつけ根だから、そこを押えてみるとブクブクとアワが動く。ウズラなど買ったら試験してみたまえ」

　この説明を聞いて感心した他の客が、まだ他にそんなしかけ*があるかと問う。老鶏のツメを切って若鶏に見せたり、病鶏を殺して売ったり、はなはだしいのは、ある地方で出来た鶏肉の缶詰は、鶏のコレラにかかったのが多かった、など話は尽きぬ。

＊一九七六年の今と一九〇〇年の初めとの比較も、ちょっとおもしろいではないか。

鶏の米料理

老婦人は
「中川さん、トリの肉をおいしく食べる西洋料理を、一つ二つ教えて下さいませんか」

「トリの料理はたくさんありますが、ちょいと手軽に出来て日本人の口に合うのは、ゲルマン風のボイルドチキンライスです」

トリ一羽または大きいトリならモモだけ使う。なるべく若鶏で肉のやわらかい、つぶしてから一昼夜半過ぎたのがいい。その肉を水から鍋へ入れ、塩少し加え、弱火で一時間以上茹でる。最初にその中へ、丸のままの玉ネギを人数だけ入れて茹でると、玉ネギがおいしくなる。トリ肉を一度出し、その茹で汁で、お米を、固いお粥の程度になるまで煮る。

「スープの味と塩気がしみて、どんなにおいしくなりましょう」

そのお粥をお皿へ盛り、トリ肉を上へおき、玉ネギを添えて出すが、その上から白ソースをかける。

白ソースはバター大サジ一杯でメリケン粉一杯を炒め、牛乳一合を少しずつ注いでよく練って、塩胡椒で味をつける。

「この料理は洋食ぎらいの人にでもよろこばれますし、ことに病人に食べさせるとごくよろしゅうございます。西洋人は少しお腹のぐあいが悪いとか風邪でもひくと、これか、またはチキンブロー*を食べます。ごく手軽ですから、皆さんもお試しになってください」

料理人のトリのごちそうも、この時とばかり腕をふるって作られている。

＊病人の食物が原本〔報知社版〕の附録につけてあるが、なつかしがるご老人に時おり出あう。チキンブローは、ヒナドリ（三〇〇匁位）を骨ごと細かく切り、大サジ二杯の米と五合（九〇〇cc）の水で、塩小サジ一杯加え弱火で三時間以上煮込む。

アスペーキゼリー

「あの料理人のこしらえているのは、何というお料理ですか」

客に問われた中川は

「あれはアスペーキゼリーといって、なかなかめんどうなお料理です。ニワトリのササミを、いったん肉挽器でひいて、石ウスでついてよく筋をとってから、いま裏ごしにかけています」

その肉百匁（三七五グラム）に対し、卵黄一つとセリー酒大サジ二杯、クリーム大サジ三杯を加え、塩胡椒で味をつけ杓子でよく練る。それをブリキ型へ入れ、弱火で一時間湯煎にして蒸す。蒸せたかどうかを知るには、小ヨウジなどを真中へ通してみて、何もつかなければよし、生々しい処がついてくれば、またしばらく蒸す。

「それだけでも立派なごちそうですが、今日のは別にゼリーを添えます」

ゼリーは牛のスープ一合、セリー酒大サジ一杯、ウスタソース中サジ一杯、ぬらしたゼラチン五枚を合せ、塩胡椒で味をつけ、卵白一つを殻とも割り込み、よく皆かきまぜて火へかける。後に殻をとり出す。

「玉子はアクをとるためですから、つめたい処へ入れます。玉子でアクをとる時には、いつでもいったんさまして玉子を入れ、また火へかけます」

と、ていねいな説明。

それを少し煮てブリキ型へ入れ、冷やして固めるとゼリーが出来あがる。

「ゼリーは小さくヒョウシ木に切って、トリのカマボコのようなものへ添えて出します」

「さぞおいしゅうございましょう。他の料理人もニワトリをこしらえていますが、あれは何で？」

「あれはシューカナベールと申して、塩湯煮にしたトリ肉を細かく切って、固い白ソースでマッシュルームやハムの刻んだのといっしょに和え、それをトーストパンへカマボコ形に塗って、メリケン粉へころがし玉子の黄身へくるんで、パン粉をつけてバターでフライするのです」

実物について説明していると、来会者の一人が進み出て

「中川さん、トリ料理のついでに伺いますが、私は銃猟道楽*で毎度獲物を持って帰りましても、料理に困ります。野締め物の料理も少し教えて下さいませんか」

＊父弦斎も若いころは猟をしたが、ハトを撃ったときその番《つが》いの残りの一羽がもとの枝に戻り、逃げ去らなかったのにあわれを覚え、ピタリと止めたと語ってくれた。

鳥の食べごろ

銃猟道楽は天下に多い。中川はこころよく

「よくお気がつかれました。世間の人は何でも新しい肉がいいと思って、今日撃った獲物を、その日に料理することがありますけれども、あれでは肉の味がなくてごちそうになりません。鳥でも獣でも何でも、肉類には食べごろということがあります。新し過ぎてもならず、古すぎてもならず、ちょうど身体じゅうのエキス分が肉の中に分解されて、肉に味が満ちた時が食べごろですが、種類によって少しずつ違います」

小鳥類の中で田シギ*、ヒバリ、クイナ、ヒヨ、ヒワ、ムクドリ、ツグミ、スズメなぞは、つぶしてから中一日置いて三日目、ウズラ、ヤマシギ、カケスなぞは四日目、カモ、小ガモ、山バト、ウサギ、サギ、ゴイサギ、オシドリなぞは五日目か六日目を食べごろとする。

「その中でハトは腐敗のおそい鳥ですから、七、八日目になっても構いません」

キジ、ヤマドリ、ガンは七日目か八日目、シカ、猪、クマ、サル、白鳥、七面鳥は八日目以上が食べごろ。

「もっともこれは東京の冬の気候で申しますから、暖国ではそれより短く、寒国では長くしなければなりません」

と聞いて猟天狗先生
「なかなかめんどうですな。カモなぞの食べころがキジ、山鳥よりも早いのはどういうわけですか」

「すべて木の実や穀類を食物とする動物は、肉の腐り方がおそい方です。魚類を食べる鳥は肉が早く腐ります。その違いのほかに、カモやガンのような水禽《すいきん》は、山にいる鳥よりも、胃の中へ入って肉の消化が悪いものですから、料理する時はその心持ちで、消化のよいようにしなければなりません」

「しかし物によっては五日も六日も置くと腐ってきて困りますね」

「腐るようにして置いてはいけません。涼しい高い処へつるして置くに限ります。俗言に、死んだカモ二三軒飛ぶ歳の暮かな、というように、歳の暮になるとカモやガンを籠詰にして進物にいたします。もらった人がそのまま置いて、またよそへ転送したようなものは、食べごろにならないうちから、もう肉が腐ってきます。あんな心ないことはありません」

　鳥の肉はつぶした時がやわらかで、一両日過ぎると脂肪が固まるから腹の辺が固くなる。

それを過ぎるとまたゆるんできて、その次は腐敗という順序である。またつるしてある鳥は、足の方から先へいたんでくるから、早いうちなら、胸のだき肉とササ身だけは食べられるが、下に置いたのは腐りがすぐ肉の中へ通って、まるで食べられない。何の鳥でも、背中へ腐りがまわって、皮に青い色を帯びてきたら、決して食べるものではない。

「ぜんたい、腐りやすい食物を進物にするのは、衛生に無とんちゃくな証拠ですな」

中川は、そのような不心得を改良するのも、この食道楽会の使命と、言葉に力がこもる。

＊ここに挙げられている鳥類には、今は禁鳥が多い。かつ獲物どころか、明治のそのころに比べると野鳥はすべて減っていてさびしい。明治の日本には、どんなに野鳥が多かったか、モースの『日本その日その日』などに委しい。その頃をしのばれるし、料理心得の一つとして並べたが、野鳥料理、ことにカスミ網は根絶したいと思う。銃猟もよりきびしく禁じたい時点になっている。

小鳥料理

猟天狗先生は、中川から食べ頃の説明をきき

「なるほど研究してみるとおもしろいものですな。その小鳥の焼きかげんが、むずかしいときいていましたが、鳥によってちがいますか」

「鳥ばかりではありません。肉類はいちいち違います。大きくわけると三通りあって、スズメ、ムクドリ、ヒバリ、タシギ、ヤマシギ、ヤマバト、カモ、コガモ、ガンや牛、羊なぞは、あまり焼きすぎないほうが、いいとしてあります。ウズラとシカと猪は焼きすぎてもならず、焼き足りなくてもいけず、ちょうどよく火が通らなければいけません。キジ、ヤマドリ、ウサギ、サギ、クマ、サル、七面鳥、ニワトリ、犢などは、焼け過ぎたほうがいいので、なま焼を非常にきらいます」

「むずかしいものですね。小鳥の中では何が一番おいしいでしょう」

「西洋ではヒバリ*を小鳥の王といって、ヒバリのパイはたいそうなごちそうに数えられますが、ヒバリでもウズラでも、場所と季節で味が違います。まずヒバリにウズラ、それからシギなどがおいしいほうでしょう」

「料理法はたくさんありましょうね」

「それこそ幾十種と数えつくされないほどあります。ごく手軽にすれば、塩胡椒をふってバターで十分間くらいもフライして、パンへのせて出しますし、時には背開きして塩胡椒をふり、金網の上でバターを塗りながら十分間焼いてグレーにもします」

しかし野鳥類の料理は、サルミーといって、ソースで煮込んだのがおいしい。ウズラ、シギ、キジ、ヤマドリの類を胸の肉ばかり別にとっておき、残った肉や骨をよくたたく。それをバターでよく炒め、玉ネギ、人参、セロリーなどの細かく刻んだのをまぜて炒め、キツネ色になったところへ、コンスタッチを少し入れ、中のものが皆焦げるくらいに炒める。つまりブラウンソースを作る。バターやコンスタッチは、その分量で見はからって、次にセリー酒大サジ一杯にスープ一合の割でさし、トマトソース大サジ一杯入れ、塩胡椒で味をととのえ一時間半煮る。

このソースを裏ごしにし、前の鳥の肉を入れ一時間も煮れば、ごく手軽なサルミーになる。上等にするには、鳥の肉も別にセリー酒大サジ三杯、スープ大サジ三杯、バター大サジ一杯に塩胡椒で味をつけ、弱火で三十分煮る。

この汁を前のソースにまぜ、また弱火で鳥を三十分煮る。一層上等にすると、ブドウ酒を入れ、ソースを二度もこして鳥を煮る。

「なかなかめんどうな料理ですな」

＊うららに照れる春日にひばり揚がり心たのしもと……万葉の頃から親しまれたヒバリも、この頃は減って惜しまれている。これは七十年前の話として聞き、今は獲ってほしくない。私たちはかすみ網反対の運動をしている。

猪やシカの料理

セリー酒を入れたり、ブドウ酒を入れたり、キジ一羽の料理も高くなるという猟天狗に

中川は
「あなたがたが、上等の二連銃を携えて汽車に乗って、遠い所へキジうちにお出掛けになる費用はずいぶんかかりましょう。少なくとも一羽のキジをうつのに、五円や十円はかかりましょう。それを料理するために、十銭二十銭を高いとおっしゃるのですか。捕る時は自分一人の楽しみ、食べる時は、家内だんらん一家一族へのごちそうになります」
猟天狗は頭をかき
「そういわれると一言もありませんが、われわれはうつまでが楽しみで、うってしまえばもう食べないでいいくらいです。ところで、ぼくは猪猟にも行きますが、猪にも酒を使いますか」
「猪の肉は、ロースにする前に、ブランデーへ一両日も漬けておいて、バターをのせて焼いて、焼き上ったときシャンペンをかけます」
上等のごちそうにするには、ブランデー大サジ二杯へセロリー、人参、玉ネギとセージとルリーとタイムを入れ、西洋酢とセリー酒を五勺（九〇cc）ずつ、赤ブドウ酒一合を加え、その中へ猪の上肉三斤（一八〇〇グラム）を漬けて一夜おく。翌日その肉を出し、弱い火でジリジリと三時間もフライにする。
「素人にはめんどうですから、一度フライしてから前の汁で一時間ほど煮こんでもようございます。また豚のように、いったん茹でておいて角煮とか、ソボロとか、シナ風の料理にしてもけっこうです。猪の新しい生肉を、そのまま鍋へ入れて、煮たり焼いたりするのは実に乱暴千万です。それに猪は、背中のロースかイチボでないとおいしくありませんな」

「ところでシカはどういう料理にします？」

「西洋料理にすれば猪の通りで、今の料理のほか、グレーにでもロースにでもチャップにでもビフテキのようにでもいろいろします。日本料理では、シカ煮*といって、猪やシカへ味噌を入れて煮ますが、あれもけっこうです」

「クマの肉は何の料理がいいでしょう」

「クマは、ビフテキとカツレツがよいようです」

「そんな野獣類には、何かつけあわせ物がきまっていますか」

「はい、猪、シカ、クマ、ウサギ、サルなぞの肉へはカレンズソースをかけますし、ガン、カモ、七面鳥などにはクラムベルソースやリンゴソースをかけ、キジ、山鳥へは野菜のソースをかけます。つまり衛生上の配合で、果物か野菜を用います」

中川の話には、いつも衛生上の原則がある。

＊味噌を入れて煮るのは、猪、シカのみならず、クマでもウサギでも野獣にはどれも向く。臭味を消す。また、猪には必ず大根を使う。時季としては十一月から二月中、『食道楽』原本で「冬の巻」の料理としてある。

果物のソース

衛生上の原則に適わなければ、文明の料理とはいえぬ、との説に感心し、今まで鳥獣をうつことばかり知って食べることを知らなかった猟天狗先生……。

「そのソースのこしらえ方はめんどうですか」

「いいえ、めんどうではありません。リンゴ*ならば水と砂糖で煮て、それを汁ともに裏ごしにしてかけると、味も出ますし、消化を助けます」

クラムベルやヤマモモのような実、生まならば同じく砂糖と煮てセリー酒を少し加え、カレンズはゼリーになった缶詰一つに、セリー酒五勺をかけ、裏ごしとし塩少し加える……。

長話の間に食道楽会の食卓も、だんだん整ってきたらしく、来賓たちが三々五々、中庭の料理場見学をすませ、座敷へ入ってゆく。

＊リンゴは皮ごと刻んで煮たほうがおいしい。農薬の心配さえなければ皮ごと使いたい。またクロマメノキ、俗にいう浅間ブドウ、山ブドウ、木イチゴ、その他それぞれの風味がたのしめる。幼いころキジを焼くと、必ずリンゴのソースを添えた想い出が、なつかしい。

ウサギのシチュー

猟天狗先生はなおも中川を離さず
「鳥や獣を煮る料理は色々ありますか」

「はい、種類によって煮ることもあります。煮るといっても、シチューにするのと、ボイルドにするのとは、料理法が違いまして、ボイルドはごく無造作ですけれども、ガンやカモのようなものは用いません。同じウサギでも、山ウサギはシチューがよく、地ウサギはボイルドがよい、としたものです」

ボイルドにするものは、シカ、猪、キジ、ヤマドリ、ウズラ、サル、地ウサギぐらい、水へ塩を加え、玉ネギ、人参と適宜に切った肉を入れ一時間以上煮る。別に牛か鳥のスープでご飯をたいた上にのせ、白ソースかトマトソースをかける。

シチューは、小鳥類、水禽、獣、何の肉にもかなう。手軽にするとまずバターでジリジリ炒め、いったんそれを出し、フライパンにバターを入れメリケン粉を黒くなるほど炒め、牛か鳥のスープをさし、塩胡椒の味をつけるとブラウンソースとなる。これを深鍋にうつし、前の肉を入れ一時間余弱火で煮込む。*

「西洋料理の一名物といわれるウサギのシチューなどは、前の日からかかります」

まずウサギの皮をていねいにはいで、毛を肉につけないようにし、一寸（三センチ）角位に切る。赤ブドウ酒一合へ西洋酢五勺（九〇cc）加え、玉ネギ、人参、セロリー、セイジ、タイムなど入れた中へ、ウサギの肉を一昼夜漬けておく。翌日は肉の水気をきりバターで黒く焦げるほど炒め、その肉を出す。フライパンにバターを足してメリケン粉を黒くなるまで炒め、スープ一合と赤ブドウ酒一合を注《さ》し、塩胡椒味をつけ、別鍋にうつす。その中へウサギの肉を入れ、別にバターでフライした玉ネギ五つ六つと、皮をむいてフライしたカブ五つ六つ加え、一時間余も弱火で煮こむ。

「小カブはウサギに合いものです。もっと上等で、西洋人が珍重するのは、血のソースで煮たウサギで、ウサギを切る時大切に、心臓のそばの血をしぼりとります。日数のたったのはかたまっていますが、一羽のウサギから五勺くらい出ます。それを今の汁へまぜて煮込みます」

その次はウサギのボイルドで水一升（一八〇〇cc）に玉胡椒十粒、ルリーの葉二枚、玉ネギ八つ、人参八つ入れ、塩胡椒味でウサギ一羽の肉を一時間余弱火で煮る。よく煮えたら肉を出し、別にバター大サジ一杯でメリケン粉大サジ一杯を炒め、牛乳一合、塩胡椒と西洋酢大サジ一杯とケッパスという酸い実を少し加えたソースをかけ、いっしょに煮た玉ネギ、人参は付合せとする。

「こうするとウサギの匂いがいたしません。すべてシチューやボイルド料理は今日煮て、翌日食べる方が良くなります」
「ずいぶんたいそうなごちそうですな」
＊さきごろ牛肉にウサギ肉をまぜて売るのがやかましくさわがれたが、ウサギ肉は淡白で料理もいろいろ出来るのだから、はっきりウサギ肉の自信をもってほしいと思う。人参を刻み合わせた、日本風の炊きこみ飯もおいしい。

キジのロース

中川は
「それも銃猟に行って、ウサギ一羽をうつ費用から比べたら、なんでもありますまい」と長談義もひと区切り。他の客が進みでて
「私共は郷里から毎年キジをたくさんもらいますが、らくに手軽な料理がありましょうか」
「そうですね、だれにでも手軽に出来て、割合に味のいいのは、アイルシチューでしょう」
キジばかりでなく、ガンやカモ以外なら何の鳥でもいいが、まずキジならば前に述べたニワトリのように五つにさばき、背中のところをまた二つに切ると六つになる。鍋へ入れ、

玉ネギ六つ、ジャガイモ十ほど加え、牛か鶏のスープ四合（七二〇cc）または白湯をさし、塩を加え、弱火で一時間半煮る。次にジャガイモを五つとり出し、裏ごしにして前の汁へまぜ、ドロドロにする。

「これがアイルシチューで、つまりジャガイモのソースです。ほかにフルカセーという、フライした肉を白ソースで煮る料理は、鳥や獣ばかりでなく、鯛でもヒラメでも白い身の魚ならみんな結構です」

　フルカセーは、まず肉をいったんバターで焦げないように揚げ、それを出した鍋にバターを足しメリケン粉をあまり黒くならぬように炒め、牛乳をさし、塩胡椒で味をつけた白ソースをつくり、フライした肉を入れ、一時間あまり煮る。ていねいにするには、煮えた時に肉を出し、ソース一合へ玉子の黄身二つの割でまぜ、裏ごしにして肉へかける。

「もういっそう上等にすると、鳥肉をフライしてからセリー酒を大サジ三杯加え、三十分煮るビシャネールという料理もあり、これは白ソースに牛乳をさし、西洋松露やフランス豆など加えて煮たものをかけます」

　猟天狗先生は再び出て
「ぼくがキジをうちにゆくと、一羽十円以上かかりますから、上等の料理にしてみましょう。キジを一番おいしく食べる料理は何ですか」

「まずロースが一番でしょう。ロースやビフテキというと、だれにも楽に出来るようですけれども、かえってめんどうな料理よりむつかしいので、よほど食べごろを知らねばなりません」

キジならつぶしてから六日目にはボイルド、ロースにはその翌日くらいと、肉のゆるませかげんが大切である。丸のまま一羽の肉の上へバターをのせ、天火の強い火で焼きながら、五分ごとにひき出して汁をかけ、五十分間焼く。ストーブなら四十分間ぐらい。

上等には豚の脂身を三分（一センチ）の厚さに切ってのせるか、はさみこんで焼く。出た汁をよくかけるのが大切で、怠ると表面が乾いて固くなる。

焼けたらセリー酒をかけ、バターをのせ、も一度五分間ばかり焼くと、上等なロースとなる。

「キジには玉ネギソース*が合いものです。またパリパリするほどにバターで炒りつけた荒いパン屑《くず》を敷いて出し、いっしょに食べると味がよくなります。なお手数をかけ、ぜいたくをすれば、パイにも、パテーにも、オロアンにも、ゲムパイにも、テンバロデにもなります」

中川の料理談のうちに、食道楽会の食卓もととのってきた。

＊玉ネギ一つ細かく切り、牛乳一合へ入れ、塩胡椒とバター中サジ一杯とを加え、パン四半斤の中身ばかりを手で砕いてまぜ、三十分煮る。別の器へ入れて出す。

食医

食道楽会の来賓は、中川の説明を聞きながら中庭の料理場で、実地見学してそれぞれに会得し、これこそ食道楽会の賜物とよろこびあった。程なく晩餐の用意も整ったので、主人の広海子爵が開会のことばを述べ、まず食道楽会の由来と、将来の希望とを告げ……

「さて皆さん、今も申したとおり全国各地に食道楽会が興って、食物問題の研究が盛んになれば、わが国の人はどれほどの利益を享《う》けるか知れません。わが国の事物は追いおい文明に向うと申しながら食物問題は今まで一向進歩しません。料理の点においては、シナ人にさえ一歩を譲らねばならぬくらいです。シナ人が昔から料理のことを大切にした証拠は、周の世に食医疾医というものがあって、食医の官は疾医の上におりました……」

食医は毎日の食物を研究する医者で、たいそう尊敬されたらしい。なるほど人間は滅多に病気にはかからない。しかし食物は一日もなくてはならず、毎日食物の影響を身体に受けているから、疾医より食医が貴ばれたのは当然だ。食医が進歩したら、たいがいの病気は未然に防ぐことができるであろう。* 疾医がだんだんヒマになって、食医が繁盛するようにならねばいけない。

「遠い昔のシナですらそのとおり。西洋でもちかごろは薬物療法より食物療法に重きをおいて、すでに食物療法専門の病院も出来ているそうです」とドイツのベーリング氏が、九月（明治三十六年）の万有学会で結核病の発生に関する研究報告をしたが、その素因は乳児の乳汁にあるといい、牛乳のみで育てる地方の小児死亡数は、母乳のみで育てる地方より五十倍多い、と挙げてあると引例した。

「牛乳ばかりではありません。何の病気も多くは口から入ります。口から入ってのち、病気になってさわぐよりは、口へ入れない前に、食物で予防するほうが確かでしょう」

わが国は食医という者はないから、自分たちで食物問題を研究して、衛生法にかなう食物を調理せねばなるまい。

「もう一つ、古人に対して恥ずべきことがあります。以前は、客に料理屋の物を出すと、今日は家内不手まわりで、よんどころなく他へ料理を申しつけました。お気味がお悪うございましょうけれども、と断ったものです。しかるに今は、手料理でございますからお口に合いますまい、と断わる、まるで反対です」

手料理こそ、客に対する大きな心づくしであろう。将来はだれでも食物を研究して、手料理を客に出すような習慣にしたい。** しきりに、食物研究の、人生に必要なことを説いた。

＊水俣病やイタイイタイ病など公害さわぎの今日、七十余年前のこの食医の説が実現していたらと考えさせられる。最近はよく食医を説く人があるが、今更にわが父の先見の明をおもう。

＊＊海外旅行ブームだが、現在でもあちらで客への最上の好遇は、自宅のごちそうということを再認識してほしい。

日本でこの習慣が失われたのは、明治以後の東京が、田舎出身者につくられたからとの説もある。

料理入費

広海子爵は言葉をついで「そこで今日の料理について一言申上げなければなりません。今日の会費は二円ですが、その二円をすべて料理の材料に向けて、メニューすなわち献立表をつくりました。第一がマルボントースといって牛の髄《ずい》の料理、第二がフランス豆のスープ、第三がヒラメのパンデポーソンといってカマボコのようなもの、第四がポーレシューカナベールと申してとり肉料理、第五がヒレビーフゴーダンといって牛肉のロース、第六がアスペーキゼリーといって鶏の寄物、第七がポンチシャンパンと申して酒を固めたもの、第八がアスパラガスのクリームソース、第九が七面鳥のロース、第十がサラダロアイヤル、第十一がカビネットプデン、第十二がアイスクリームと、お菓子がレデーケーキにデザートの水菓子とコーヒー、それに卓上の花飾りまで加えて、一人前一円八十九銭で出来ました。残りの十一銭を炭代にまわしても二円でこれだけのごちそうが出来ます。もし料理屋へご注文になったら、一人前五、六円払っても、これほど親切なお料理は出来ないかも知れません」

ここに原料買入れのくわしい帳簿がある。お望みの方はごらん下さい。もっとも料理人の手当は別だが、原料は案外に安いものではないか。年の暮れの忘年会、春の新年宴会、さては海外へ出る人の送別会などと称し、料理屋の二階で酒を飲み、芸者を揚げ、狂歌乱舞、野蛮人の状態をしてテンとしてはじないものがたくさんあるが、食道楽会を開く方がどんなにいいか。

「一つには食物の研究となり、一つには家族的の交際の場となる。現に今日も私たちの心持ちでは、大原満君の送別会をかねております。私は大原君の健在を祈るとともに、大原君が家庭教育取調べの任を了って、ご帰国なさるころは、わが国でも野蛮的の飲酒会など跡をたって、今日のような清潔なる食道楽会が、全国各地に興ることを希望いたします」

骨の髄

開会の辞が終って、みな席についたとき、もっともよろこび顔なのは先に中川と争った近視眼の若紳士、右隣に当家の姫君玉江嬢がいる。今日こそ西洋風の交際法にならい、婦人のために世話をして、運よくば姫君の選びに預かろうと、ひそかに機会を待っている。

第一に出てきたのは、皿に盛ったマルボントース、若紳士は頼まれもせぬに塩壺を取り

「さあ玉江さん、塩はいかがです。薬味もとってさしあげましょうか。おい中川君、薬味ツボが出てない、ウスタソースも見えないね」

中川は笑って

「いやこういうごちそうに、そんなものは出さないよ」

玉江嬢もよけいなお世話といわぬばかり

「塩味もちょうどよくなっております」

小山夫人はお登和に料理の説明をきく。

「このマルボントース（marrow）は、スープをこしらえるときその中へ牛の脛の骨を人数だけ入れて一時間煮て出します。その髄を箸でつき出して塩胡椒を加え、トースパンへのせたものです。時には、骨ごとフキンへ包んでお客に出すこともあります」

小山夫人は

「柔かでけっこうですね。私はスープがいちばん先に出るものと思いましたが、スープの前にこういうものが出ますかね……」

西洋風のカマボコ

食道楽会献立の二番目は、フランス豆のスープが出た。小山夫人に説明しながら、お登和は「こんどはお魚のパンデポーソンがまいりました。まあ西洋風のカマボコかハンペンのようなもので、ヒラメの身二百匁（七五〇グラム）で十五人前になりますが、魚の身をすって裏ごしにして、バター大サジ一杯、玉子の黄身一つと、塩胡椒を入れてよくねります。それへ牛乳五勺（九〇cc）、クリーム五勺を西洋松露少しとセリー酒を大サジ二杯加え、またよく練って型へ入れます。それを本式にすればテンパンへ湯を入れた中へ置いて、テンピの中で三十五分ほど蒸し焼きにいたします。略式にして、お湯で蒸してもかまいません」

「かけてあるソースは」

「ソースはノルマンデと申して、白ソースの中へ、小エビの茹でたのや西洋キノコや、フランス豆に西洋松露をまぜたものです」

そのつぎは、前に中川の説明した鶏のシューカナベールで、つづいて出たヒレ肉のロースは特別の味がある、と猟天狗先生が絶賞、肉の食べごろの話*がひとしきりはずむ。

例によって中川が、牛肉、豚肉、犢と食べごろの説明から、ヒレの焼き方、また付合せの野菜のフレッシュバターやフレッシュクリームのこしらえ方、はては牛乳の良否、価格に及ぶ長談義のあいだに、めいめいの前の皿は、新しい品とかわった。

新しい品は、アスペーキゼリーの鶏料理、つづいてシャンパンのポンチも、アスパラスへクリームソースをかけたものも出た。白ソースに、フレッシュクリームをまぜてある。

つぎの七面鳥のロースは、前胃に豚と犢の砕いた肉を詰めたのが、一段と味を添えた。つづくサラダロアイヤルは、リンゴとセロリーの細かく切ったものを、上等のマヨネーズソースで和えたもの、アイスクリームはパイナップルの味をふくみ、レデーケーキは、会衆が中庭の料理場で見学した品、外にデザートの干菓子、リンゴや柿の果物、コーヒーはモカの上等と、一品一物、みな食卓の珍品である。

＊ヒレ肉は屠ってから四日目か五日目が食べごろ。どの肉も二、三日以上一週間位おくが、臓物はごく新しいほどよい。スープにとる脛肉も新しいものを使う。冷蔵庫であまり冷やしすぎると肉の味が悪くなる。

琴一曲

食事が終ってしばらく休憩の後、主人の広海子爵は、余興にと姫君の玉江嬢に琴を一曲弾かせた。その妙音情調、みなを恍惚《こうこつ》とさせたが、主人公もまた多年のたしなみとして、観世流の謡曲「羽衣」をうたい出した。

　客の中には、覚えず声に和して手拍子をとる人もある。子爵は元来声じまん、一揚一抑法にかなって、四辺にひびきとおる。漁夫と天人の問答に至って、一段と力をこめて

——この衣を直しなば舞曲をなさでそのままに天にや上り給ふべき

——イヤ疑ひは人間にあり、天に偽《いつわ》りなきものを

と謡いのなかばにハタと声をとどめ

「諸君、わが輩が平生羽衣の曲を愛するのはこの一句にあります。イヤ疑ひは人間にあり、天に偽りなきものを……この句ほど高遠雄大にして、光風霽《せい》月のごときものが、ほかにありましょうか。日本の文学はさておき、世界中の美文をあつめても、この上に出る句はありますまい。これこそ実に世界的の美文で、天下万世に誇るべきものです。人の心はだれもかくありたい。* 大原君が海外へ赴いて、外国人に接する時は、つねにこの句をもって、日本人の精神となし給え……食道楽会の精神もそこにあります。衛生法にかなった食物をもって、身体を養えば、心もおのずから高遠雄大となりましょう。食物はただ、身体を養うばかりでなく、心もまた食物で養われます」**

　興に乗じて、感慨を述べる。客の一人が進みでて「いかにもお説のとおり、われわれの食道楽会は、単に人の口腹をよろこばせるためではなく、これによって、人の脳髄精神をも高潔正大にする会合です。ところで、食物が身体の中に消化吸収されなければ、脳髄も

養分をとることができません。消化吸収という問題を、どういうふうに心がけたらいいか、中川君のご説明を伺いたい」

また中川に話を向けた。

＊この句は父が大変に好んでいたもの。饗宴に琴を弾くのは、鎌倉時代の土佐光長筆〝餓鬼草紙〟にも平安貴族の宴の図がある。

＊＊食物の精神に及ぼす力を信じる父の思索と研究は、ずっと続けられ、「食生活から見た世界歴史」をと念願していたが、果さずに長逝した。

程と加減

中川はふたたび例の長広舌をふるいはじめ

「おたずねがなくとも、私は一度諸君に、食道楽会の本領、すなわち食物問題の、大眼目となるべき心得を、お話ししたいと考えていました。いちいち説明しては際限がありませんが、ただ一つ、すべてに応用のできる心得は、程と加減を知る、ということです。大食に過ぎてもならず、少食に過ぎてもならず、肉食に偏してもならず、菜食に偏してもならず、何事にも一番大切なのが、程と加減を知ることで、これはコンモンセンス、すなわち常識のある人が、注意して物を考えれば、だれにでも自然とわかります」

この二、三日、腹具合が悪いが、少し肉類を食べすぎたようだとか、あるいは食物はいいが、運動に不足したらしいとか、たいがいは察しがつく。また食物は消化吸収のよいものに限る、といって三度三度柔かいものばかり食べていると、お香物とお茶づけがほしくなる。その時は、そのようなものに欠乏しているのだから、お茶づけでサラサラと胃を洗うと、心持ちもいいし、消化吸収のよくなることもある。といって坐職の人や脳を使う人が、毎日お茶づけを食べると、運動不足のために不消化を起す。いかに食物ばかり気をつけても、戸外運動が不足したら、消化吸収の力もない。

「運動にも程と加減があって、食後すぐに激しい運動をすると、非常に胃をそこないます。また運動が過ぎて疲れると、消化吸収の力は衰えます。昔の人は早飛脚の着いた時は、まずお粥を奨めなければならん、急にご飯を食べさせると死ぬ、と言い伝えています。即ち程と加減が一番大切、と心得ていただきたい」

わかりやすい言葉に、みな感心する様子がシャクにさわったか、例の若紳士「オイ中川君」と挑むように呼びかけた。

心の愉快

若紳士は、何かにつけて中川をやりこめようと

「中川君、君の話はたいそうじょうずだが、八方美人主義でいっこう要領を得ない。程や加減が誰にでも悟られれば、君のお談義を聞くに及ばないが、それを悟るのがむずかしいから困る。それよりも誰にでも実行できるような訓《おし》えとか、もっと実際的の心得を、伺いたいね」と人を嘲弄するような口ぶりだが、中川は少しも驚かず「程や加減では解らんかね、それならば、万人が万人すぐに行える心得をいって聞かせよう。それは外でもない、消化吸収の力は、最も多くの人の精神作用に支配されるから、人はいつでも心を愉快にもっていなければならん、ということだ」

いかに空腹でも、心に心配があっては、食物の味もわからず、食べた物が消化しない。よく昔は食物にとんちゃくしないことを、英雄豪傑の外見《みえ》にした。自分の頭にはもっと大きな問題がある、といわぬばかりに、食物問題を軽蔑した。しかし食物の味が解らぬような英傑は、自分の身を大切にすることを知らないから、けっして大事業を成し遂げられない。食物に対した時は食物の味を楽しめる人が、しゃくしゃくたる余裕もあって、真の英雄豪傑だろう。

「だれでも、食事のときは外のことに心を向けずに食物を味わうこと、それが消化吸収の力を養う第一の根本*だね。もっともそのことは、食物ばかりではない。人は平生愉快な心をもっているほど、胃腸の働きがさかんになる。反対に年中心配ばかりしていると、胃腸の働きが弱くなる。ある医者が、わが国のお嫁さんの病気は、たいがい胃腸病に原因するといったよ」

「それは無理だ。人の心の愉快と不愉快とは、その境遇によるさ。不愉快の境遇にある人へ心を愉快にもて、と言っても無理ではないか」

と若紳士が反対する。

＊今の栄養学からも、同じことがいわれている。即ち、たのしく食事をすることが第一の栄養であると。

わが覚悟

中川は「いや、それは境遇よりも、むしろその覚悟にある。もちろん境遇に、幸不幸の別がないとはいわぬが、その覚悟によって、心を愉快にもてると思う。まず手近な話が、人はだれでも、自分の職業を神聖として、楽しまねばならぬ。職業に高下貴賤《こうげきせん》の別はない」

ところが今の人は、自分の業務をさえ、愉快に実行しない者もある。それが第一に、人の心の愉快と不愉快の分れるところだ。自分のことを例に出すのもおこがましいが、自分は、文筆をもって社会を感化するのが、何よりの楽しみだ。

「口広いことをいうようだが、一年三百六十五日、一日として、わが業務を怠ったことはない。鴉《からす》のなかぬ日はあっても、ぼくが業務を休んだ日は一日もない。休むどころか愉快になって、毎日業務以外の仕事までをする。もちろん人の道として当然のことだが……」

日に三度の食事をとるのと同様に、業務に服さなければならないのが、人たる務めだ。しかるに自分の業務も満足に尽さずに、他人のことや社会に向って不幸を述べる者がある。文明の世には議論よりも実行が大切、実行の人はつねに愉快な心をもって居られる。

その体力と心力とをつちかう基は、すなわちへいぜいの食物にある。

「さればこそ、人は一日もぼくの主張する食道楽を忘れてはならん……」

と、どこまでも我田に水を引く。若紳士はもはや争う力なく、ひそかに愉快をおもうのは、中川に心を寄せる玉江嬢。

新結納

この夜、食道楽会の果てた後、小山夫婦と大原と中川の兄妹は、後かたづけの手伝いに残ったが、小山は中川を別室に招いて
「中川君、少し相談がある。広海子爵は今日を吉日として万事の相談をしておきたいといわれるが、第一はかねて希望の雑誌発行の一件だ。*子爵がいくらでも資本を出すから、世界人道のため、来春を期して一大雑誌を起したらどうだとのことだ。むろん君も同意だろ

うね」

「もちろんさ、世人を幸福愉快なる心にさせるよう、一日も早く人道雑誌を出したいね」

「大原君にも、海外から家庭教育上の通信をしてもらう。もう一つは、お登和さんを三年間洋行させたい。その入費も子爵が出すから、国家のために洋行させてはどうだといわれる。子爵がお登和さんに依頼するから、ご本人さえ承知したら、君は異論をいわれない、というわけだ」

「うん、それは当人の心にまかせてもいいが、急のことでは少し困る」

「いや、話をきめてさえおけばいい。もう一つは結婚問題、すなわちこれは、ぼくのほうから子爵へ申し出て、承諾を得ていることだが、あの玉江嬢を君にもらってくれたまえ、というのだ。食道楽会をかねて婿を選ぶのも、今日の一度でたくさんだそうだ。ぜひ一つ君に貰ってくれろと、先方の望みだが、どうだね」

「よろしい、それも異存はないが、しかしぼくは、かねて主張する一事がある。すなわち結婚前には双方の男女が、信頼するべき医師に身体検査をしてもらって、検査証を交換するのだ。今はその習慣がないから、病的の人と結婚する危険がある。ぼくは世人が結納をとりかわせるかわりに、身体検査証をとりかわせることの、急務を信ずるね。僕も検査証をさし上げるから、玉江嬢からも検査証を貰いたい。ただしそれで事はきまっても、今は約束だけに止めて、結婚は二、三年後だ。何となれば僕のほうでも、まだ人の良人となり親となるべき準備がない。一つの家庭を作るには、それだけの資本を蓄えなければならぬ。借金をして女房を貰うようなことでは、家庭の幸福をうけられない。玉江嬢の方も、まだ人の妻となるには早過ぎる。妻となれば、たちまち親となる覚悟がなければならん。もう二、三年の修業が要る。ぼくのいうことはこれだけだ、子爵によろしくとりついでくれたまえ」

中川の返答、竹を割りたるごとし。小山はそのことを子爵に伝え、席を改めて、なお将来のことを談じた。

数日後に大原は海外へ出発した。中川と玉江嬢は楽しい月日の下にある。それより世間に流行するのは、衛生上より研究した和洋料理の食道楽。

＊晩年も個人雑誌を出したいと語っていたから、若い時からの父の夢であったろう。

跋《ばつ》——父弦斎の思い出

いまこれを書く私の前には、父から母への情のこもった手紙の額が懸けてある。晩年の父が好んで過した伊豆長岡温泉の別墅《べっしょ》からのもので、……「春霞雪だけ見る富士の山、とも云ふべき淡夢の如き景色」……の美しさを述べ……「あはれ十日頃御身来遊の時山霊再び此姿を露はして御身を慰めよかしと祈申候、可祝、たか子どの、ゆたか（父の本名）」と墨の跡もなつかしい。大正七年（一九一八）五月六日夕暮れの書である。

子供から見ても羨ましいほどの老夫婦の間柄で、ほのぼのと私の心まで温められる。

父村井弦斎の小説『食道楽』は、つまりこの妻を得て家庭の幸福と美味しい料理の楽しみとを、躬《み》ずから体験した境地から、生れたと言えるかも知れない。

三州豊橋吉田藩の儒家、江戸詰めで明治維新を迎え、そのまま東京に仮寓《かぐう》、漢学師範などで細細暮した貧乏士族の幼時の父は、かなり苦労したらしい。

煮豆屋の呼び声が聞えてくると、あれを買ってくれないかと心待ちするが、そのまま呼びとめずに通り過ぎるのが幼な心に悲しかった、と父の口から聞いたことがある。

青年時代の渡米苦学中は学僕となって、初めロシア人のちアメリカ人の家庭に住みこみ、つぶさに幸福な家庭生活、婦人の尊重される社会を眺めてきた。一年余の後、実母の病篤しときいて、すぐ帰国したほど母思いだった父である。

小説家として、文章報国の道を歩きだしたその脳裡には、つねに日本女性の向上と家庭生活の幸福が、一貫した光を通していた。編集長の才腕を謳《うた》われた報知新聞（初め郵便報知のち報知と改む）でも、親と子と一緒に顔を赧《あか》らめずに読める紙面……健全なる家庭の新聞をと主張した。

幸いに料理の上手な妻を得て、料理をやさしくたのしく書く小説『食道楽』の構想が実現したのであろう。お登和嬢のモデルと世間で言う私の母多嘉子は、大隈重信侯（当時）の影武者のように生涯を共にした従弟《いとこ》尾崎宇作の女《むすめ》で、後藤象二郎伯（当時）夫人の姪、明治の元勲二人の近親だった。ことに、娘時代は後藤伯の高輪の邸内に、相当に贅沢に育ち、高級な料理の技術も身につけていた。

『食道楽』を「報知」に連載しはじめたのは明治三十六年で、はじめ二、三回書いたら大隈さんが「あれではいけない、わしのコックを貸してやるからもっといい料理を書け」と、一カ月位コックさんをよこされたそうだ。その後、アメリカ大使夫人に長く仕えたコックの加藤枡太郎さんという人を見つけた。ごく幼くて私は知らぬが、毎日毎日、加藤さんがつくる西洋料理を家中で試食して、その中からいいものを選《よ》るのだが、しまいには女中たちも飽きてしまって、書生たちだけが頂いた、とその一人が語っていた。

何しろ、牛や豚の脳味噌だの舌だの尻尾だの……当時の人の肝をつぶす料理が出るから、村井さんでは何を食べさせられるか解らないと、来ているお客まで食事どきには帰られたと、笑い話もある。

日本料理は、そのころ小田原住居だったので「枕流《ちんりゅう》」という、小田原藩由緒の料理の名人が居て、よくその人に作ってもらった。

私が物心つくようになってからは、八百善八代目の栗山善四郎さんも、始終来ていた。『食道楽』との関係を改めて聞こうと思っているうち、逝かれた。中華料理は長崎出身の親類も居たが、宝亭や維新号や、また横浜などを試食した。

『食道楽』が四、五十万部とか圧倒的に売れ出してからは、日本全国の名物や名産品、料理の名人、また新製品が期せずして集っ

『食道楽』執筆当時の村井弦斎

た。明治三十七年（一九〇四）から平塚海岸の一万六千坪ばかりの松林を邸に、広い果樹園や苺畑、野菜畑も造り鶏も飼った。親類の岩崎家の農園の園丁をもらい、西洋野菜もいろいろと栽培した。日露戦争の捕虜の将校で、父の英文小説「花子」の読者が訪ねてきたとき、パセリを大変に喜んで食べたと、母が語っていた。

凝り性の父は、桃にしろ柿にしろ苺にしろ、最高の品種を、最上の造り方でつくり、木の下で摘みとってすぐ食べる味わい方を貴ぶ。しぜん子供たちも、限りなく口が奢《おご》ってしまった。

釣りが好きで小説『釣道楽』も書いたが、大磯に舟を置き、よく鯛釣りにも出た。道具も土佐からとったり工夫するので、真鯛や甘鯛がよく釣れた。その生きのいいのを、すぐ料理させて賞味したから、美味しいのは当り前でもある。

かくてだんだん、料理しすぎたものよりも新鮮な本筋のものの味を、より貴ぶようになった。父の好きな鰻にしても、竹葉の職人を平塚へよんで一カ月以上、毎日毎日うちで鰻を焼かせた。珍しく父自身も庖丁をもって鰻を割いてみたほどだったが、終りには、蒲焼よりも白焼のうまさ、子供の私たちまで覚《さと》った。

豆腐も、長岡の別墅に小舎をつくり、赤花崗岩の石臼、丹波の大豆、掘り抜き井の清水で、書生の中にいた豆腐屋の息子にさせた。その淡雪豆腐の妙味は、特に二度と出逢わない。

鰹節はにんべん、醬油はヤマサ、米酢はミツカン、味噌は八丁味噌、油は胡麻や榧《かや》などで、酒はごくたまに八百善さんから、黒松白鷹を頒《わ》けてもらっていた。パンは横浜へ買いにやり、バターは小岩井農場から毎月送って来た。何しろ客も多かったので、苺の頃は月に一俵の砂糖を使ったと、その頃の問屋の御主人が、近年私に話された。

まあ思う存分、当時の食味の最高を試みたものだったろう。木曽の蕎麦、丹波の黒豆、越谷の餅米、長崎のからすみ、福砂屋のカステラの五三焼その他、いつもとりよせた各地の名産も、与えられた紙数では、とても書ききれない。

やがて白米の有害研究などから断食研究、生食や木食の研究と進んで、晩年は蕎麦粉と胡瓜と生水になった。食道楽から断食までの父の心残りは、食物によって育てられる性格、民族性を基に「食物から見た世界歴史」を書こうとしたが、稿の成る前に長逝したことである。

最近、『食道楽』が再認識されて、「春夏秋冬」四冊の和綴じ本復刻版も出たが、新人物往来社より、曽つてわたくしが抄録して「味の味」誌に連載した、この出版を需《もと》められ、ここに改めて加筆訂正し、一本とすることが出来た。料理名はいまと多少異るのもあるが、推察できるのは、そのままにした。全文挙げられぬ心残りはあるが、いくらか解りやすく、読まれれば幸いである。

御推薦下さった高橋邦太郎翁、担当の椎野八束さんほか、ご協力の皆さま方に深く謝しつつ。

昭和五十一年四月五日　富士桜咲く下にて

村井米子

村井弦斎略年譜

村井米子編

村井弦斎。名は寛《ゆたか》、幼名小太郎。はじめ楽水と号した。文久三年（一八六三）十二月十八日、三河国豊橋に生る。村井家は三河国吉田藩松平伊豆守信吉（七万石）の藩士で、代々儒学と砲術をもって藩に仕えた。その父村井清は楽地、楽書また楽所と号し、儒学のほか国学も深く修め、楽所の名で文学の著書と詩集、楽地の名では、歴史の著がある。

五代前の祖先が君公の前で、百発百中の砲術の技を現わし、有右衛門という名を賜った。必ず中《あた》るという意で、父清の代まで、それを襲名した。

祖父楽所は、儒学、国学の嗜《たしな》み深く、品性の高い厳格な武士の徳が認められ、君公の子息の保育の任にあたった。その遺風をうけた楽地も、明治になってから、貴族の子弟の師となった。渋沢子爵令嬢、後の穂積陳重博士夫人は、教え子の一人という。

弦斎、村井寛が、小説家であるとともに、科学的な考え方に鋭かったのは、かかる家風の遺伝が潜んでいるゆえであろう。

弦斎の幼時は、その父清が藩主に従って京都に出ていたため、厳格な祖父と、武士の娘である母人に育てられ、きびしい武士的教育をうけた。弦斎の人格と性行とは、その父よりも、祖父に似ているという。

五歳のとき、祖父と母とに伴われて国を出て、江戸の藩邸に移った。数ヵ月後に明治維新の騒ぎとなり、隣地の上野山で、徳川勢と西国兵との戦争がおこった。藩邸は徳川に味方したので、西国兵に囲まれ、家老職の叔父は、このとき戦死したという。家にも弾丸が激しく飛んできたが、家人につれられ避難した。

その翌年が、明治維新の大改革で、封建制度が廃され、武士たちは急に職を失った。そのうえ、戦乱ののちで文学方面の仕事はなく、父清が慣れぬ商業に財産を投じ、失敗したので、たいへん貧しくなった。

明治七年（一八七四）、当時、南校と称した東京外国語学校露語科に学んだ。学力が優等だったので、官費生にあげられ、いくらか貧困から免れた。十五歳と十六歳のときの大試験には、全校七百人の生徒がまだ得たことのない、全科の満点を得たという。しかし、過度の勉学のために健康を害したうえ、家庭の事情も、長く寄宿舎にいることを許さなかったので、十七歳のとき、惜しまれながら、中途退学した。

それからは家計を助けるため、寸暇を惜しんで独学しながら、小新聞の校正係、銀行員、たばこの行商などをして、諸国を放浪し、辛苦をなめた。家の学問、文学には長じていたが、むしろ理学や工学を好み、のちには経済学に志した。

当時、経済学協会の募集した、景気挽回策の懸賞論文に当選したり、毎日新聞の内治雑居利害論の懸賞にも、雑居賛成の論文が三等賞を得たり、また憲法論を唱えるなど、盛んに新聞雑誌に投書して、文筆と議論の長所を発揮した。

渡米

明治十七年（一八八四）、わずかの旅費を用意して、実業に身を立てようと志し、渡米した。パスポートには、東京府下深川区福住町九番地、士族村井寛。経済学実地研究の為め……とある（写しを筆者所持）。

サンフランシスコや、オークランドで苦学した。外国語は、露西亜《ロシア》語を学んだのみなので、はじめロシア人の家庭にハウスボーイとなり、後にドイツ人、アメリカ人などの家に勤めた。また小さな煙草製造会社の、職工となった事もある（日記帳現存筆者保持）。

一年あまりすると、母の病が重いとの報らせで帰国。

アメリカで苦学した仲間に、のちの鐘紡《かねぼう》社長の武藤山治氏、富士紡社長の和田豊治氏があり、終生親交を結んでいた。

アメリカ在留の月日は短かったが、親しく外国人の家庭にはいり、よくその人情の機微を知り、生活の様子を観察し、大いに考えるところがあった。

帰朝後は、日本在来の家庭のあり方に、欧米の進んだ方式を加える必要を感じ、のちに小説家となるに及んで、つねにその意見が、小説や評論のなかに、書き込まれた。小説『食道楽』が著わされたのも、その明らかな例である。

しばらくは、アメリカへ日本商品を輸出しようとしたり、種々の事業をして失敗、再び、各地におもむいて文学の教師となったり、行商人となったりした。地方の教え子のひとりに、日立製作所の創立者、小平浪平氏がある。小平氏が大学へ進まれるとき、電気を学ばれるよう勧めたので、恩師として生涯あつい感謝をうけた。

明治二十一年（一八八八）、二十五歳のとき、報知（当時は郵便報知）新聞社長、竜渓、矢野文雄氏に一文を送り、認められて報知社の客員となった。広く人材を愛された矢野先生（実務は令弟小栗貞雄氏）から、学費に相当する給料を与えられ、自由に勉学する機会を得た。

かくて、大隈重信侯の創設された東京専門学校（のちの早稲田大学）で、文学を学んだ。その後、報知新聞社に正式に入り、編集に専心した。

明治二十三年四月の郵便報知紙上に、市村座、歌舞伎座の劇評など、載っている。

処女作と『小猫』

明治二十三年（一八九〇）、小説『小説家』を報知新聞紙上（十一月二十九日――二十四年三月四日）に発表。小説家の境遇と理想とを骨子とした八十回の長篇で、忽《たちま》ち文才を認められた。

次いで『大福帳』（明治二十三年執筆、二十四年報知社から出版）が尚武的な小説で、軍人社会に歓迎された。

明治二十四年『小猫』を郵便報知紙上に、二百回にわたり（十一月七日――二十五年八月三日）発表、傑作と称せられ、文名がとみに挙がった。後に春陽堂から明治三十年一月出版。昭和十年、中央公論社の『日本近世大悲劇名作全集』第四巻として再刊されている。漁村の一少年が、後に志を得て渡米、一大漁業会社を起し、英米戦争が起るや義勇軍の大将となり、日本男児の名誉を輝かす……という筋、である。

少年文学

明治二十五年（一八九二）八月、『紀文大尽』を博文館の『少年文学』第十一編として執筆出版（英訳本あり、筆者所持）。十月『近江聖人』を前記の第十四編として執筆刊行した（『少年文学』は全三十二冊、当時の諸大家が執筆）。

『近江聖人』は中江藤樹の伝記を、小説体に叙したもので、当時の少年教育上に、大きな感化力を及ぼした。その後、小、中学の教科書に多くとりあげられ、戦後のものにも入っている。

かかる少年文学を書くにあたっては、祖父楽所院の厳格な家庭教育による、覚悟主義の信念が、その底に流れていたと、みずから語っている。

歴史小説

その前から歴史ものの筆をとっていたが、明治二十七年（一八九四）、『桜の御所』を都新聞紙上（一月二日――五月十日）に連載、同年十二月、春陽堂から上下二冊を出版。三浦大介一族の勇婦小桜姫をヒロインに、日本古来の武士気質をあらわしたもので、かくて歴史小説家の文名もあがった。小説として書かれたが、筋が変化に富んでいるので、そのまま劇とされ、やがて日露戦争がはじまると、東京市内三つの大劇場で、同時に演じられたという。

歴史小説はつづいて、『関東武士』、『誉の兜』、『鎧の風』、『松が浦島』、『渡宋の船』、『衣笠城』、『槍一筋』、『小弓御所』を連載。歴史小説の文名いよいよ高く、作品も矢つぎばやに出版された。

世話もの小説

また世話もの小説として、

明治二十五年（一八九二）作『飛乗太郎』、『新橋芸者』、『芙蓉峰』、『両美人』

明治二十六年作『深山の美人』

明治二十七年作『写真術』、『伝書鳩』、『風船縁』、『町医者』、『桑の弓』、『夜の風』
明治二十八年作『川崎大尉』
明治二十九年作『鬼涙山（沖の小島）』
以上の外に、雑誌等に出した短篇小説二十余種。みな二十九歳より三十二歳までの作品で、報知新聞の編集に従事しながらである。実によく書いたものだ。

実話もの小説

明治二十七年（一八九四）、日清戦争が起るや、郵便報知新聞社長、矢野文雄氏は官途に就かれ、新聞が苦境に陥った。社中から推されて弦斎は編集長となり（前編集長は森田思軒氏）、社中の大改革を行った（経営主任は三木善八氏）。最初の三ヵ月間は、自身編集局に宿泊、活字を拾うまでして、僅か三千五百の発行部数に陥っていたのを、盛り返し、手腕をふるった。一ヵ年後には、二万枚を超える紙数となった。

後年、松居松翁は、「氏は最も人気ある小説家としての栄冠を得たにかかわらず、その機敏にして聡明なる新聞記者たる才幹は、却ってその文名の圧力のために、十分社会から認められなかったのは、遺憾なことである。わたしが親炙《しんしゃ》した最も大なる新聞記者は、氏と黒岩涙香氏とである」（『明治大正文学全集』）と言っている。

編集事務が少しく整頓するや、直ちに小説の筆をとって、戦時の実話小説を紙上に載せつづけた。

明治二十八年（前年十二月より郵便報知が、報知と改名）『朝日桜』一月二日―五月五日連載。春陽堂より十二月刊行。日清戦争の最初、英国が支那に味方したのを憤慨しての作で、当時同じ不満をもつ読者に歓迎され、単行本となるや飛ぶように売れた。

『血の涙』六月十九日―九月三日連載。春陽堂より翌年一月刊行。戦争の結果、三国干渉、遼東還附となり、日本国が露西亜に圧せられ、国民みな血の涙を濺《そそ》いだ状況を寓意した小説。

明治二十九年、『鷲退治』二月二十六日―五月十九日連載。『鷲の羽風』と改め、春陽堂より十一月刊行。露西亜の大抑圧に対する小説で、序文の中にもそれを認め「文に対する者は其《その》心を読むべし、其形を読むべからず……」と。

明治三十二年、伝記小説『西郷隆盛詳伝』（報知紙附録、福良竹亭共編）春陽堂より一月第一篇刊行。第二篇は三十三年一月、第三篇は三十六年七月刊行。福良竹亭氏は、報知新聞社社員、鹿児島県の人、主として脚で実地を調べた。弦斎の序文の一節に「著者がこの伝を編むに……一々当年の故老に問い、伝説の誤れるを棄てて、事実の正しさを採りぬ。文は通俗平易なれども、事は万世に伝ふるに足らん」と。

かかる用意と抱負とにより、後世の人も、最も正確なる西郷隆盛の伝記と認め、西郷を書くとき、必ず参考とすべき資料との声価を得ている。

日の出島

明治二十九年（一八九六）、編集長として主宰すること二年余の後、基礎が固まったので、副編集長に実務を托し、自身は時々見舞う監督者の立場となり、小説の筆を染めるようになった。

『日の出島』七月八日より報知に載せ、回数凡《およ》そ千二百回、書物として巻を分つこと十二巻、十三冊の大冊子という長篇である。

弦斎三十三歳のときより、三十九歳まで、六年間にわたり、報知紙上に載せて、しかも読者を倦《あ》かしめなかった。

弦斎の家庭

明治三十三年（一九〇〇）、弦斎三十六歳のとき、尾崎多嘉子と結婚した。多嘉子は二十一歳。新婚当時は、大磯町長者林の後藤象二郎伯爵の別荘に住んだ。多嘉子の父尾崎卯作（宇作とも書く）は、大隈重信侯爵の従弟で、若き日、ともに郷里佐賀を出てきた人である。卯作夫人峯子は京都の人、土佐出身後藤象二郎伯の夫人雪子の姉にあたる。京都御所前の実家、禁裡御用達富田家が広かったので、明治維新の志士の宿所とされ、二人の参議との縁が生じた。また峯子、雪子の弟井上竹次郎は、歌舞伎座の初代社長。弦斎が二年ほど大磯に居るうち、明治三十四年十一月二十三日、長女米子が生れた。

明治三十五年、小田原十字町三丁目五五六番地に移り、二年ほど在住。翌三十六年一月から、『食道楽』を書きはじめた。同年十一月二十三日、長男誠一誕生（昭和四十五年七月二十三日死去、享年六十七）。

明治三十七年、平塚町平塚三五六九番地に、居を定めた。ここの土地は、やがて一万六千四百八坪二合六勺の広さとなった。紹介者は大磯町早野浮造、平塚町雲出清太郎（八幡神社宮司）の両氏で、価格は坪壱円であった（当時一般は坪五十銭の由）。ここは浜岳というところ「潮見台」と称する小高い上に家が建ち、松林、畑地、芝生、砂丘を展《の》べ、野兎などいた。富士山の眺めを愛し「対岳楼」と名づけた。

主家は前にあったもの（医者の家）を使い、やや離して、子供たちのために、二十一畳敷方形、萱葺《かやぶき》屋根のお堂のように見える家を建てた。平塚海岸在住の、伊藤音五郎という気骨ある大工が丹精を凝らした。地震に強いように、弦斎は八釜《やかま》しく角々にボルトを入れさせたので、関東大震災にもビクともしなかった。

弦斎は昭和二年、多嘉子は昭和三十五年この家で永眠した。のち、当時の平塚市長、戸川貞雄氏の配慮で、昭和三十六年、弦斎記念館とされた。むかしの邸門、松林に囲まれた村井公園に移されていたが、先年、市街の大火の飛び火で、焼けてしまった。弦斎の八十余種の著書、遺愛の品々等、寄贈した品をことごとく失って、遺憾に耐えない。

平塚の家では、
明治三十八年三月二十七日、二男忠次生る（昭和十九年八月二十三日ビルマで戦死、享年四十）。

明治三十九年四月二十一日、三男賢三生る（大正十四年四月五日死去、享年二十）。

明治四十年四月十三日、二女花子誕生（昭和三十六年四月死去、享年五十四）。

明治四十三年四月十九日、三女芳子誕生。

三男、三女の親となった。

道楽もの小説

かねて、『百道楽』を書こうと、考えていた弦斎は、メモの小ノートに、プランの一部を記している（筆者所持）。

百道楽
釣道楽　酒道楽　銃猟道楽　読書道楽　大弓道楽　研究道楽　玉突道楽　媒妁道楽　囲碁道楽　小言道楽　将碁《ママ》道楽　芝居道楽　着道楽　寄席道楽　持物道楽　義太夫道楽或は音曲道楽　謡道楽　食物道楽或は料理道楽　小鳥道楽　万年青道楽或は盆栽道楽　自転車道楽　骨董道楽　書画道楽　古銭道楽　旅行道楽　写真道楽　猫道楽　犬道楽　小説道楽

そのうちまず、『釣道楽』から書きはじめた。

明治三十四年（一九〇一）、『釣道楽』報知紙上（五月十四日—十二月二十二日）に連載。春陽堂から、明治三十五年五月前篇、六月後篇刊行。

釣は大好きで、少年の日は、深川の家で自宅の前の川、若き日は、三浦半島久里浜辺、結婚後の大磯長者林では、花水川や馬入川に糸を垂れ、大きい鯉など釣った。小田原時代は、早川や酒匂川の鮎、平塚時代は、大磯の海で鯛、馬入川で鮎や鯉、伊豆長岡別荘では、狩野川の鯉、鮒等、至るところで釣を楽しんだ。

『釣道楽』は、報知紙に前篇百十回、後篇九十回の長篇。当時の青年たちが、飲酒や恋愛に身を過るのを憂れえ、釣魚のような勇壮な遊びの趣味を覚え、堕落から救われる……小説とした。子女の教育の立場から好評を得たばかりでなく、釣好きの人々からも、参考になる点が多いと欣《よろこ》ばれた。魚や釣道楽など、日本各地から外国製のものまで、紹介されて、作者の凝り性が、よく現われている。

明治三十五年一月二日、報知紙に読切小説『猟道楽』を載せた。

同年一月三日—七月十四日、報知紙に『酒道楽』、百九十回の長篇連載。博文館から翌年三月上巻、五月下巻を出版。酒道楽は酒の罪なり、と序文にも述べるごとく、禁酒を勧める小説である。反響が大きく、禁酒会まで生れたという。

明治三十五年七月十五日—十二月二十四日の百二十三回、報知紙に『女道楽』連載。博文館から翌年七月出版。女道楽は人の罪なり、という、弦斎の感化小説の一つである。

小説『食道楽』

いよいよ、小説『食道楽』が現われる。

夫人多嘉子が、前述のような家の出で、娘時代後藤伯の高輪の邸内に住み、料理に巧みであったことも、大きな内助の功を成した。弦斎自身、序文にそれを謝している。かくて、料理を小説に織りこみ、世界唯一の著が成った。

明治三十六年（一九〇三）一月二日初刊の報知紙上から、一日も休まず、十二月二十七日に到る三百六十日載せつづけた。

同年六月、大好評により直ちに、小説『食道楽　春の巻』が、報知新聞社出版部から単行本として初版三千部出版、続々再版された。

『食道楽　夏の巻』明治三十六年十月

『食道楽　秋の巻』同年十二月

『食道楽　冬の巻』明治三十七年三月

何れも、四季それぞれの花の絵のカバー、美しい和装本で、今回〔一九七一年当時〕柴田書店より復刻のものである。

空前のベストセラーとなり、本屋の小僧が出来上ってくるのを待ち、取っ組み合いの喧嘩までして、奪い合ったと、報知出版部の篠田鉱造氏（『幕末百話』などの著者）は語られた。広告文も弦斎の案で「この本一冊（八十銭）は鶏一羽（当時一円）を買うよりも安し」も目立ったという。半年間に三十版を重ね、表紙の材料、トジ糸等、市場で欠乏、高騰した。中流以上の家では、備えないのを恥じたほどで、娘の嫁入道具に必ず入れられた。病後の静養に、この料理をと家人に注文した高田保氏、はては、日本海海戦の水雷艇でこの本を見て料理を作った（水野広徳氏『此一戦』）等々、挿話が多い。

ついで、明治三十九年一月二日―十二月三十日、報知紙上に『続篇』を書きつづけた。

『食道楽続篇　春の巻』同出版部より単行本同年五月刊行。口絵写真に、紋服の弦斎自身、割烹着姿の夫人多嘉子が出ている。序文で夫人の料理趣味「……味覚の俊秀、調味の懇篤、君は実に我家のお登和嬢たり。小説食道楽の成りしも、一半は君の功に期せざるべからず」と述べている。

『食道楽続篇　夏の巻』同年九月刊行。口絵は、平塚海岸の家の、桃園、野菜園、山羊舎、鶏舎などの写真。

『食道楽続篇　秋の巻』明治四十年五月刊行。口絵写真は、平塚村井宅の花圃《かほ》、米子と誠一が入っている。

『食道楽続篇　冬の巻』明治四十年六月刊行。口絵は、平塚宅の果樹園、野菜促成栽培等、これで、一応完結した。

猶《なお》、『食道楽図解』を、雑誌「婦人画報」より増刊として、明治三十九年九月に刊行。

また、好評により、劇化された。

「食道楽」は歌舞伎座で上演され、六代目尾上梅幸がお登和嬢に扮し、シュークリームを作って客にも配った。中幕の天人舞、「天にいつわりなきものを」は市川中車が演じ、ちりめんの引幕に、鈴木華邨画伯の手で、富士山を幕いっぱいに描かれ、幕見物があったほど、と篠田鉱造氏（前出）は語る。

明治三十六年には、松崎天民氏が雑誌「月刊食道楽」を出し、昭和初期までつづいた。

ところで、小説『食道楽』は、日本の家庭生活の進歩、健康、婦人の向上、幸福の為には、人生の大本たる食物と料理法の研究が根本であるとの、アメリカ苦学以来の信念から生れた。食物に対する衛生法と料理法六百余種を、小説の中に、わかり易く織りこんだもので、栄養や消化吸収等。新しい知識も多い。日本の栄養学研究所創立者、佐伯矩博士は、この本を読んで栄養学に志した、と言われた。

弦斎自身が、庖丁をもつわけではなく、日本料理、西洋料理、中国料理、みなそれぞれの専門家に作らせ、多嘉子が協力した。それを一家中で試食して、よいものを採りあげ、小説に書きこんだのである。

「名称」は、報知紙切抜には「食道楽《くいどうらく》」のルビがあるが、単行本となってからは「食道《しょくどう》楽《らく》」となっている。晩年の弦斎自身も「しょくどうらく」と言っていた（筆者記憶）。食生活の全体にわたっている意をあらわす。

余談になるが、好評でよく売れ、小田原銀行当時の小西頭取は、毎月参千円前後送金される印税に驚き、「子孫に小説家をさせようか」と言ったという。

日露戦争時代

日露戦争は、弦斎が十年来予期していたので、いよいよ文筆の力を以て国家に貢献しようと、明治三十七年（一九〇四）、『軍士読本』を著わした。その二千部余を出征兵士に頒《くば》った。海軍大将樺山伯、陸軍の福島少将とに検閲を得たが、ことに樺山伯に賞賛された。猶、報知新聞社の大活躍を要する時機であるとして、再び求められ出社、編集を主宰した。報知新聞は報道が正確で、早いと好評を得、一ヵ月に五万余の増加を来し、外国より輪転機を購入したほどである。

社説にも公明正大の議論を述べ、注目された。「露国の捕虜を慰問すべし」（筆者保存）等。

且つ実行主義の弦斎は、社員を松山に派し、捕虜のため新調の手拭千余筋を贈り、慰問せしめた。

また「出征軍人の家族」に敬意を表すべき門標を作り、全国に配布し、「戦死者の家族救護法」を論じる等、多忙をきわめた。

食道楽以後

明治三十六年（一九〇三）六月、『絵入、下女読本』博文館から出版。小説で言い尽せない点を、教科書風に現わした厨房の心得である。同年『絵入、小僧読本』博文館より出版。

明治三十七年六月、『玉子料理鶏肉料理二百種及家庭養鶏法』（尾崎密蔵氏と共著）刊行。尾崎密蔵氏は多嘉子の兄、その長兄藹吉氏とともに、わが国養鶏界の功労者である。

同年十月、英文小説『HANA 花子』の豪華本自費出版。日露戦争のまっただ中で、日本武士の娘をヒロインに、わが伝統精神を世界の人に知らせようとした。訳者、川井運吉。英米の図書館等に贈り、感謝状や書評が届いている。定価拾円は当時として高価で、国内では殆んど売れなかった。

明治三十八年六月、『喜劇脚本、酒道楽』報知新聞社出版部より刊行。

同年七月、『台所重宝記』報知新聞社出版部より刊行。『食道楽』中の、実用記事を、食物、料理、台所道具等にわたり述べた本である。これもよく売れ、多くの版を重ねた。戦後、昭和四十六年七月二十日、求めに応じ『母から教わる料理の知恵——台所重宝記より』を、村井弦斎・村井米子著で、文化出版局より出版した。

実業之日本社時代

明治三十九年（一九〇六）、実業之日本社社長、増田義一氏の望みに応じ、同社創刊雑誌「婦人世界」編集顧問となった。それからは同社にのみ執筆、まとまると、同社より出版した。他からの依頼原稿は、一切断った。

同年『少女読本』出版。豪華な絵入り本、口絵は川面義雄、私たち子供の為に、十二ヵ月に分ち、動植物や童話、探険談など各方面の知識が、編んである。

「婦人世界」誌上の評論、随筆は明治三十九年より大正九年までに、『婦人の日常生活法』、『婦人一代の生活法』、『男女恋愛論』、『男女結婚論』、『夫婦情愛論』、『人情論』、『家庭の日常衛生法』、『感興録』がそれぞれ連載、出版されている。

大正三年（一九一四）、『浄土宗葬儀会葬者必携』、大正四年『真宗葬儀会葬者必携』を自費製作。

大正六年、『弦斎式断食療法』出版。弦斎も多嘉子も、断食を幾度も実践した。『食道楽』以後の食生活研究に依るものである。

同年、家庭小説『小松嶋』を「婦人世界」誌上に連載。のち、昭和三十一年改造社発行『現代日本文学全集』に収めた。

大正七年『木曽の神秘境』出版。弦斎夫妻は米子を連れ、木曽御嶽山に登り、ひとり山麓に残って、木食行者の研究をした。その紀行文及び観察記である。

大正十年三月『難病の治療法』出版。肺結核、糖尿病、腎臓炎に対する民間治療法を説いている。西瓜糖も紹介してある。

食物及び健康の研究では、大正十二年『支那料理』、『食塩有害論』、『健康と食物の研究』、大正十四年『二元同化力』等がある。

晩年の弦斎は、研究、評論、随筆を主として認めた。小説は、特に乞われて、やむを得ず書いたのである。しかし、小説の筆をとると、雑誌の読者数の増えることは不思議なほどだった。

大正九年五月七日新橋堂発行の小説『食道楽　増刷版　食物に関する十八年間の研究』を左に引く。

――食物の原則

第一、成るべく新鮮のもの
第二、成るべく生のもの
第三、成るべく天然に近いもの
第四、成るべく寿命の長きもの

第五、成るべく組織の緻密なるもの
第六、成るべく若きもの
第七、成るべく場所に近きもの
第八、成るべく刺戟《しげき》の寡《すくな》きもの

——料理の原則

第一、天然の味を失わざる事
第二、天然の配合に近からしむる事
第三、消化と排泄との調和を謀る事
第四、五美を具うる事

——食事法の原則

第一、飢を以って食すべき事
第二、良く咀嚼する事
第三、腹八分目に食する事
第四、天然を標準とする事

三原則を、まず種々の例と実験より説き、玄米料理、糠料理、半搗米料理、薏苡《よくい》（ハトムギ）料理、豆腐料理、黒豆料理、胡桃料理、生物料理、西瓜糖の製法に及び、二一一頁にわたっている。詳述の紙数がないが、村井米子著「薬になる食べもの」（大阪創元社発行）に、大体採りあげてある。

昭和二年（一九二七）七月三十日、村井弦斎は、平塚の自邸で永眠した。その前、大正十四年（一九二五）、三男賢三を事故で喪《うしな》って、精神的に大きな打撃をうけ、肉体的にも衰え、病身となっていたが、遂に恢復《かいふく》しなかった。

生前、曹洞宗大本山鶴見総持寺貫主石川素堂禅師に、参禅していた縁故で、総持寺に埋葬、遺言により自然石をたて、村井家の墓と記してある（それまで谷中永久寺にあった村井家祖先も合葬）。

戒名は、豊橋龍捻寺住職のち総持寺貫主となられた、竹馬の友、久我篤立師により、大寛院道如弦斎居士。

墓前に植えた遺愛の石楠花《しゃくなげ》は盗られたが、一位（アララギ）の生垣は育ち、秋には赤い実をつけている。口にふくむ甘さもなつかしい。

解説

土屋　敦

明治三十六年一月二日、報知新聞紙上で小説『食道楽』の連載が始まった。初回は本書二五頁からの、新年を祝う胃吉と腸蔵のやり取り。すなわち人間の暴飲暴食によって次々に送り込まれてくる食べ物を消化するのに苦しむ胃と腸によるユーモアたっぷりの会話である。それをまさに正月の酒宴で多くの読者が胃もたれや頭痛に苦しんでいるタイミングで掲載する——大衆の心を摑むのがうまい、村井弦斎らしい戦略だった。

苦しむ胃と腸の持ち主は、大食漢の文学士・大原満。彼の親友の中川と小山、そして中川の妹で料理上手の美しいお登和嬢、親同士が大原の結婚相手と定めた大原の従姉妹お代さんが主な登場人物で、大原とお登和のロマンスにお代さんが絡むストーリーで読み手の興味を牽引しつつ、料理のレシピやコツ、豆知識や健康の秘訣など、実生活に役立つ情報が盛り込まれる——その構成と語り口の巧みさで『食道楽』は読者の大きな支持を集めた。早くも同年六月にはそれまでの連載をまとめた『食道楽　春の巻』が報知社出版部から刊行。そして十月には『夏の巻』、十二月に『秋の巻』、翌三月に『冬の巻』と、次々に単行本化され、徳冨蘆花の『不如帰』と並ぶ、明治期最大のベストセラーとなったのだ。

それほどの人気を博した理由は何か。一般に普及しつつも、その作り方に確たる指針がなかった西洋料理についての拠り所となったからだろうか。あるいは実用性の高さからか。なにしろ本書には和洋問わず、時短料理やアイデア料理、ヘルシーおかずに病人食までさまざまレシピが掲載され、当時の版には「日用食品の栄養分析表」やおすすめ料理本リスト、調理道具の図版に「西洋食器・西洋食品」の価格表などの情報も盛りだくさん。巻末には、メモ書きや新聞・雑誌の切り抜きを貼り付けるため「台所の手帳」までつくという至れり尽くせりぶりだったのだ。

だが、時代性と実用性だけが、この本をベストセラーに導いたわけではない。むしろ本書が多くの人に読まれた要因は、なにより弦斎の才覚にあった。

まず創作の才。弦斎が中江藤樹の人生を描いた博文館「少年文学」の『近江聖人』は同シリーズ中でもっとも売れ、多くの読者の心を摑んだ（谷崎潤一郎や和辻哲郎も少年時代に感銘を受けたそうだ）。その中に、叔父に預けられた藤樹少年が、水仕事に苦労している母にあかぎれによく効く膏薬を届けようとする「あかぎれ膏薬」という有名な親孝行のエピソードがあるのだが、実はこれは弦斎の創作だった（にもかかわらず修身の教科書に何度も載ったそうだ）。三浦一族滅亡を題材にした歴史小説『桜の御所』に弦斎は架空の人物小桜姫を登場させたが、この悲恋のヒロインの人物造形も熱烈に支持され、実在の人物と思い込む人も多かったという。『食道楽』でもお登和の人気は絶大、弦斎は、読者が感情移入してしまうキャラクターの造形に特に長《た》けていたのだ。

そしてジャーナリストとしての才。弦斎は自ら取材し、疑念を持てば自身で確かめ、もったいぶった美文を廃して形容詞の少ない平易な文章を書いた。これは、私自身がジャーナリズムの世界に入ったときに真っ先に叩き込まれたことでもある。ジャーナリズムの基本とでも言うべき弦斎の姿勢は現代まで受け継がれているのだ。弦斎は、苦境に陥った報知新聞で編集長となり、部数を飛躍的に伸ばしている。黒岩涙香と並ぶ「最も大なる新聞記者」と劇作家松居松翁に評されたことは、本書の年譜にあるとおりだ。

さらに弦斎には予見の才もあった。日清戦争前には清とロシアの連合軍が日本と戦う近未来SF小説を書いたし、のちに日立製作所の創業者となる小平浪平を「これからは電気の時代だ」と電気工学の道へ進ませたこともある。また、明治三十四年報知新聞正月版に百年後の世界を二十三項目にわたって予言した「二十世紀の予言」という無署名の記事が掲載されたが、SF作家・横田順彌は著書『百年前の二十世紀――明治・大正の未来予測』でこれを弦斎の筆によるものとしている。

この予言は平成十七年版科学技術白書で取り上げられ、うち十二項目が実現、五項目が一部実現したと評価されたことで話題となった。携帯電話や写真の伝送、旅客航空機の実用化、テレビ電話、エアコンの普及、自動車社会の到来などを見事に的中させているのだ。

さて、弦斎はその才覚を、小説それ自体の質を向上させることに生かすというよりも、むしろ大衆の啓蒙や自身の思想を広めるために活用した。そして『食道楽』こそが、その最大の成功例なのだ。

小説に載せる料理はすべて実際に作らせ、自分で食べて味を確かめた。キャラクターの魅力で読者の心を摑み、日本社会の行く末を予見し、登場人物に自身の思想をわかりやすく語らせた。お登和の兄・中川が弦斎の代弁者であり、男性の料理習得や女性の海外留学を勧め、家庭教育、特に食育の大切さを説き、栄養学的な視座から先進的な病人食を提案したりするのだ。

中川＝弦斎の意見は常に合理的で実用的だ。それは調理法についても同様で、豪奢な西洋料理のレシピもたっぷり記載されているものの、弦斎の思いは、むしろ庶民でも作れる実用料理へと向かっているように感じられる。当時人気がなく安かった臓物や牛タン、トマトなどを使った、格安でできる栄養のある料理や、なるべく手をかけない、シンプルな料理の描写のほうが生き生きとしたものになっていて、私は心惹かれる。

弦斎は『食道楽』のヒットで得た大金で、平塚に一万六千四百坪の土地を買い、邸宅を建てた。農園や果樹園が作られ、鶏、兎、山羊の飼育も行われた。採れたての野菜や果実、産みたての鶏卵、搾りたての山羊乳、邸内の井戸水で作らせた豆腐などを弦斎一家は堪能したのだ。邸宅にはフランス料理のシェフなども訪れ、豪奢な饗宴も行われていたようだ。

だが、美味な食材に囲まれるほど、弦斎の食はよりシンプルになっていったと私は想像している。

美味しい食材を追求すればするほど、焼くだけ、高品質のオイルをかけるだけ、選りすぐりの塩をふるだけといった簡素な調理法を好むようになり、同時に健康に対する関心も強くなって、添加物などの「体に悪いもの」を極力避けるようになる――これは、私を含め、食材にこだわる現代の料理研究家にもありがちな傾向なのだが、弦斎も同様の考えに至ったのではないか。弦斎の食事は、その後、極端なまでに素材に手を加えないストイックなものになっていくのだ。

弦斎は五十六歳のとき、青梅の御岳山に小屋を建て、木食《もくじき》(生の蕎麦粉、生野菜、果物、胡桃などのみを食す)を実践し始める。そして自然にあるものを生で食べる独自の「天然食」へと移行し、自生するキノコや木の実、山百合の根などのほか、蟹や虫や小鳥さえも生のまま食べて暮らすようになるのである。さらに晩年には霊術や超常現象にも傾倒していく。これには三男賢三の自殺の影響もあっただろう。しかし、現代でも食を純粋に追求した人がスピリチュアリズムに行き着くのは珍しいことではない。

そんな弦斎の後半生を思いつつ『食道楽』を読んでいただくと、中川＝弦斎が語る合理的で明快な言葉とは裏腹に、なんとも割り切れない食と人との複雑で深遠な関係が浮かび上がってくるように感じられないだろうか――。

なお、今回刊行となった中公文庫は、弦斎の思想を熟知した長女の村井米子が読みやすく編訳した一九七六年刊の新人物往来社版を底本としている。いわば『食道楽』の本質《エッセンス》を凝縮したような一冊であり、弦斎の世界を知るには最適なものと言えるだろう。

また、本解説の弦斎に関するエピソードは故黒岩比佐子さんによる『『食道楽』の人村井弦斎』によった。自称「古本中毒症患者」の黒岩さんが、膨大な文献と一次資料に当たり、苦労を重ねて「忘れられた作家」であった弦斎の人生を炙《あぶ》り出したこの名著が、すでに絶版であることは実に残念である。

（つちや あつし・料理研究家／書評家）

本書は『食道楽』の現代語抄訳版です。中公文庫版刊行に当たっては、新人物往来社版（一九七六年六月刊）を底本とし、同社刊行の『定本 食道楽（上）春の巻・夏の巻』（一九七八年二月刊）、『定本 食道楽（下）秋の巻・冬の巻』（同年三月刊）を適宜参照しました。「村井弦斎略年譜」は『復刻版 増補註釈 食道楽』（一九七六年 柴田書店刊）付録「解説編」より再編集の上、収録しました。

本文中に今日の観点からすれば不正確な表現が見られますが、著訳者が故人であることと、執筆刊行当時の時代背景に鑑み、原文どおりとしました。

中公文庫

食道楽《しょくどうらく》

2018年9月25日　初版発行

著　者　村《むら》井《い》弦《げん》斎《さい》

編　訳　村《むら》井《い》米《よね》子《こ》

発行者　松田陽三

発行所　中央公論新社
〒100-8152　東京都千代田区大手町1-7-1
電話　販売 03-5299-1730　編集 03-5299-1890
URL http://www.chuko.co.jp/

DTP　ハンズ・ミケ
印　刷　三晃印刷
製　本　小泉製本

Published by CHUOKORON-SHINSHA, INC.
Printed in Japan　ISBN978-4-12-206641-0 C1193

各書目の下段の数字はISBNコードです。978 - 4 - 12が省略してあります。

中公文庫既刊より

む-27-1
台所重宝記
村井　弦斎
村井米子 編訳
食材選びに料理のコツから衛生まで、明治期のベストセラー小説『食道楽』の情報部分を抽出、現代にも役立つ〈実用書の元祖〉。一年三六五日分の料理暦付。
206447-8

あ-13-6
食味風々録
阿川　弘之
生まれて初めて食べたチーズ、向田邦子との美味談義、海軍時代の食事話など、多彩な料理と交友を綴る、自叙伝的食随筆。〈巻末対談〉阿川佐和子〈解説〉奥本大三郎
206156-9

あ-66-1
舌　天皇の料理番が語る奇食珍味
秋山　徳蔵
半世紀以上を天皇の料理番として活躍した著者が「舌は味覚の器であり愛情の触覚」と悟った極意をもって秘食強精からイカモノ談義までを大いに語る。
205101-0

あ-66-2
味　天皇の料理番が語る昭和
秋山　徳蔵
半世紀にわたって昭和天皇の台所を預かり、日常の食事と無数の宮中饗宴の料理を司った「天皇の料理番」が自ら綴った一代記。〈解説〉小泉武夫
206066-1

あ-66-4
料理のコツ
秋山　徳蔵
高級な食材を使わなくとも少しの工夫で格段に上等な食卓になる――「天皇の料理番」が家庭の料理人に向けて料理の極意を伝授する。〈解説〉福田　浩
206171-2

い-116-1
食べごしらえ おままごと
石牟礼道子
父がつくったぶえんずし、獅子舞にさしだした鯛の身。土地に根ざした食と四季について、記憶を自在に行き来しながら多彩なことばでつづる。〈解説〉池澤夏樹
205699-2

う-9-4
御馳走帖
內田　百閒《ひゃっけん》
朝はミルク、昼はもり蕎麦、夜は山海の珍味に舌鼓をうつ百閒先生の、窮乏時代から知友との会食まで食味の楽しみを綴った名随筆。〈解説〉平山三郎
202693-3

き-7-3
魯山人味道
北大路魯山人
平野雅章 編
書・印・やきものにわたる多芸多才の芸術家・魯山人が終生変らず追い求めたものは〝美食〟であった。折りに触れ、書き、語り遺した美味求真の本。
202346-8

き-7-5
春夏秋冬 料理王国
北大路魯山人
美味道楽七十年の体験から料理する心、味覚論語、食通閑談、世界食べ歩きなど魯山人が自ら料理哲学を語り、手掛けた唯一の作品。〈解説〉黒岩比佐子
205270-3

さ-61-1
わたしの献立日記
沢村貞子
女優業がどんなに忙しいときも台所に立ちつづけた著者が、日々の食卓の参考にとつけはじめた献立日記。工夫と知恵、こだわりにあふれた料理用虎の巻。〈解説〉平松洋子
205690-9

し-31-7
私の食べ歩き
獅子文六
日本で、そしてフランス滞在で磨きをかけた食の感性と、美味への探求心。「食の神髄は惣菜にあり」との境地を綴る食味随筆の傑作。〈解説〉高崎俊夫
206288-7

し-31-6
食味歳時記
獅子文六
ひと月ごとに旬の美味を取り上げ、その魅力を一年分綴る表題作ほか、ユーモアとエスプリを効かせた食談を収める、食いしん坊作家の名篇。〈解説〉遠藤哲夫
206248-1

し-15-15
味覚極楽
子母澤寛
〝味に値無し〟——明治・大正のよき時代を生きた粋人たちが、さりげなく味覚に託して語る人生の深奥を聞書き名人でもあった著者が綴る。〈解説〉尾崎秀樹
204462-3

た-22-2
料理歳時記
辰巳浜子
いまや、まったく忘れられようとしている昔ながらの食べ物の知恵、お総菜のコツを四季折々約四百種の材料をあげながら述べた「おふくろの味」大全。
204093-9

た-34-5
檀流クッキング
檀一雄
この地上で、私は買い出しほど好きな仕事はない——という著者は、人も知る文壇随一の名コック。世界中の材料を豪快に生かした傑作92種を紹介する。
204094-6

各書目の下段の数字はISBNコードです。978－4－12が省略してあります。

た-34-6
美味放浪記
檀　一雄
著者は美味を求めて放浪し、その土地の人々の知恵と努力を食べる。私達の食生活がいかにひ弱でマンネリ化しているかを痛感せずにはおかぬ剛毅な書。
204356-5

た-34-7
わが百味真髄
檀　一雄
四季三六五日、美味を求めて旅し、実践的料理学に生きた著者が、東西の味くらべはもちろん、その作法と奥義も公開する味覚百態。〈解説〉檀　太郎
204644-3

ち-3-54
美味方丈記
陳　舜臣
陳　錦《きん》墩《とん》
誰もが食べられるものをおいしくいただく。「食」を愛してやまない妻と夫が普段の生活のなかで練りあげた楽しく滋養に富んだ美味談義。
204030-4

ま-17-13
食通知ったかぶり
丸谷　才一
美味を訪ねて東奔西走、和漢洋の食を通して博識が舌上に転がすは香気充庖の文明批評。序文に夷齋學人・石川淳、巻末に著者がかつての健啖ぶりを回想。
205284-0

よ-5-10
舌鼓ところどころ／私の食物誌
吉田　健一
グルマン吉田健一の名を広く知らしめた「舌鼓ところどころ」、全国各地の旨いものを紹介する「私の食物誌」。著者の二大食味随筆を一冊にした待望の決定版。
206409-6

い-14-2
食事の文明論
石毛　直道
銘々膳からチャブ台への変化が意味するものとは？　外食・個食化が進む日本の家族はどこへ向かうのか？　人類史の視点から日本人の食と家族を描く名著。
206306-8

う-30-3
文士の食卓
浦西和彦編
甘いものに目がなかった漱石、いちどきにうどん八杯を平らげた「食欲の鬼」子規。共に食卓を囲んだ家族、友人、弟子たちが綴る文豪たちの食の風景。
206538-3

こ-30-1
奇食珍食
小泉　武夫
蚊の目玉のスープ、カミキリムシの幼虫、ヒルのソーセージ、昆虫も爬虫類・両生類も紙も灰も食べつくす、世界各地の珍奇でしかも理にかなった食の生態。
202088-7

書誌番号	タイトル	サブタイトル	著者	内容紹介	注文番号
こ-30-3	酒肴奇譚（しゅこうきたん）	語部醸児之酒肴譚（かたりべじょうじのしゅこうたん）	小泉 武夫	酒の申し子「諸白醸児」を名乗る醸造学の第一人者で、東京農大の痛快教授が〝語部〟となって繰りひろげる酒にまつわる正真正銘の、とっておき珍談奇談。	202968-2
き-47-1	キムラ食堂のメニュー		木村衣有子	各地の飲食店主や職人の取材を続けるかたわら、お酒のミニコミを発行してきた著者の。さまざまな食べもの・飲みものとの出会いを綴る。〈解説〉森枝卓士	206472-0
こ-4-5	食味往来	食べものの道	河野 友美	食べものには各々明確な一つの道がある。コンブの道、黒潮の道など食物伝播のルートを調査取材し、日本食文化の伝承に光をあてる。〈解説〉森枝卓士	206071-5
し-40-1	コーヒーに憑かれた男たち		嶋中 労	現役最高齢・ランブルの関口、業界一の論客・バッハの田口、求道者・もかの標。コーヒーに人生を捧げた自家焙煎のカリスマがカップに注ぐ夢と情熱。	205010-5
し-40-2	コーヒーの鬼がゆく	吉祥寺「もか」遺聞	嶋中 労	自家焙煎の草分け「もか」店主・標交紀、ダイヤモンドのような一杯を追い求め、コーヒーの世界に全てを捧げた無骨な男、稀代の求道者の情熱の生涯。	205580-3
た-33-9	食客旅行		玉村 豊男	香港の妖しい衛生鍋、激辛トムヤムクンの至福、干しダコとエーゲ海の黄昏など、旅の楽しみイコール食の愉しみだと喝破する著者の世界食べ歩き紀行。	202689-6
た-33-20	健全なる美食		玉村 豊男	二十数年にわたり、料理を自ら作り続けている著者が、客へのもてなし料理の中から自慢のレシピを紹介。食文化のエッセンスのつまったグルメな一冊。カラー版	204123-3
た-33-22	料理の四面体		玉村 豊男	英国式ローストビーフとアジの干物の共通点は？ 刺身もタコ酢もサラダである？ 火・水・空気・油の四要素から、全ての料理の基本を語り尽くした名著。〈解説〉日髙良実	205283-3

各書目の下段の数字はＩＳＢＮコードです。978-4-12が省略してあります。

つ-2-11
辻留・料理のコツ
辻 嘉一
材料の選び方、火加減、手加減、味加減——「辻留」の二代目主人が、料理のコツのコツをやさしく手ほどきする。家庭における日本料理の手引案内書。
205222-2

つ-2-13
料理心得帳
辻 嘉一
茶懐石「辻留」主人の食説法。ひらめきと勘、盛りつけのセンス、よい食器とは、昔の味と今の味、季節季節の献立と心得を盛り込んだ、百六題の料理嘉言帳。
204493-7

と-21-1
パリからのおいしい話
戸塚真弓
料理にまつわるエピソード、フランス人の食の知恵など、パリ生活の豊かな体験をもとに〝暮らしの芸術〟としての家庭料理の魅力の全てを語りつくす。
202690-2

と-21-7
ロマネ・コンティの里から ぶどう酒の悦しみを求めて
戸塚真弓
〈人類最良の飲み物〉に魅せられ、フランスに暮らす著者が、ぶどう酒を愛する人へ贈る、銘酒の村からのワインエッセイ。芳醇な十八話。〈解説〉辻 邦生
206340-2

と-21-5
パリからの紅茶の話
戸塚真弓
パリに暮らして三十年。フランス料理とワインをこよなく愛する著者が、五感を通して積み重ねた、歴史と文化の街での心躍る紅茶体験。〈解説〉大森久雄
205433-2

カ-6-1
塩の世界史（上） 歴史を動かした小さな粒
M・カーランスキー
山本光伸 訳
人類は何千年もの間、塩を渇望し、戦い、求めてきた。古代の製塩技術、各国の保存食、戦時の貿易封鎖とともに発達した製塩業……壮大かつ詳細な塩の世界史。
205949-8

カ-6-2
塩の世界史（下） 歴史を動かした小さな粒
M・カーランスキー
山本光伸 訳
悪名高き塩税、ガンディー塩の行進、製塩業の衰退と伝統的職人芸の復活。塩からい風味にユーモアをそえておくる、米国でベストセラーとなった塩の世界史。
205950-4

シ-11-1
ステーキ！ 世界一の牛肉を探す旅
マーク・シャツカー
野口深雪 訳
米国量産牛、ラスコー壁画の野生牛、アンガスに松阪など各国の牧場主、三つ星シェフ、科学者等に取材。遂には自分で牛を育ててみた！ 美味探求の体当たり紀行。
206065-4